소설교육의 이론과 실제

소설교육의 이론과 실제

김진석 지음

국학자료원

저자의 말

이 책은 저자가 중등학교에서의 문학 교육을 연구해 온 두 번째 보고서이다. 첫 번째 저서인『문학교육의 이론과 실제』를 낸 지 대략 5년만이니 적지 않은 세월이 흐른 셈이다. 그동안 우리 학계에서의 문학 연구는 비약적인 발전을 거듭해 왔다. 이러한 변화는 문학 교육 분야에서 더욱 두드러지게 나타나고 있다. 1955년에 제 1차 교육 과정이 제정 고시된 이후 현재에 이르기까지 문학 교육은 국어 교육 중 특히 범 교과적 연관성을 갖는 교과로서의 중요성이 강조되어 왔다. 예컨대, 작품의 배경의 이해에는 역사 교육과 일반 사회 교육이, 인물의 의식과 가치관의 이해에는 윤리 교육이 유용하게 활용될 수 있다. 이처럼 문학 교육은 다른 교과 교육과 밀접하게 연관되어 있고, 그러한 교과 교육의 결과를 통합적으로 활용하는 교육이라 할 수 있다.

문학을 감상하거나 문학을 통해 자기 표현을 하는 일은 인간이 평생에 걸쳐 실천하는 일이다. 문학을 통한 인생에 대한 깨달음, 문학을 감상하는 즐거움, 문학을 통해 자기의 느낌과 생각을 표현하는 일은 어릴 때부터 노년기까지 할 수 있고, 또 할 필요가 있다. 그러므로 문학 교육은 학교 교육이 끝난 뒤에도 한 인간이 평생 동안 자발적으로 문학을 수용하고 창조하는 활동을 할 수 있도록 생활화하거나 습관화하는 것을 지향해야 한다.

이 점에서 학교에서의 문학 교육은 청소년기의 학습자를 교육하는 것에서 멈추지 않고 그 학습자가 성인이 된 뒤에도 지속적으로 문학을 수용하고 창조하는 활동을 하거나 그러한 효과적인 방법을 스스로 찾아서 학습하는 태도를 확고히 갖도록 하는 교육이어야 한다.

문학의 여러 장르 가운데서도 소설은 기본적으로 자아를 둘러싼 세계에 대한 관심을 중요시하므로 현실주의적 성격이 강하다. 소설은 인간의 삶, 즉 인간과 환경과의 상호 작용을 형상화하기 때문이다. 이 과정에서 인간의 삶을 선택하고 배열하는 작업은 인물의 행동을 축적시켜 나가면서 구조화되고, 구조화된 인물의 행동과 사건으로 이야기가 구성된다. 이와 같은 서사 문학의 특성과 관련하여 이 책은 중등학교의 문학과 소설 교육에서 요구되는 인물, 플롯, 시간, 배경, 풍자, 신화 등에 대한 기초 이론을 살펴보고, 이를 바탕으로 하여 문학 감상을 위한 작품 분석을 시도해 보았다.

이 책이 나오기까지는 여러분들의 많은 도움을 받아왔다. 둘레의 소중한 인연과 한량없는 은혜에 다시 한번 감사드린다. 이 책이 작은 성과라도 거둘 수 있다면 그분들의 보살핌의 결과이다. 그중에서도 서원대학교의 동료 교수님들과 제자들에게 고마움의 뜻을 표한다. 또한 국학자료원의 정찬용 원장님의 각별한 배려와 가족 여러분의 성원에 심심한 감사의 말씀을 올린다.

2016년 11월 21일
서원대학교 구룡봉에서
필자 씀

01 인물

I. 머리말

문학 행위를 통하여 작품 속의 체험과 미학의 양상을 이해하고 표현한다는 것은 "삶에 대한 형이상학적 주체자로서의 참여"[1]를 뜻한다. 모든 장르의 문학 작품은 자아와 세계와의 관계를 조직적이고 절제된 언어를 통해 표현하고 있다. 자신이 느꼈던 체험이나 감각을 진실감 있게 전달하기 위해서는 언어를 통해 그것을 재구성해야 한다. 이 문제와 관련하여 작중 인물과 작품 기법은 문학 교육의 일차적인 대상이 된다. 문학은 언어 예술로서 세계를 해석하는 방식은 언어를 통해 드러날 뿐만 아니라 문학적인 형상화를 통해 긴밀하고 생동감 있게 표상되기 때문이다. 이것은 세계를 해석하는 인식틀(conceptional framework)의 역할을 하며, 동시에 개인과 집단의 세계관을 구체화하는 이데올로기적 성격을 지니게 된다.

문학 장르 가운데서도 소설은 자아와 세계의 갈등 구조로서 일정한 이야기가 내포된 서술 구조를 취하고 있다. 여러 요소들이 결합하여 하나의 구조를 이루는 만큼 부분과 전체의 유기적인 연결이 요구된다. 소설의 사건은 특정한 시간과 공간의 배경 속에서 인물 간의 갈등으로 인해 발생하고 전개되어 간다. 이런 구성상의 특징과 관련하여 루카치(G. Lukács)는 모름지기 소설은 이른바 교양소설이라 불리는 구조 모델의 요소를 내포

---

1) 김종철, 「문학 교육과 인간」, 『문학교육학』, 태학사, 1997, 107면.

하고 있다고 보고 있다. 소설은 자아를 인식하기 위해 세상 속으로 나아가고, 자신을 시험하기 위해 모험을 추구하며, 시련을 통해 자신의 한계를 인식하고 자신의 본질을 발견하는 한 영혼의 이야기이기 때문이다.[2]

예술 작품을 구성하는 것은 경험 세계의 자아를 재구성하는 일이라고 할 때, 소설 속의 인물은 말과 행동을 통해 자신의 성격을 드러내고 사건을 이어가는 서사적 진술의 주체가 된다. 그것은 "소설의 형식과 내용이 다른 어떠한 주요 문학형식에 있어서 보다도, 인간과 시간 및 역사 간의 변증법"[3]에 묶이어 있기 때문이다. 여기서 인물의 구성 요소로 외모, 동작, 제스처, 버릇, 말씨, 타인에 대한 행동이나 자신에 대한 태도, 타인들의 반응, 환경, 과거, 작명법 등을 들 수 있는데, 현대 소설론에서는 인물의 욕망, 정서, 도덕, 세계관 등을 포괄하는 혼합 개념인 성격(character)을 작중인물의 대명사로 사용하고 있다.

문학 교육, 특히 소설 교육에서 인물의 의의는 결국 작품의 의의로 수렴된다. 하나의 작품이 성립되기 위해서는 수많은 요소들이 관여하지만, 그것들은 인물을 핵심 축으로 하여 포진하기 때문에 궁극적으로 독자들의 인상에 각인되어 오랫동안 기억되는 것은 제 요소의 종합체로서의 인물의 특성이다. 이러한 인물은 물론 그때그때의 교육 목적에 따라 적절히 다루어져야 하겠지만 소설사에 나타난 주목할 만한 인물형과 그 변화가 갖는 다양한 의미망을 추구하는 방향으로 나아가야 할 것이다. 소설에서 인물을 이해하는 것은 소설의 미학이나 기법을 이해하는 차원을 넘어서서 인간의 자기 이해와 연관될 때 교육적 의미가 살아나기 때문이다.[4]

이처럼 다양한 층위에서 묘사되고 설명될 수 있는 소설의 인물에 대해

---

2) 유기환, 『노동소설, 혁명의 요람인가 예술의 무덤인가』, 책세상, 2003, 92면.
3) J. H. 롤리, 「영국소설과 시간의 세 종류」, 『현대소설의 이론』(최상규 역), 대방출판사, 1983, 475면.
4) 서울대학교 국어교육연구소, 『국어교육학사전』, (주)대교출판, 1999, 632~633면

서 그 동안 다각적인 관점에서의 성찰이 이루어져 왔다. 또한 그 따른 괄목할 만한 성과를 이루었던 것도 주지의 사실이다. 그럼에도 불구하고 이러한 이론 체계를 문학 및 소설 교육에 접목시켜 활용한 예는 그리 많지 않은 실정이다. 여기서 본고는 제Ⅱ장에서는 통시적 관점에서 중등학교 학습현장에서 교수−학습에 필요한 작중인물의 변화 양상과 의의를 고찰해 보고, 제Ⅲ장에서는 앞장에서 살펴본 이론 체계를 바탕으로 작품 분석을 통해 한국문학에 나타난 인물의 특징을 규명해 보도록 하겠다. 따라서 제Ⅱ장이 작품의 이해와 감상을 위한 체계적인 지식의 습득 문제에 초점을 맞추었다면, 제Ⅲ장은 실천비평의 측면에서 지식과 이론을 작품 분석에 적용하기 위한 문학 활동에 해당된다.

Ⅱ. 소설의 특성과 인물의 의의

문학은 언어 예술이지만 각 장르에 따라 창작의 원리를 달리하고 있다. 자아와 세계가 어떤 방식으로 관계를 맺느냐에 따라 문학의 갈래가 달라지는 것이다. 문학의 갈래 구분은 문학 작품의 창작과 수용에 중요한 역할을 한다. 작가는 작품을 창작할 때 단지 자신의 창조적 상상력만을 발휘하는 것은 아니다. 그 못지않게 당대의 특정한 표현 양식이나 모형들을 참고하여 작가의 체험을 조직화한다. 예를 들어 이광수가 『무정』을 쓸 때, 단지 '민족적 자각과 새로운 사회에 대한 열망'이라는 주제 의식만 가지고 그런 작품을 쓰게 된 것은 아니라는 말이다. 이광수는 문학의 여러 장르 가운데서도 소설이라는 양식을 빌려 옴으로써, 자신의 생각을 자유롭게 표현할 수 있었다.

이것은 독자의 입장에서도 마찬가지이다. 독자가 어떤 문학 작품을 읽는다고 할 때, 그 작품은 장르에 따라서 창작의 원리를 달리한다는 점에서 접근 방식을 달리 할 필요가 있다. 서정 갈래의 대표적인 양식인 시는 자아와 세계와의 관계를 일정한 리듬에 의해 조직적이고 절제된 언어로 표현한 주관의 문학이라면, 서사 문학의 대표적인 양식인 소설은 자아와 세계와의 갈등을 서술자를 통해 그린 객관의 문학이다. 이에 비해 극 양식인 희곡은 자아와 세계의 갈등을 다루었다는 점에서 서사 문학과 일치하지만 서술자의 개입이 없다는 특징을 지니고 있다면, 교술의 대표적인 양식인 수필은 독자에게 사실을 전달하거나 자신의 가치 판단을 설득시키고자 하는 자아의 세계화에 초점을 맞추고 있다. 따라서 작가나 독자가 창작 또는 감상을 할 때에는 장르의 개념과 원리를 염두에 두어야 좋은 결과를 얻을 수 있다.

문학의 장르 가운데서도 소설은 특정한 이야기를 독자에게 언어를 매체로 하여 전달하는 서사 양식이다. 고대의 설화(신화, 전설, 민담)로부터 현대의 소설에 이르기까지, 이야기를 중심으로 다양하게 발전되어 온 허구(fiction)의 양식이다. 이처럼 소설은 현실을 그대로 작품 속에서 보여주는 것이 아니라 작가에 의해 꾸며지거나 변형된 세계이다. 이런 특성과 관련하여 플라톤Platon이 공화국에서 시인추방론을 주장한 것처럼 자연에는 존재하지 않는 사건을 꾸며내어 독자와 관중을 속일 가능성이 있다는 윤리적이고도 지적인 회의가 제기되기도 했다. 특히 동양이나 우리나라의 경우 "소설은 상대방의 환심을 사려는 의도 아래 꾸며낸 재담"5) 정도로 인식하는 부정적인 시각이 강했다.

그러나 허구성(fictionality)은 산문 형식을 취한 작품 구조에 예술적인 의도를 구체적으로 드러낼 수 있는 핵심적인 요소에 해당된다. 이것은 '소설'과 '소설이 아닌 것'을 가장 명료하게 구분하는 기준이 된다. 프라이N. Frye

---

5) 조남현, 『소설원론』, 고려원, 1982, 11면.

와 웰렉R. Wellect이 주장하듯 "역사 서술에서 파생되어 나온 소설이 독립된 서술 요건을 갖출 수 있었던 것은 허구의 개념에 대한 개안과 그것의 활용에서부터 시작된 것"[6]이다. 그리고 그 개념을 구체화하는 방법으로 고대소설의 작가들이 현실적으로 발생하기 어려운 '공상'의 방법에 의존했다면, 현대소설의 작가들은 개연성과 현실감을 주기 위한 예술적 의도로써 '상상력'에 기반을 두고 있다. 로망스romance가 중세기의 인간적 사회적인 사실의 반영이라면 노벨novel은 근대사회를 바탕으로 생성된 문학이다. 클라라 리이브Clara Reeve는 로망스와 대비되는 노벨의 특성을 다음과 같이 설명하고 있다.

> 로망스란 가공적(fabulous)인 인물이나 사건을 다루는 영웅이야기(heroic fable)이다. 그 반면에 소설은 현실적인 인생이나 풍습, 그리고 그것이 쓰여진 시대를 그린 것이다. 로망스는 우아하고 품위 있는 언어를 사용하며, 결코 일어난 적이 없거나 일어날 성 싶지도 않은 일을 묘사한다. 그 반면에 소설은 날마다 우리 눈앞에서 진행되는 일이거나, 우리의 친구나 우리의 자신에게 일어날 수 있는 일들에 관한 친근한 이야기를 해준다. 그러므로 완벽한 소설은 아주 평이하고 자연스러운 방법으로 모든 장면을 재현시키고, (최소한 책을 읽는 동안에는) 독자가 그 모든 것을 현실로 받아들일 만큼 설득력이 있게 그 모든 장면에 개연성을 주고, 최후에 가서는 그 이야기 속의 인물들의 기쁨이나 슬픔을 우리 자신의 것인 양 맛보도록 해준다.[7]

노벨은 로망스와 대비되는 특징으로서 새로움(novella)의 요소가 강조되었다. 그 생성 과정은 시민계급의 대두와 밀접한 연관이 있다. 대략 18세를 전후하여 중류층의 부르주아가 역사의 주체로서 사회 전면에 나서

---

6) 위의 책, 86면.
7) Robert Scholes & Robert Kellogg, 「설화의 전통」, 『현대소설의 이론』(최상규 역), 대방출판사, 1983, 22면.

기 시작했다. 정치적인 측면에서는 봉건 귀족의 몰락과는 대조적으로 부단한 승리의 연속으로 이어졌으며, 경제적인 측면에서는 개인주의적인 경제 원리에 입각하여 부의 축적이 이루어졌다.[8] 이 과정에서 계몽주의는 시민사회의 지적 운동과 문화적 분위기 조성에 중요한 역할을 하였다. 이것의 중요한 속성은 이성과 합리주의의 신봉과 과학적 사고방식을 강조하는 데 있었다. 이것은 영웅이나 귀족 중심의 체제에서 평범한 인간 중심의 체제로의 전환을 의미했다.

노벨의 새로움의 요소는 작중인물을 통하여 구체적으로 반영되었다. 사회계층론의 관점에서 보면 소설의 발달 과정은 "주인공의 하락과정"[9]에 다름이 아니다. 서사시는 신과 영웅을, 로망스는 기사와 귀족을, 소설은 평범한 사람들의 삶의 모습을 각각 담으려고 노력해 왔다. 소설이 비영웅화와 인간화를 지향했다는 것은 그것을 낳았던 중산계급이 영웅이기를 그쳤다는 역사적 사실과 그대로 대응되는 현상이다. 따라서 "신에게 버림 받은 서사시"[10]로서의 소설은 더 이상 완결된 삶의 총체성을 형상화하는 작업에 참여하지는 않는다. 그보다는 평범한 인물의 형상화를 통해 삶의 숨겨진 총체성을 발견하고 구성하기를 추구하였다.

> 소설의 내적 형식은 문제성 있는 개인이 자기 자신을 향해 가는 여정의 과정이라고 이해되어 왔다. 즉 단순히 현존하는 현실—그 자체로는 이질적이고 개인에게는 무의미한 현실—속에 미련하게 갇혀 있는 상태에서 뚜렷한 자기인식에 이르는 과정이란 말이다.[11]

---

8) A. 하우저, 『문학과 예술의 사회사—근세편 하』(염무웅 · 반성환 공역), 창작과 비평사, 1981. 13~15면 참조.
9) 조남현, 앞의 책, 48면.
10) Georg Lukács, *The Theory of Novel*, trans, Bostock (Cambridge : The M.I.T Press, 1971), p.88.
11) 위의 책, p.80.

소설은 근대로 내려올수록 사실성의 반영을 위한 서술 방법을 여러 각도에서 끊임없이 탐구하여 왔다. 그 결과 다른 장르의 문학에 비해 분석적이고 비판적인 성격뿐만 아니라 현실적인 대응력과 조응력을 지니게 되었다. 이것은 운문과 산문의 기능적 차이에 대한 뚜렷한 인식의 결과이다. 모든 언어가 실제의 대상물을 나타내는 것이 아니며, 또는 똑같은 방법으로 그것을 표현하는 것도 아니라는 의미론적 측면에서의 개안이 그 것이다. 그런 만큼 사회 현실의 객관적 묘사와 관련하여 "훌륭한 작가는 사회학자로 자처하는 사람들보다 뛰어난 사회학자"[12]로 인식된다. 이런 점에서 소설은 삶과 예술 사이의 긴밀한 위치를 바라는 근대인의 문학적 욕구를 충족시켜 주는 대표적인 양식으로 자리매김하게 된 것이다.

한국문학은 이광수의 『무정』을 통해 근대문학으로서의 새로운 지평이 열린다. 이것은 메시지는 강하고 예술성은 부족하다는 비판에도 불구하고 전대 소설의 부정적인 요소를 발전적으로 극복하고 있다. 신구 질서의 교체라는 거대한 역사적 전환기적 과정에서 새로운 가치체계와 의미를 어떻게 형성해야 되며, 이것을 문학적으로 어떻게 반영해야 하는가 하는 문제를 다양한 인물들의 삶의 유형을 통해 조명하고 있다. 한 연구자[13]의 지적대로 문명개화가 최고의 시대적 선의 하나로 받아들여진 사회 변동의 시대에 있어서 가치와 감정 구조를 집약적으로 반영하고 있다는 점에서, 또 그런 의미의 핵심을 표현하고 있다는 점에서 문학 사회학의 대상이 된다. 문학은 동시대 인간의 정신적 측면을 묘사하는 만큼 그 시대에 대한 반응의 사회적 반영이라는 지적처럼 사회의 본성과 개인의 사회적 경험에 역점이 놓여져 있는 것이다.

『무정』의 작중인물들은 극복되어야 할 것들이 뚜렷이 요구되면서 그 것들이 극복되지 못한 채 공존하던 시대적 상황인 "가치의 혼재현상"[14]

---

12) Harry Levin, *Refraction*(New York: Oxford University Press, 1966), p.246.
13) 이재선, 『한국현대소설사』, 홍성사, 1984, 204면.

이 그대로 반영되어 있다. 그 대표적인 인물이 주인공 이형식이다. 포스터E. M. Forster는 주인공을 포함한 모든 작중인물들은 작가의 현실적 체험 세계로부터 그 모델을 구해 온 것으로 보고 있다. 작중인물은 작가가 자화상을 변형 내지 객관화한 끝에 얻어진 실체에 지나지 않는다는 것이다.15) 그런데 이형식은 여러 면에서 이광수의 삶의 궤적과 일치점을 보이고 있다. 먼저, 이형식은 고아로 설정되어 있는데, 이런 고아체험은 이광수의 전기적 사실과 대부분이 일치할 정도로 상당한 관련성이 있다. 또한 이형식과 박응진 진사 및 박영채의 관계 역시 고아인 이광수가 인생의 전기를 마련했던 박찬명 대령과 그의 딸 예옥과 밀접한 연관이 있다는 점이다. 이런 의미에서 『무정』은 작가의 전기적 사실의 재구성에 해당된다고 볼 수 있다.

> 결국 「무정」에 그려진 이형식의 과거사는 이광수 자신의 전기적 사실이 상당히 많이 투영된 것으로 볼 수 있다. 거꾸로 말하면 「무정」의 이형식과 박영채의 사연을 합하면 이광수의 소년기가 오롯이 재구성된다고 할 수 있을 정도이다. 이광수가 「무정」이라는 명작을 쓸 수 있었던 것은 오직 자신의 자전적 사실을 거의 꾸밈없이 드러낸다는 생각에서 집필했기에 가능했다고 판단할 수 있다.16)

이와 같은 이형식에서 전대 소설의 영웅형 인간상의 면모는 거의 드러나지 않는다. 오히려 그 반대이다. 그는 경성학교 영어교사로서 서구지향적인 지식인이지만 경제적인 무능을 면치 못하고 있다. 이런 외면적 상황은 내면세계에도 그대로 이어지고 있다. 자기희생적인 민족주의자를 자처하면서도 향락적인 물질적 욕구에 대한 동경을 떨쳐버리지 못하고 있다.

---

14) 송하춘, 『1920년대의 한국소설연구』, 고려대학교 민족문화연구소, 1985, 29면.
15) E. M. Forster, 『소설의 이해』(이성호 역), 문예출판사, 1988, 50~51면.
16) 김윤식 · 김종철, 고등학교 『문학 (상)』, 한샘출판(주), 1998, 78면.

근대소설의 주인공들이 "다른 여러 가지 색깔을 지닐 수 있는 회색의 다면성"[17]을 보여주듯, 그 역시 야누스적인 의식과 행동으로 일관하는 인물이다. 결혼 문제와 관련하여 이형식이 은인의 딸인 박영채와 부호의 딸인 김선형 사이에서 시종일관 줏대 없는 인물로서 "주책바가지"[18]의 성격을 드러내고 있는 것도 이 때문이다. 이 과정에서 그는 인간적인 의리보다는 경제적인 이득을 택하고 있는데, 이것은 개인주의에 기반을 두고 있는 근대인의 정신세계를 굴절 없이 나타낸 것이다. 따라서 이처럼 구체적이고 현실적인 인물의 형상화는 한국 소설이 보다 확실한 근대성의 바탕 위에 서게 되는 중요한 전거를 마련했다고 볼 수 있다.

Ⅲ. 작중인물의 양상

1. 김동인 – 인형조종술과 충동적 인간상

김동인에게 있어서 새로운 '인생 문제 제시'는 가장 중요한 문학적 관심사가 된다. 그는 이광수 문학의 가장 부정적인 측면 가운데 하나로 작중인물을 들었다. 인도주의를 선전하기 위하여 주인공을 위인이나 강자로 설정함으로써 "과장된 영웅숭배적 희문이나 아무 열이 없는 선전문"[19]으로 만들었다는 것이다. 이처럼 그는 이광수를 비롯한 전대 문학의 문제점을 명확하게 인식하고 있었다. 그리고 그 대안으로 개인주의에 바탕을 둔 작중인물을 제시하고 있다. 이것은 초기 작품의 미숙성과 관계없이 문학에 대해 상당한 비판적인 안목을 지녔던 것으로 볼 수 있다.

---

17) 조남현, 앞의 책, 63면.
18) 김우종, 『한국현대소설사』, 선명문화사, 1978, 82면.
19) 위의 책, 75면.

이와 같은 김동인의 문학론은 순수문학이라는 용어로 집약된다. 그 중에서도 미美의 문제는 순수문학론의 핵을 이룬다. 이것은 창작뿐만 아니라 문학을 평가하는 중요한 기준으로 작용하고 있다. 그는 이광수의 문학의 파탄의 원인을 '선의식을 보존하고 미관념을 버리려 하였다'는 점에서 찾고 있다. 여기서 그는 "고백의 내용에 있지 않고 고백하는 일 자체, 그리고 그것을 가능케 한 고백의 형식"[20] 탐구에 몰두하게 된다. 미 이외의 모든 것은 무가치한 존재라는 '악마적 사상' 아래 이루어지고 있는 도덕의 부정과 우상의 파괴가 전자에 해당된다면, 이러한 의식을 펼쳐 보이기 위한 소설의 구성과 양식에 대한 탐구는 후자에 해당된다고 할 수 있다.

이런 관점에서 김동인은 조선 사회가 지니고 있는 문제점을 포괄적으로 조명하고 있다. 그 중에서도 식민지 조선의 현안 문제라고 할 수 있는 민족주의, 궁핍, 종교, 교육 등이 주된 관심사가 되고 있다. 이것을 감정과 본능에 기반을 둔 개인주의적 관점에서 접근하고 있다. 여기에 이광수와 같은 계몽의 목소리가 끼어 들 여지는 없다. 오히려 그 반대이다. 그의 문학적 관심사는 외연적인 행동이 아니라 그 이면에 감추어져 있는 본능과 연관된 삶의 실상이다. 따라서 현실의 문제를 다룬다고 하더라도 그것은 사회적인 측면보다는 개인적인 문제로 환치되어 나타나게 된다.

이것은 「태형」을 통하여 구체적으로 나타난다. 이 작품의 주인공인 나는 독립운동에 가담하였다는 죄로 구치소에 수감되어 있는 인물[21]이다. 작가는 다섯 평도 안 되는 방에 처음에 처음에는 '스무 사람'이던 것이 '마흔 한 사람'으로 늘어나는 과정을 통하여 3·1운동을 전후한 감옥의 내면 풍경과 독립에 대한 열망을 다음과 같이 상징적으로 제시해 놓고 있다.

---

20) 김윤식, 『한국근대소설사 연구』, 을유문화사, 1986, 103면.
21) 김동인은 1919년 3월 16일부터 6월 26일까지 출판법위반 혐의로 평양 구치소에 수감되었던 사실이 있는데, 「태형」은 이와 같은 체험의 양상이 강하게 반영되어 있어서 그의 문학 가운데 사실성이 가장 돋보이는 작품으로 볼 수 있다.

나는 거기 대꾸를 하려 할 때에 곁방에서 담벽을 두드리는 소리가
들렸다. 그것은 ㄱㄴ과 ㅏㅑㅓㅕ를 수로 한 우리의 암호 신호였다.

「무엇이오?」

나는 이렇게 두드렸다.

「좋은 소식 있소. 독립은 다 되었다오.」

이때에 곁 감방의 문 따는 소리에 암호는 뚝 끊어졌다.[22](445면)

나는 옥살이 모티브를 지닌 일제하의 대부분의 지식인이 그러하듯 당
시의 대표적인 이념형 인물에 해당된다. 3·1운동에의 적극적인 참여와
그로 인한 투옥이 그 대표적인 예이다. 이것은 일제로부터 독립을 쟁취하
기 위한 저항의식의 결과이다. 이때 필연적으로 요구되는 것이 자기희생
이다. 이것은 강한 도덕성과 민족적 연대의식을 전제로 할 때 가능하다.
그러나 나에게서 이런 의식은 전혀 찾아볼 수 없다. 주인공은 감옥이라는
한계 상황에 놓이게 되면서부터 이성과 도덕성을 상실하고 만다. 나에게
필요한 것은 민족이나 독립과 같은 이데올로기가 아니라 '시원한 공기와
넓은 자리'와 같은 물질적인 욕구일 뿐이다. 자신의 쾌락만을 추구하는
극단의 이기주의자이자 본능적인 인물로 전락하고 있는 것이다.

> 그러나 지금의 그들의 머리에는 독립도 없고, 민족자결도 없고, 자
> 유도 없고, 사랑스러운 아내나 아들이며 부모도 없고, 또는 더위를 깨
> 달을 만한 새로운 신경도 없다. …(중략)… 나라를 팔고 고향을 팔고
> 친척을 팔고 또는 뒤에 이를 모든 행복을 희생하여서라도 바꿀 값이
> 있는 것은 냉수 한 모금밖에는 없었다. (453면)

나의 극단적인 이기심은 영원 영감의 공소 문제를 놓고 첨예화된다. 태

---

22) 김동인, 「태형」, 『김동인선집』(어문각, 1979), 445면. 이하 김동인 작품에 대한 인
　용문은 그 면수만 밝히기로 한다.

형 구십 도가 선고된 영원 영감이 항소할 뜻을 비치자 나는 감방의 협소함을 들어 이를 반대하고 있다. 이것은 공간과 시간의 제약조건에 따른 대립으로 나의 육체적 자유 활동을 위한 공간연장과 영원 영감의 생명 연장을 위한 시간 개념이 상호 충돌하고 있는 것[23]으로 볼 수 있다. 그런데 이 과정에서 나는 공간적인 자유를 위하여 영원 영감을 죽음의 장으로 몰아넣고 있다. 이러한 그의 태도는 의연하게 태형 구십 도를 택하는 영원 영감과 비교하여 볼 때 속악성을 면할 수 없다. 여기서 민족주의자로서의 이념이나 도덕성은 완전히 파탄된 상태로 드러난다. 뿐만 아니라, 그 본래의 숭고한 목적을 상실하고 야유와 비판의 대상으로 전락되고 있는 것이다.

「명문」은 신문화의 수용과 관련하여 기독교에 대하여 풍속사적 관점에서 비판한 작품이다. 주인공 전주사는 유교적인 집안에서 태어나 열 여덟까지는 '공자와 맹자의 도'를 배우다가 '우연히 어느 날 예배당이라는 데 가서 강도'를 듣고는 돌연히 '대단한 예수교인'으로 변모한다. 이것은 전통 지향성을 대표하는 유교에서 벗어나 모더니티를 대표하는 기독교를 통하여 삶의 지향점을 찾았음을 의미한다. 그런데 이 과정에서 기독교를 선택해야하는 필연적인 이유를 그의 부모에게도 논리적으로 제시하지 못하고 있다. 따라서 그의 선택은 이성에 기반을 둔 행위라기보다는 피상적인 감정에 의존한 결과라고 볼 수밖에 없다.

이와 같은 전주사에게 필연적으로 갈등이 야기된다. 그 양상은 크게 가정, 사회, 천상 등으로 나타난다. 먼저 가정에서의 주된 갈등은 아버지와의 관계에서 비롯된다. 그는 아버지와 어머니에게 기독교인이 되기를 권하지만 이들은 그러한 제의를 단호히 거부한다. 오히려 무당과 판수를 불러들여서 굿판을 벌리는가 하면 예수를 믿는다는 죄로 집에서 쫓아내고

---

23) 윤홍로, 「<태형>과 민족환경」, 『김동인 연구』, 새문사, 1989, Ⅲ-17면.

있다. 이에 반하여 그는 부지런히 일을 해서 돈을 모아 아버지의 이름으로 많은 자선 사업을 하지만 이 역시 철저하게 거부당한다. 이러한 갈등은 아버지의 임종의 자리까지도 첨예하게 이어진다. 그런 만큼 모더니티 지향성과 전통 지향성은 서로 화해점을 찾을 수 없는 갈등의 요인으로 이들 집안에 파괴적인 요소로 작용하고 있다.

> 「저리 가라! 썩 가! 애비의 임종에서까지 우라질 하느님? 너의 예수당에 가서나 울어라. 가!」(465면)

그럼에도 불구하고 이것은 아버지와 아들의 종교적인 갈등이라는 점에서 개인적인 문제로 한정된다. 이에 반하여 어머니를 살해한 사건은 사회적인 문제로 확대된다. 전주사는 어머니를 살해한 동기를 놓고 검사와 논쟁을 벌이지만 이내 포기해 버리고 만다. 이것은 판사와의 경우에도 마찬가지이다. 그리고 사형이 집행되던 날 회개하라는 교회사의 부탁마저도 단호히 거부하고 있다. 이것은 하늘의 법을 주장하는 초월주의자와 현실의 법을 주장하는 현세주의자 사이의 갈등을 의미한다. 그 가운데서 그는 당연히 하늘의 법을 따른다. 모든 행위의 근본을 하느님의 뜻에 두고 있는 그에게 있어서 십계명만이 유일하게 지켜야 할 율법일 뿐 현실의 실정법은 어떠한 의미도 지니지 못하기 때문이다.

> 사형을 집행하는 날, 교회사가 그에게 회개를 하라고 하였습니다. 나는 회개할 일이 없습니다. 하느님의 뜻대로 어머니를 주무시게 한 것은 죄가 아니외다. 당신네들의 법률의 명문에 그것을 사형에 처한다 했으면 그대로 할 것이지, 그밖에 내 마음까지는 간섭치 말아주. 나는 하느님을 저퍼하는 예수교인이외다. (466~467면)

전주사의 사형 집행은 엄밀한 의미에서는 스스로 택한 죽음에 해당된다. 그의 종교관에 비추어 본다면 이것은 일종의 순교로써 정신사적인 승리를 의미한다. 그를 심판할 수 있는 유일한 잣대는 하늘의 율법으로 하느님만이 옳고 그름의 판단이 가능하기 때문이다. 그는 죽음을 통하여 지상에서 이루지 못한 꿈을 천상에서 이루고자 하는 것이다. 역설적이기는 하지만 이와 같은 과정을 통하여 그의 삶은 완성된다고 할 수 있다. 따라서 천상 세계에서의 재판은 이 작품의 핵심부에 놓인다. 지상 세계에서 종교적 신념에 따라 행한 전주사의 모든 행위를 심판 받는 총체적인 의미를 지니고 있기 때문이다.

그러나 이 과정에서 전주사의 확신과는 달리 그가 믿고 행한 하느님으로부터 지옥행을 선고받는다. 그 이유는 간단하다. 한 마디로 계율을 어겼다는 것이다. 이것은 그 동안 기독교 율법인 십계명을 철저히 지키며 살아왔다고 믿는 그의 삶의 논리에 비추어 볼 때 엄청난 괴리감을 느끼게 하는 것이다. 기도교의 율법이라는 이름아래 지상의 질서는 물론 천상의 질서까지도 파괴하는 아이러니를 드러내고 있는 것이다.

이처럼 김동인은 일상 세계에서 긍정적이고 신성시하는 기존 질서에 대한 부정과 비판에 역점을 두고 있다. 이것은 '살아가는 고통'을 지닌 현실 세계와는 연관성이 없는 철저하게 꾸며진 세계일 따름이다. 또한 그 배경이 되고 있는 기독교나 기독교인의 삶의 문제도 실제적인 현상과는 거리가 멀다. 그가 비판하고자 하는 것은 기독교나 기독교인의 신앙의 문제가 아니다. 단지, 비판을 위한 도구로써 그것을 택하고 있을 뿐이다. 작가는 전주사라는 괴뢰를 내세워 보편적인 진리마저도 부정하는 인형놀이를 즐기고 있는 것이다. 따라서 전주사의 독선적이고 파괴적인 행위는 작가의 부정의식이 빚어낸 결과라고 할 수 있다.

이런 측면은 「김연실전」에도 그대로 반영된다. 이 작품에서 작가는

1920년대 조선의 신여성을 대표하는 김연실의 삶을 전기적 구성 방법을 통하여 제시해 놓고 있다. 그런데 그녀의 삶의 경로는 여성 해방을 위한 자유연애라는 이름아래 끊임없이 추락해 가는 하강적 곡선으로 그려져 있다. 이것은 그녀의 특수한 개인적 성향과 그를 에워싸고 있는 환경적인 요인이 복합적으로 작용한 결과이다. 대부분의 김동인의 작품이 사회상이 거세된 양상으로 나타나는 것과는 달리 이 작품은 당시 지식인들의 정신적 풍토를 대변한다고 할 수 있는 사회적 환경이 밀도 있게 제시되어 있다. 그것은 김연실과 같은 신여성의 출현은 일차적으로 개화기와 같은 과도기적 현상 속에서만 가능하기 때문이다.

　김연실의 삶의 과정은 한국 근대사의 특수한 흐름과 그 맥락을 같이 한다. 평양 감영의 이속吏屬이었던 김영찰의 소실의 딸로 태어난 그녀는 민적법이 시행되면서 정실의 맏딸로 호적에 오르지만 가족으로부터 버림받은 존재나 다름없이 자란다. 그녀가 소실의 딸이라는 점은 개인과 사회 양면에서 복합적인 의미를 지닌다. 신분적으로 <쌍것의 딸>이라고 차별을 받는 것이 전자라면, 유교적 구속으로부터 오히려 자유로울 수 있었다는 점은 후자에 해당된다. 이러한 출신 배경과 성장 과정은 그녀의 삶의 행로에서 중요한 의미를 지닌다. 그녀는 평양 사람들로부터 '기생학교'라고 조롱과 멸시의 대상이 되는 진명여학교에 입학하게 되는데, 이것은 아이러니컬하게도 신학문의 출발점이 되고 있는 것이다.

　김연실은 진명여학교가 문을 닫게 되자 동경 유학을 택한다. 이것은 당시의 시대적 상황과 밀접한 연관이 있다. 한일합병 직후 '동경으로 유학의 길을 떠나는 청소년이 급격히 느는 시절'이라는 시대상과 더불어 진명여학교 동창인 최명애의 일본 유학이 직접적인 계기가 된다. 이처럼 그녀의 유학은 그 출발부터가 상당한 모순과 부조리 속에서 진행되고 있다. '동경도 단지 가정에 있기가 싫어서 온 것이지, 무슨 큰 희망이 있어서 온

바가 아니다'라는 구절에 나타나듯, 그녀의 동경 유학은 신학문의 수용이나 탐구와는 전혀 상관이 없는 현실 도피적인 성격이 강하다. 그리고 지향하는 가치 체계나 목적의식이 없이 출발한 만큼 필연적으로 가치관의 혼란을 드러낼 수밖에 없었던 것이다.

이와 같은 김연실의 유학 생활은 크게 선구자로서의 자아 인식과 도덕적으로 타락해 가는 과정이 혼재된 양상으로 나타난다. 그 중에서도 전자와 관련하여 조선인 유학생 송안나와 일본인 문학 소녀 도가와의 영향을 들 수 있다. 그녀는 '조선 여자 유학생 친목회'에 참석하여 송안나의 연설을 듣고는 선각자가 될 것을 결심한다. 그리고 예술은 '사람의 혼과 직접 교섭이 있는 존귀한 학문'이라는 도가와의 말을 듣고는 여류 문학가가 되겠다는 구체적인 목표를 세운다. 이것은 지향해야할 가치를 발견하고 있다는 점에서 그녀의 유학 생활 가운데 가장 큰 자아 발견의 요소에 해당된다.

> 우선 자부심이 생겼다. 조선 여성계에 선각자라는 자부심이었다.
> 선각자가 될 목표도 섰다. 여류 문학가가 되어 우매한 조선 여성을 깨
> 우쳐주리라 하였다. (199면)

그러나 이것은 자아 발전적인 요소로 작용하지는 못한다. 그 반대로 문학을 연애이자 인생 전체로 규정하고, 연애와 성교를 같은 의미로 새기는 천박한 인식과 태도를 드러낸다. '남녀간의 교섭은 연애요, 연애의 현실적 표현은 성교니라'하는 생각이 그녀가 동경 유학을 통하여 얻은 신학문에 대한 인식의 전부인 것이다. 이런 논리에서 자유연애란 이름아래 조선 유학생인 이창수, 맹호덕 등과 성적 관계를 맺으며, 더 나아가서는 방종의 상태에 빠지고 있다. 이것을 작가는 다음과 같은 장면을 통하여 직정적으로 보여주고 있다.

그때 연실이는 임신 삼 개월이었다. 따져보아도 누구의 종자인지
는 분명치 못하였다. 그래서 때때로 이것을 뉘게다 책임을 지울가고
생각하고 하던 중이었다. (210~211면)

그런데 이런 현상은 김연실뿐만 아니라 최명애나 송안나와 같은 동경
여자 유학생 전체에 해당되는 문제이다. 최명애는 송안나의 연인인 김모
군을 빼앗아 동숙하는가 하면, 김연실은 최명애의 애인인 고창범을 만나
밀회를 즐기고 있다. 김동인은 이것을 <조선의 신문화는 대개 동경 유학
생의 힘으로 건설되었고, 문화의 제일 과정은 자유 연애였다>라는 논평
적 서술로 표현하고 있는 데, 이때의 자유연애란 성적 난교 상태 그 이상
도 이하도 아닌 것이다. 따라서 이것은 "이질적인 문화의 수용과정에서
겪어야 했던 정신적 혼란"[24]에 대한 작가의 비판적 인식을 풍자적으로
드러낸 것으로 볼 수 있다.

이와 같은 「김연실전」은 1920년대 신여성의 과도기적인 삶을 성찰적
으로 제시하고 있다는 점에서 풍속사적인 의미를 지닌다. 김동인은 김연
실을 "조선 여성의 주춧돌로, 시험대로 귀중한 희생"[25]이 된 것으로 술
회하고 있는데, 이것은 인형조종술의 연장선상에서 이루어진 것으로 볼
수 있다. 그런 만큼 사회 현상에 대한 포괄적인 제시에도 불구하고 김연
실은 반어적인 성격을 지닌 인물로 나타난다. 이것은 우선 작가의 냉소
적인 태도에서부터 분명하게 드러난다. '온갖 방면으로 조선 선구녀형
의 표본', '만록총중의 일점홍으로 사천 년 내의 제일 첫 사람인 신시인',
'정조관념에는 전연 불감증' 등 그녀를 꾸미고 있는 숱한 신파조의 수식
어에서 보듯, 비판과 풍자의 대상으로 삼고 있다. 이 과정에서 신여성
으로서의 선구자나 선각자 의식은 완전히 소멸되고 열등한 인물로서의

---

24) 권영민, 「<김연실전>의 몇 가지 문제」, 『김동인 연구』(새문사, 1989), 57면.
25) 『김연실전』(금룡서관, 1946), 작가 후기.

골계적인 회화성만이 남게 되는 것이다.

이러한 부정 정신은 김동인이 인간과 사회를 인식하는 기본적인 틀로서 그의 소설의 중요한 특질을 이룬다. 지금까지 살펴 본 작중인물들의 성격을 통하여 명확하게 드러나듯, 이들은 한결같이 이성이 거세된 인물들로서 현실의 도덕적 관념과 상충하는 부조리한 양상을 드러내고 있다. 이것은 인형조종술로 대표되는 극단의 절대주의를 추구한 결과로써 부정과 긍정의 양면성을 동시에 내포하고 있다. 전자가 충동적인 인물의 설정을 통한 현실 비판은 유아독존적인 기질에서 기인한 현상으로 그 부정의 논리에 합리성이 결여되어 있는 점이라면, 후자는 전대의 영웅형 인물의 부정적인 측면을 발전적으로 극복하여 한국문학사상 가장 개성적인 인물을 제시했다는 점이라고 할 수 있다.

2. 이상 – 내면 탐색과 잉여인간의 초상

이상은 한국문학사상 가장 많이 언급되고 논의된 작가 가운데 한 사람이다. 한국문학은 "모더니스트들에 이르러서 비로소 20세기의 문학을 의식적으로 추구"[26]되었다고 할 때, 이상은 모더니즘문학적 성격을 가장 밀도 있게 반영한 작가이다. 전대의 <발자끄>류의 소설이 인간의 삶을 객관적으로 관찰하여 충실하게 재현하는 것을 예술적 목표로 삼았다면, 이상은 인간의 내면세계를 사실적으로 제시하기 위한 분석적인 방법을 택하였기 때문이다. 이것은 푸르스트나 J.조이스처럼 4분의 3은 보이지 않는 빙산 같은 인간 존재를 "혼동에 입각하여 세계를 다시 파악하기 위한 필사적인 시도"[27]에 해당된다. 따라서 그의 작품은 "'그로테스크'한 왜

---

26) 김기림, 「모더니즘의 역사적 위치」, 『시론』, 백양당, 1947. 74면.
27) R. M. Alberes, 『현대소설의 역사』(정지영 역), 중앙일보사, 1978. 111면.

곡 상태와 불안, 세계 파국의 공포, 숫자의 뒤틀림과 유희 그리고 자아 분열과 자의식의 과잉 등으로 일관된 비합리적 세계"[28]로 나타나고 있다.

이상의 삶은 현실과 의식의 합치되지 않는 갈등 양상의 연속이었다. 이것을 그는 '나는 19세기와 20세기 틈바구니에 끼어 졸도하려 드는 무뢰한'이라고 자가진단을 하고 있다. 이러한 삶의 양상과 마찬가지로 소설 속의 작중자아 역시 무력한 대응양상으로 일관하고 있다. 토도로프 Tzvetan Todorov의 이야기 문법[29]에 의하면, 서사 구조는 평온한 상태를 나타내는 동태적 유형일 때는 형용사를, 역동적인 상태를 나타내는 동태적 유형일 때는 동사를 각각 기본 형태로 취하는 것으로 되어 있다. 그런데 「날개」를 비롯한 대부분의 작품에서 역동적인 행위를 묘사하고 있는 동태적 유형은 거의 발견되지 않는다. 그 대신 생산적인 삶의 현장에서 소외된 작중자아의 실체를 '사고의 받아쓰기' 형태로 제시해 놓고 있다. 작중자아의 인물간의 대화나 행동에서 빚어지는 사건의 서술보다는 내면세계에 대한 자기고백과 설정된 상황의 분석에 더 치중하고 있다. 따라서 경험의 고백적 서술의 일종인 '일화의 유형'을 취하게 된다.

> 나는 그러나 그들의 아무와도 놀지 않는다. 놀지 않을 뿐만 아니라 인사도 하지 않는다. 나는 내 아내와 인사하는 외에 누구와도 인사하고 싶지 않았다.
> …중략…
> 그러나 이것은 행복이라든가 불행이라든가 하는 것을 계산하는 것은 아니었다. 말하자면 나는 내가 행복되다고도 생각할 필요가 없었고, 그렇다고 불행하다고도 생각할 필요가 없었다. 그냥 그 날을 그저 까닭없이 펀둥펀둥 게으르고만 있으면 그만이었던 것이다.[30]

---

28) 이재선, 『한국현대소설사』, 홍성사, 1984. 401면.
29) Manon-Maren Griesebach, 『문학연구의 방법론』(장영태 역), 홍성사, 1984. 203~205면.
30) 이상, 「날개」, 『이상문학전집 2』(김윤식 엮음), 문학사상사, 1998, 321면. 이하 이상

"유기적 생명이란 그것이 시간의 흐름에 따라 진화될 때만 존재의 의미"[31]를 지니게 된다. 그런데 작중자아는 자아발견이나 성찰을 위한 의식이나 의지를 지니고 있지 않다. 또한 그것을 위하여 노력하지도 않는다. 그에게 있어서 삶이란 소멸과 퇴행을 실증적으로 드러내 보이는 파괴적인 요소일 뿐이다. 그런 만큼 작중자아는 의식절멸을 위한 시도만을 되풀이하고 있다. '지리해서 죽을만치' 권태로운 시간에서 벗어나기 위하여 '무위'와 '게으름'을 미화하는 관념적 유희가 그것이다. 유폐된 시간과 공간에서 식물적인 반수상태半睡狀態의 삶을 마치 절대적인 상태처럼 위장하고 있다. 그러나 이것은 환상적인 욕망에 불과하다. 실존적인 인간에게 있어서 의식의 진공상태는 잠이나 만취 상태와 같은 특수한 상황을 제외하고는 불가능하기 때문이다. '게으름' 그 자체가 삶의 정상성을 지탱시켜줄 수 없듯 작중자아의 생활도 불구적인 양상으로 나타날 수밖에 없다. 특히 이러한 양상은 아내와의 관계에서 첨예하게 나타난다. 이들은 부부로 설정되어 있지만 어디에도 정상적인 관계는 드러나지 않는다.

「날개」에서 경제적인 문제는 부부 사이에 일어나는 불화의 핵심적인 요소가 된다. 아내와 대비되는 주인공의 생활 양식은 모든 면에서 열등한 것으로 나타난다. 이러한 경제적 예속관계는 삶의 양상을 지배하는 원리가 된다. 이 과정에서 주인공은 모든 삶의 질서를 초월한 것처럼 이야기하고 있다. 그러나 실제로는 그 반대이다. 자유를 바탕으로 하지 않는 초월은 불가능할 뿐만 아니라, 구속된 자유란 처음부터 성립될 수 없기 때문이다. 주인공이 아내에게서 즐거움을 얻지 못하고 권태의 늪에 빠져 있는 것이나, 대타관계나 사회관계에서 아이덴티티를 상실하고 아내에게 붙어 기생하는 주된 요인은 경제적 능력의 붕괴와 밀접한 연관이 있다.

작품에 대한 인용문은 이 책에 의한 것으로 그 면수만 밝히기로 한다.
31) Ernst Cassirer, *An Essay on Man*(New York: Double Day, 1953), p.72.

이처럼 부조리한 구조 속에서 독립된 객체로서의 주인공의 성인의식은 소멸된다. 아내와 <나>의 방이 '장지'로 나뉘어졌다는 사실은 소유공간의 구획만을 의미하지는 않는다. 이것은 왜곡된 두 사람의 관계를 나타내는 동시에 정신적으로 유대관계를 맺고 있지 못하고 있음을 반증하는 것이다. 가족제도의 붕괴가 이상문학의 한 특징인 것처럼 주인공은 아내를 에로스의 대상으로 인식하지 않고 있다. 남편의 관점에서 아내를 바라보고 있는 것이 아니라 유아의 관점에서 바라보고 있다. 이들은 부부이면서도 보호와 피보호라는 수직적인 관계를 맺고 있는 것이다. 그 대표적인 예가 아내가 외출한 틈을 타 벌이는 유치한 놀이와 축축한 방안에서의 공상이다. 정신분석학적으로 이러한 "놀이를 좌우하는 충동은 성기性器이전의 충동"[32]이다. 이것은 자기방어적인 유아적 상태로 퇴행하는 정신적 불구성을 보여주는 것으로 여기서 주인공의 성인의식은 완전히 파멸된 상태로 드러나게 된다.

> ① 나는 허리와 두 가랑이 세 군데 다 – 고무 밴드가 끼어 있는 부드러운 사루마다를 입고, 그리고 아무 소리 없이 잘 놀았다.(323면)
> ② 불장난도 못한다. 화장품 냄새도 못 맡는다. 그런 날은 나는 의식적으로 우울하였다. 그러면 아내는 나에게 돈을 준다. 오십 전짜리 은화다. 나는 그것이 좋았다. 그러나 그것을 무엇에 써야 옳을지 몰라서 늘 머리맡에 던져두고 한 것이 어느 결에 모여서 꽤 많아졌다.(325면)

이런 측면은 성인적인 관점을 취하고 있는 「지주회시」에서도 마찬가지로 드러난다. 동굴 같은 방에서의 주인공의 삶이란 「날개」의 주인공과 마찬가지로 사육되는 한 마리 짐승에 불과하다. 따라서 주인공의 외출은 「날개」에서와 마찬가지로 개방된 사회로의 편입과 자아회복이라는 의미

---

32) H. 마르쿠제, 『에로스와 문명』(김종호 역), 박영사, 1975. 239면.

를 지닌다. 이것을 통하여 무의미한 시간과 공간 속에서 벗어나 새로운 삶의 의미를 깨닫게 되기 때문이다. 말하자면, 실제적이고 실천적인 삶의 세계로의 참여를 뜻하는 것이다. 그 중에서도 여급들과의 만남은 새로운 삶의 일면을 제시해 준다. 그가 들린 술집은 아내가 여급으로 일하고 있는 R회관과 조금도 다른 곳이 아니다. 이곳에서 그는 많은 여급들이 자기 아내와 비슷하다고 느끼며 이들을 통하여 아내가 하고 있을 일을 미루어 짐작한다. 吳와 마유미가 계속해서 이야기하고 있지만, 그는 이들의 이야기에 전혀 관심을 기울이지 않는다. 그가 보다 중요하게 생각하는 것은 천박한 아내의 직업과 자신의 무능으로 그런 직업에 종사하지 않을 수 없는 부조리한 현실이다.

> 담배를한대피워물고 - 참 - 안해야. 대체내가무엇인지알고죽지
> 못하게이렇게먹여살리느냐 - 죽는것 - 사는것 - 그는천하다. 그의
> 존재는너무나우습꽝스럽다스스로지나치게비웃는다.(308면)

이상의 문학에서 정상적인 만남이란 없다. 그런 만큼 작품 속의 부부 사이에도 정상적인 윤리의식이나 도덕적인 관념은 전혀 개입되어 있지 않다. 동물적인 본능에 의해 우연히 맺어진 가변적인 관계일 뿐이다. 「지주회시」에서 이들은 <어찌하다가> 부부가 되어버린 것처럼 헤어짐도 '왜갔는지모르게' 이루어질 수밖에 없다. 이런 상황 속에서 주인공은 아내의 분출에 대하여 심한 불안의식을 느끼고 있다. 그것은 '낡은잡지속에섞여서배고파'해야 함은 물론 '보기싫은넓적하게생긴세상'과 어쩔 수 없이 조우해야 하는 비극적인 결과를 가져오기 때문이다. 이것으로 인하여 주인공은 관념적인 안식처와 현실적인 도피처를 동시에 잃어버리게 되는 것이다.

그가어쩌다가그의안해와부부가되어버렸다. 안해가그를따라온것
은사실이지만왜따라왔나? 아니다. 와서왜가지않았나 — 그것은분명
하다. 왜가지않았나이것이분명하였을때 — 그들이 부부노릇을한지1
년반쯤된때 — 안해는갔다. 그는안해가왜갔나를알수없었다. 그까닭
에도저히안해를찾을길이없었다. 그런데안해는왔다. 그는왜왔는지
알았다. 지금그는안해가왜안가는지를알고있다. 이것은왜갔는지모
르게안해가가버릴징조에틀림없다.(299면)

부조리한 인간관계는 부부의 문제에만 국한되는 것은 아니다. 작중 인
물 모두가 거미가 아니면 돼지에 비유되어 있다. 도덕적으로 온전한 가치
체계를 지니고 있는 인물은 하나도 없다. 그 중에서도 거미는 그·아내
등과 같이 마른 인물뿐만 아니라, 방·돈·공기 등의 사물을 지칭하기도
한다. 작가는 동물적인 수성을 앞세워 서로의 피를 빨아먹는 '人거미'의
관계에 초점을 맞추고 있는 것이다. 이를테면 吳가 돈을 뜯어내기 위해서
마유미와의 관계를 유지하고 있다면, 그녀는 정신적인 공허감을 채우기
위해서 '저를빨아먹는거미를제손'으로 기르고 있다. 또한 주인공 그는 A
취인점 전무가 위자료로 준 20원을 갖고 吳와 관계를 맺고 있는 마유미에
게 술을 마시러 가고 있다. 이처럼 작중인물들의 인간관계는 서로 물고
물리는 먹이사슬 속에서 살아가고 있다.

주인공들은 아내뿐만 아니라 모든 사회 현상에 대하여 부정적인 시각
을 견지하고 있다. 또한 모든 삶의 제약적 요소에서 초월한 것처럼 보인
다. 그러나 이것은 자기합리화를 위한 위장된 몸짓일 뿐이다. 내면적으로
는 그 반대이다. 이런 사실은 '100원을가져오너라우선석달만에100원내
놓고500원을주마'라는 '吳'의 말을 믿고 아내를 앞세워 R회관 주인에게서
돈을 빌리는 장면에서 분명하게 드러난다. 그만큼 표면적인 태도와는 달
리 '돈'에 대하여 강한 집착을 보이고 있다. 그리고 넉 달이 되도록 아무런
소식이 없자 경찰서에서 다음과 같이 항변하고 있다.

이건동화지만세상엔어쨌든이런일도있소.즉100원이석달만에꼭 500원이되는이야긴데꼭되었어야할500원이그게녁달이었기때문에 감쪽같이한푼도없어져버린신기한이야기요.(吳야내가좀치사스러우 냐)(311면)

사회적인 결속 매체로서의 돈의 문제와 관련한 갈등 양상은 吳와의 관 계에서 보다 분명히 드러난다. 吳는 도덕적 파탄자이지만 A취인점 조사 부 사원으로서 '미남인체로생동생동' 살고 있다. 그의 활동적인 모습은 주 인공의 부러움을 사기에 충분한 것이다. 이것은 힘과 의지가 소진된 주인 공의 모습과 여러 면에서 대비된다. 여기서 극도로 좌절된 한계 감정은 자살하고 싶다는 비극적 충동으로까지 전이되어 나타난다. 물론, 이런 자 살 유혹은 그의 문학에 수 없이 드러나는 관념적 유희로 "箱은 자살을 하 고 싶다는 말을 되풀이함으로써 도리어 자살할 수 없는 자기의 조건을 재 확인하는 역설적인 효과"[33]를 얻고 있다. 그러나 정상적인 삶이 불가능 하다는 사실이 명확해진 상황에서 '들창을열고뛰어내리고싶었다'는 내적 독백은 죽음을 '식전의담배한모금' 정도로 여기는 유희적 태도와는 다르 다. 이러한 비극적인 자기 인식은 이 작품이 지니고 있는 시니시즘적 요 소에도 불구하고 상당한 비장미를 획득하게 된다.

힘.의지 -?그런강력한 것 - 그런것은어디서나오나. 내-그런것 만있다면이노릇안하지 - 일을하지 - 하여도잘하지 - 들창을열 고뛰어내리고싶었다. 안해에게서그악착한끄나플을끄 러던지고훨 훨줄달음질을쳐서달아나버리고싶었다.(307면)

주인공은 '일'에 대하여 강한 집착을 보이고 있다. 이 때의 일은 자기보 존을 위해서 필요한 것은 무엇이든지 얻으려고 하는 적극적인 노력을 의

---

33) 정명환,『한국작가와 지성』, 문학과 지성사, 1978. 132면.

미한다. 이것은 앞에서 보았던 '놀이'와는 대조되는 것으로 "본능의 조직화와 인간 활동의 조직화의 평행을 확립"[34]해 준다. 그러나 이것은 순간적인 감정일 뿐 실천적인 행동을 동반한 의식은 되지 못한다. 정상적인 삶의 유로가 폐쇄된 상태에서의 비극적인 자기 인식은 절망과 냉소라는 감정으로 응고될 뿐이다. 그는 가치 있는 삶을 위해 적극적으로 대처하기보다는 자조적인 절망과 냉소로 일관하고 있다. 반속물주의(反俗物主義)라는 이름아래 일체의 기존 질서를 부정하고 있는 것이다. 특히, 돈에 대한 생각은 저주와 증오로 압축되어 나타난다. 따라서 그 본래적인 기능이나 의의는 극도로 훼손되고 타개되어야 할 부정적인 일면만이 강조되고 있는 것이다.

> (환퇴) ―그는그의손가락을코밑에가져다가가만히보았다. 거미내음새는 ― 그러나 이 을요모조모주므르던그새큼한지폐내음새가참그윽할뿐이었다. 요새큼한내음새 ― 요것 때 ― 세상은가만히히있지못하고생사람을더러잡는다 ― 더러가뭐냐. 얼마나많이축을내나.가다듬을없는어지러운심정이었다.(313면)

이처럼 돈은 풍자와 모욕의 대상이 되고 있다. 이것은 아내가 위자료로 받아온 20원을 갖고 마유미에게로 술을 마시러 가는 행동에서 분명하게 드러난다. 그는 여러 갈래의 돈의 쓰임새, 이를테면 치료비로 쓰는 것이 아니라 쾌락(술)을 위해 쓰고 있다. 이것은 정당한 노동의 대가가 아닌 '공돈'이라는 것에 대한 반발적인 심리를 역설적으로 표현했다는 점에서 "화폐의 마술에 의하여 움직이고 있는 자본주의 경제 기구에 대한 풍자"[35]"에 해당된다. 따라서 이것의 심층적인 의미는 인간을 끝없이 소외시키는

---

34) H. 마르쿠제, 앞의 책, 239면.
35) 김상선, 「불안문학의 계보와 이상」, 『현대문학』, 1962년 2월호. 239면.

돈, 그 자체에 대한 비판으로 보아야 할 것이다.

이상이 「지주회시」를 통해 이야기하고자 했던 것은 인간다운 삶이었다. 그런데 돈은 정상적인 삶의 양상을 좌절시킬 뿐만 아니라 타락과 쾌락을 조장하는 파괴적인 요소로 작용한다고 보았다. 이것에 집착할수록 잉여인간으로서의 비극적인 자기의 모습만을 확인하게 될 뿐이었다. 「종생기」에서 '李箱! 당은 세상을 경영할 줄 모르는 말하자면 병신'이라는 자기분석은 이에 다름이 아니다. 여기서 주인공이 자기방어의 본능으로 찾아낸 것이 의식의 절멸화을 통한 현실도피와 돈에 대한 극단적인 냉소주의였다. 이것은 현실 대응력을 상실한 무력한 인간의 패배주의의 선언 그 이상도 이하도 아니다. 이상은 이런 사실들을 내적독백과 의식의 흐름이라는 심리소설의 기법과 비웃음이라는 반어적 수법을 혼용하여 난해하게 표현해 놓고 있는 것이다.

3. 이기영 – 프로문학의 대중화와 성적 욕망의 형상화

이기영은 프로문학의 대중화와 관련하여 "문예사조에 적합한 새로운 내용을 새로운 형식으로 형상화하고 예술화"[36]할 것을 강조하고 있다. 그 대표적인 작품이 「서화」이다. 그만큼 이전의 작품들과는 뚜렷하게 변모된 양상을 보여준다. 이것은 투쟁의식을 강조함으로써 창작의 질식화 현상을 드러냈던 프로문단에 새로운 문학적 출구를 제시[37]한 것을 의미

---

36) 이기영, 「문예시평」, 『청년조선』 1934. 10. 92면.
37) 안함광, 「최근문단의 동향」, 『조선중앙일보』, 1933. 9. 27.
　　「이기영의 「서화」는 그 자신 많은 결점을 가지고 있으면서도 앞으로의 창작방법을 위하여 기여하는 바가 많을 것이라고 나는 생각한다. 비평의 선행, 즉 비평이 창작을 앞을 선다는 것은 우리들의 경험에 의해서는 물론 또 우수한 창작의 생산을 위하여서는 그러한 것이 절대로 필요하게 되는 것이다. …(중략)… 이기영의 「서화」는 반드시 이러한 측면에서 논의되지 않을 수 없는 다분의 새로운 요소를 가진 작

한다. 그 문학적 성과의 중요한 요인 가운데 하나가 체험과 본능의 형상화이다. 이것은 "현존의 실생활에서 결과된 체험의 총화를 끌어들여 예술적 표현의 동질적 형태 안에 포괄"[38]하기 위한 문예 미학의 토대가 된다. 따라서 작중인물의 성격창조나 작품의 구성 면에서 리얼리즘 문학으로서의 새로운 가능성을 보여주고 있다.

이와 더불어 미학적 관점에서의 참신한 비유와 활유법에 바탕을 둔 정경 묘사는 "현실을 단순한 이미지로 보지 않고 현실을 구현"[39]하는 예술적이고 창조적인 질서로써 자족적인 언어 미학의 세계를 구축하고 있다. 이것은 서정성을 환기시키는 미적 박진감뿐만 아니라 인물의 정서 표출을 위한 촉매작용을 일으키는 "정감적인 코드"[40]로 작용하고 있다. 이처럼 "조잡·황용荒傭한 용어"의 나열에 불과했던 프로문학의 문제점을 "세련된 언어"의 구사와 문장의 "세탁洗濯"을 통하여 새로운 문체의 영역을 구현하고 있다.[41] 이것은 이데올로기 문학으로서의 사상성보다는 미학적인 형상화에 초점을 맞추었음을 의미하는 것이다.

돌쇠가 저녁을 먹고나서 먼저 나간 성선이 뒤를 쫓아갔을 때는 벌써 날이 저물었다. 낫과 같은 갈고리달이 어슴푸레한 서쪽 하늘에 매달렸다. 그동안에 광경은 일변하여 불길은 먼 들 건너 산밑을 삥 둘러쌌다. 새빨간 불이 참으로 장관이었다. 달은 놀라운 듯이 그의 가는 눈썹을 찡그리며 떨고 있다. 별은 눈이 부신 듯이 깜짝이었다.[42]

품이라고 나는 생각한다.」
38) A. 하우저, 앞의 책, 10면.
39) Damian Grant, 『리얼리즘』(김종운 역), 서울대학교 출판부, 1983, 20면.
40) 이재선, 『현대소설의 서사시학』, 태학사, 2002, 176면.
41) 이기영, 「문예시평」, 『청년조선』1934. 10. 91면.
42) 이기영, 『서화』, 풀빛, 1992, 248면. 이 작품에 대한 인용은 이 책에 의한 것으로 면수만을 밝히기로 한다.

망(望)을 접어든 둥근 달이 갓모봉 뒷산으로 삐주룩이 떠오른다. 비늘구름이 면사포와 같이 거기에 반쯤 가렸다. 달은 지금 너울을 벗고 산위에서 내려다본다. 크고 둥근 달은 서릿발을 머금고 마치 울고 난 계집애의 안청과 같이 붉으레하였다.(278면)

「서화」는 전위적 인물의 오랜 기간에 걸친 투쟁 양상을 그린 이전의 프로문학과는 달리 정월 초하루부터 이월 초까지의 한 달간을 시간적 배경으로 하고 있다. 그 중에서도 음력설과 보름 명절의 풍속과 민속놀이에 서사의 초점이 놓여져 있다. 이것은 민족문화를 통해 "각 시대의 특징적인 여러 가지 사실"[43]을 재구성하기 위한 작가의 의도가 반영된 것이다. 그런데 민족주의적 요소는 프롤레타리아 국제문화와는 상치되는 "분트주의"로 "부르조아의 사기"에 해당된다.[44] 민족적 결속력이 강할수록 세계 노동계급 운동에 부정적인 영향을 미치는 장애요인이 되기 때문이다. 그러나 이기영의 소설에서 세시 풍속[45]은 중요한 의미를 지니고 있듯, 이 작품도 정월 명절 민속의 형상화를 통해 기미 전후 시대의 달라진 세태를 재현해 놓고 있다. 이런 배경의 설정은 농촌사회를 포괄적으로 조망하기 위한 시간의 축도로서의 의미를 지닌다.

전반부는 '쥐불놀이'와 '도박'이라는 대조적인 행위를 통해 농촌사회의 세태를 상징적으로 보여주고 있다. 쥐불은 정월 첫 쥐날(上子日) 저녁에 해충을 퇴치하기 위해 논둑이나 밭둑에 불을 놓는 민속놀이다. 불의 기세에 따라 마을의 풍흉과 길흉이 결정되는 "편전便戰에 의한 겨루기의 점복占卜 형식"[46]인 만큼 모든 구성원의 참여가 요구된다. 고대 그리스의 올

---

43) E. 푹스, 『풍속의 역사 Ⅰ : 풍속과 사회』(이기웅 · 박종만 옮김), 까치, 2007, 13면.
44) V. I. 레닌, 앞의 책, 129면.
45) 그 대표적인 예로 「홍수」, 『고향』 등에서 농민들의 상호 결속의 연대성을 강화하기 위한 문학적 장치로써 단오나 백중을 전후한 '두레'의 설정을 들 수 있다.
46) 이상일, 『축제의 정신』, 성균관대학교 출판부, 1998, 24면.

림픽과 마찬가지로 놀이와 제의의 성격이 결합된 축제이다. 이것은 "삶의 역경을 일시적으로 잊고 휴식을 취하는 인간과 신의 교섭의 시간이자 장소"로서 "인간의 세속적 활동과 물질적 관심을 철저하게 배제"한다.47) 축제의 참여는 "또 다른 삶을 향한 인간의 소망"이 내재된 행위로 "자신을 일종의 마술에 내맡기는 것이며, 절대적 타자 역할을 맡는 것이며, 미래를 선점하는 일"에 해당된다.48) 그런 만큼 "태초의 어둠과 카오스 속에서 창조적인 힘"49)의 재현으로써 일상적인 질서를 초월한 격렬함과 역동성을 띠게 된다.

> 예전에는 쥐불싸움의 승벽도 굉장하였다. 각 동리마다 장정들은 일제히 육모방망이를 허리에 차고 발감개를 날쌔게 하고 나섰다. 그래서 자기편의 불길이 약할 때에는 저편 진영을 돌격한다. 서로 육박전을 해서 불을 못 놓게 훼방을 친다. 그렇게 되면 양편에서 부상자와 화상자가 많이 나고 심하면 죽는 사람까지 있게 된다. 어떻든지 불속에서 서로 뒹굴고 방망이찜질을 하고 돌팔매질을 하고 그뿐이랴! 다급하면 옷을 벗어가지고 서로 저편의 불을 두드려 끄는 판이라 여간 위험하지가 않았다.(249면)

쥐불은 아이들의 놀이이자 어른들의 축제이다. 돌쇠는 돌팔매에 얻어맞아 생긴 이마의 "대추씨만한 흉터"에서 보듯, 쥐불싸움에 대한 승벽이 강한 인물이다. 20대 중반을 넘긴 나이에도 쥐불을 보자 "신비하고 별천지" 같은 충동을 느껴 "네 활개를 치고" 읍내 사람과의 싸움판에 뛰어드는 신명을 보이고 있다. 이것은 창조적 유희의 최고 형태인 "인간과 인간,

---

47) 이종하, 「철학으로 읽는 축제」, 『축제와 문화콘텐츠』(김영순 · 최민성 외 지음), 다홀미디어, 2006, 13면.

48) Hugo Rahner, *Man at Play*, trans. Brian Battershaw and Edward Quinn (New York : Herder and Herder, 1967), p.65.

49) 이상일, 앞의 책, 22면.

인간과 자연이 화해하는 해방적 삶의 전형인 디오니소스적 축제"이자 참여자 모두가 주체와 개체의 구분 없이 "자유로운 상반된 웃음으로 가득 찬"의 형태인 카니발적 삶과 밀접한 연관이 있다.50) 이런 의미에서 쥐불은 농민 계층의 강인한 생명력의 표상이자 구성원의 공동체 의식의 함양을 위한 문화적 기호에 해당된다.

불은 상상력의 요소인 물질 가운데 "가장 변화가 심한 영역"을 포괄하는 "모든 것을 설명할 수가 있는 특권적 현상"이라고 할 때,51) 쥐불놀이는 "민속적 에너지가 민족적 에너지로 전화된 전형적인 것"52)에 해당된다. 그런데 올해는 전에 없이 쇠퇴한 양상을 보이고 있다. 조무래기들에 의해 "불천지"가 이루어지지만 불길은 기세가 죽고 열기는 시들해지고 만다. 공동체의 풍요를 상징하는 불의 기세가 쇠잔한 겨울 들녘은 삶의 열정과 신명이 사라진 죽음의 공간이나 다름이 없다. 이것은 풍속의 문제뿐만 아니라 황폐해진 삶의 조건과 퇴락한 시대상을 상징한다. 잘못된 세상의 개명은 마을사람들의 기본적인 삶의 질서마저 파괴하고 있다. 말하자면, 일제의 식민통치에 의한 궁핍화 현상은 전통적인 도덕률에 기반을 두었던 농촌사회의 풍속의 해체라는 파괴적인 양상으로 나타나고 있는 것이다.

> 농촌의 오락이라고는 연중행사로 한 차례씩 돌아오는 이런 것밖에 무엇이 있는가? 그런데 올에는 작년만도 못하게 어른이라고는 씨도 볼 수 없다. 쥐불도 고만이 아닌가!
> 정월 대보름께 줄달리기를 폐지한 것도 벌써 수삼 년 전부터였다. 윷놀이도 그전같이 승벽을 띠지 못한다. 그러니 노름밖에 할 것이 없지 않으냐고 돌쇠는 생각하였다.(250면)

---

50) 이종하, 앞의 논문, 18~19면.
51) G. Barchelard, 『불의 정신분석』(민희식 역), 삼성출판사, 1986, 36면.
52) 김윤식, 앞의 책, 259면.

도박의 성행은 쥐불놀이의 쇠퇴와 대응관계를 이루고 있다. 이 둘은 놀이의 본능에 기반을 둔 행위지만 전혀 다른 속성을 지니고 있다. 놀이의 기본적인 특징은 "본능의 충족이외의 어떠한 목적에도 얽매이지 않고, 그 자체 만족"[53])을 추구하는 쾌락원칙에 종속되어 있다. 이 과정에서 놀이는 나름대로의 독특한 성격을 지닌 "규칙"[54])을 지키는 한에서만 유희본능을 충족시킬 수 있다. 그러나 도박은 정반대이다. 쥐불놀이와는 달리 개인의 이해관계가 얽힌 계교와 모략이 지배하고 있다. 물질적 욕구의 충족과 관련하여 서로가 서로를 속이는 위선과 책략의 세계이다. 따라서 유희본능과는 상반되는 극단의 목적행위에 해당된다.

그 대표적인 예가 돌쇠의 도박이다. 그는 쥐불놀이에서 실망한 직후 응삼이를 꾀어 도박판을 벌이고 있다. "투전이 서투른" 그가 소를 판 거액의 돈을 가지고 있기 때문이다. 그런 만큼 "돈에만 욕기"가 오른 마을사람들의 "적심"의 대상이 된다. 특히, 돌쇠는 왕래가 잦은 이웃임에도 불구하고 "굶어죽을 지경"을 면하기 위해 편취의 대상으로 삼고 있다. 이처럼 굶주림은 인간을 도덕적인 경향에서 동물적인 본능의 충동으로 퇴행시키고 있다. 이런 돌쇠의 행위는 최소한의 윤리의식도 기대할 수 없다. 그 역으로 "무슨 짓을 하든지 돈을 버는 것이 첫째"라는 이기적인 물신주의만이 팽배해 있다. 이런 의미에서 도박은 인간의 기본적인 삶의 질서뿐만 아니라 공동체의식의 훼손을 상징적으로 보여주는 "행동의 하부문화"[55])에 해당된다.

돌쇠는 부친에게 꾸지람을 듣고나서 한동안은 노름방을 쫓아다니지 않았다. 그러나 그렇게 야단을 치던 부친도 자기가 노름해서

53) H. 마르쿠제, 앞의 책, 239면.
54) L. K. 뒤프레, 『종교에서의 상징과 신화』(권수경 옮김), 서광사, 1996, 71면.
55) Marshall B. Cliinard, Daniel J. Abbott : *Crime in Developing Countries*; John Wiley Sons, New York, 1973, p.173.

따온 돈으로 사온 술밥과 고기를 먹었다. 만일 그 돈으로 양식을 사오지 못했다면 그동안에 무엇을 먹고 살았을는지? 이런 생각을 하는 돌쇠는 어쩐지 그의 부친이 우스워보이고 세상이 다시 이상스러워졌다.(280면)

이에 비해 후반부는 원초적 본능에 바탕을 둔 애정 문제가 메인 플롯을 이루고 있다. 이것은 프로문학의 대중화론의 일환으로 제시되었던 연애의 수용과 밀접한 연관이 있다. 그 창작방법론의 일환으로 이기영은 "묘사의 대담성"을 통해 "산 인물"을 그릴 것[56]을 강조했듯이, 돌쇠는 젊은 여자가 반할 정도로 "열기 있는 눈"과 "건장한 기품"을 지닌 역동적인 인물로 형상화되어 있다. 그만큼 성적 모티브와 관련하여 충일한 생명력을 지니고 있다. 이런 육체적 초상은 용모에 대한 단일한 인상에 그치지 않고 개성적인 신체로써 내부적 상징성을 지닌다.

이것은 이쁜이 역시 마찬가지이다. 그녀는 갓 스물을 넘긴 "석류 속 같은 잇속"을 가진 "해사한 여자"로 반편인 남편 응삼에 대해 극단의 혐오감을 보이고 있다. 그 반면에 돌쇠와의 애정 문제에 대해 능동적인 태도를 취할 뿐만 아니라, 이것을 책잡아 성적 욕망을 채우려는 원준에게 꿋꿋하게 맞서는 당찬 모습을 견지하고 있다. 이처럼 육감적인 여인으로서 열정과 냉정함을 아울러 지니고 있다. 이들의 애정 관계는 보름날의 널뛰기 장면을 통해 상징적으로 나타나고 있다. 보름달을 배경으로 한 상승과 하강의 역동적인 놀이는 관능적인 분위기를 고조시키고 있다. 따라서 "육체의 기호화와 병행하여 이야기의 '육체화'"로 "육체가 서사물의 중심 기호이자 서술적 의미를 연결해주는 중심 고리로 작용"하게 된다.[57]

---

56) 이기영, 「창작의 이론과 실제」, 동아일보 1938. 10. 4.
57) P. 부룩스, 앞의 책, 67면.

돌쇠가 떨어지며 다시 밟자 이쁜이는 이번에는 아까보다 더 높이 올라갔다.

"아이 무서워라!"

"참 잘 뛴다!"

제비같이 날쌘 동작에 여러 사람들은 감탄하기 마지않았다. 사실 이쁜이는 돌쇠가 기운차게 굴러주는 바람에 신이 나서 뛰고 있었다. 그는 널에 정신이 쏠려 있으면서도 심중으로 부르짖었다.

'그이가 참 기운도 세군!'(279면)

돌쇠와 이쁜이는 그들의 배우자와 불화를 겪고 있다. 이들에게 있어서 가정은 벗어나야할 굴레일 뿐이다. 김유정의 소설의 '만무방'처럼 "기존 윤리 규범이나 가치체계를 부정하는 균열의 조짐"[58]이 농후한 인물들이다. 특히, 이것은 이쁜이의 경우 심각한 양상으로 나타난다. 그녀의 돌쇠에 대한 애정은 반편인 남편에 대해 살의와 같은 한계감정이 더해 갈수록 심화되고 있다. 인간의 절대적인 삶의 조건을 윤리적인 도덕성의 준수보다는 본능적인 욕망의 충족에서 찾고 있다. 전자가 선악의 기준과 연관이 있다면, 후자는 생존의 문제와 직결되어 있기 때문이다. 이 과정에서 본능과 사랑은 분리될 수 없듯이, 이들이 추구하는 대상은 성적 욕구와 갈등의 해소로 집약된다. 이것은 본연적인 성을 실존적 삶의 척도로 인식했음을 의미한다. 이처럼 사랑과 관련된 성의 담론화는 육체를 계급투쟁을 위한 메커니즘의 한 구조로 파악했던 이전의 프로문학과는 달리 생기 있는 몸으로서의 육화된 경험을 회복시키는 중요한 요소로 작용하고 있다.

이쁜이는 안타까웁게 치마폭으로 눈물을 씻긴다.

"나도 임자보고 잘했달 수는 없어. 그러나 나는 그까짓 일로는 조

---

58) 송기섭, 「김유정 소설과 만무방」, 『현대문학이론 연구』, 현대문학이론학회, 2008. 4, 287면.

금도 임자를 원망하지 안수."

　이쁜이도 자기 설움이 북받쳐서 목소리가 칼끝같이 찔린다.

　"그러면 임자도 옳지 못하지…… 어떻든지 임자의 남편이 아니겠소."

　"나도 모르지 않아. 그래두 옳지 못한 것과 살 수 없는 것과는 다르지 않수? 난…… 어떻게든지 살구싶수!"

　별안간 이쁜이는 돌쇠의 무릎 앞에 엎어지며 흐늑흐늑 느껴운다. 응삼이의 못난 꼴이 보였다.(282면)

　이와 같은 「서화」는 계급투쟁의 관점에서 "문학적 발전의 새로운 계단"59)을 보여주었다는 평가에도 불구하고 이데올로기 문학으로서의 지향점을 제시한 것과는 상당한 거리가 있다. 이 작품은 원준이 돌쇠의 도박과 애정의 부도덕성을 마을사람 앞에서 성토하지만 동경유학생인 정광조의 비판에 의해 극적으로 해소되는 결말 구조를 취하고 있다. 그러나 이것은 원준의 인격적 결함으로 빚어진 결과일 뿐 돌쇠 행위의 정당성을 의미하는 것은 아니다. 어느 시대나 사회를 막론하고 도박과 불륜은 부도덕한 행위로 금기 사항에 해당된다. 이것은 돌쇠의 경우도 예외일 수는 없다. 그의 행위는 부조리한 사회적 환경 못지않게 이기적인 욕구가 강하게 내재되어 있기 때문이다. 이점에서 임화의 견해에 맞서 "도박과 간통에 대한 계급적 비판을 거부하고 그것을 중심으로 한 흥미 중심의 소설"60)이라는 김남천의 평가는 상당한 설득력을 지닌다.

　이것은 「서화」가 몸 현상학적인 관점에서 본능과 성의 담론화를 통해 프로문학의 새로운 문학적 출구를 찾았음을 의미한다. 이 과정에서 "사랑과 관련된 '성'이란 타인과 공실존을 이루는 토대로, 개인이 자기의 성을 소유한다는 것은 성관계에서 상대방의 인간실존을 소유"61)하는 개방성

---

59) 임화, 「6월중의 창작」, 『조선일보』 1933. 7. 19.
60) 김남천, 「임화적 창작평과 자기비판」, 『조선일보』 1933. 8. 4.
61) 조광제, 앞의 책, 225면.

을 의미한다. 이처럼 원초적인 욕망의 지배를 받고 있는 돌쇠와 이쁜이와 같은 인물들에게 있어서 육체와 정신의 이원적 구분은 무의미한 문화적 장치에 불과하다. 이들의 사랑은 윤리적 규범을 초월하여 "정신적 공감의 영역과 육체적 융합이 일치"[62]하는 삶의 실존적 토대가 되기 때문이다. 이런 작중인물들에게 계급의식이나 투쟁과 같은 이데올로기의 논리가 스며들 여지는 없다. 그만큼 인간 본연의 모습을 반영한 도박이나 연애담은 단순한 삽화의 차원을 넘어서 농촌 사회의 구체적인 삶의 풍경으로 전이된다. 이것은 이데올로기문학의 도식성의 극복뿐만 아니라 리얼리즘 문학으로서의 사실성을 배가시키고 있다. 이점에서 궁핍한 농민의 삶의 양상과 로맨틱한 요소를 동시에 포괄하고 있는 풍속도에 해당된다. 이런 의미에서 본능의 문학적 형상화는 「서화」가 『고향』과 더불어 일제 강점기의 최고의 문학적 성과로 자리매김할 수 있는 중요한 기반이 된다고 할 수 있다.

IV. 맺음말

　중등학교에서의 문학교육은 '문학 작품을 통하여 문학에 관한 체계적인 지식을 갖추고 창조적인 체험을 함으로써 미적 감수성을 기르며 인간의 삶을 총체적으로 이해'하는 것을 목적으로 한다. 이처럼 문학 행위를 통하여 작품 속의 체험과 미학의 양상을 이해하고 표현한다는 것은 '삶에 대한 형이상학적 주체자로서의 참여'를 뜻한다. 문학 장르 가운데서도 소설은 자아와 세계의 갈등 구조로서 일정한 이야기가 내포된 서술 구조를 취하고 있다. 예술 작품을 구성하는 것은 경험 세계의 자아를 재구성하는

---

62) G. 바따이유, 『에로티즘』(조한경 역), 민음사, 2007, 19면.

일이라고 할 때, 소설 속의 인물은 말과 행동을 통해 자신의 성격을 드러내고 사건을 이어가는 서사적 진술의 주체가 된다. 문학 교육, 특히 소설 교육에서 인물의 의의는 결국 작품의 의의로 수렴된다. 소설에서 인물을 이해하는 것은 소설의 미학이나 기법을 이해하는 차원을 넘어서서 인간의 자기 이해와 연관될 때 교육적 의미가 살아나기 때문이다. 이 문제와 관련하여 본고에서 논의된 사항을 요약 정리하면 다음과 같다.

현대소설의 새로움의 요소는 작중인물을 통하여 구체적으로 반영되었다. '신에게 버림 받은 서사시'로서의 소설은 평범한 인물의 형상화를 통해 삶의 숨겨진 총체성을 발견하고 구성하기를 추구하였다. 이 과정에서 소설은 허구의 양식이지만 근대로 내려올수록 사실성의 반영을 위한 서술 방법을 여러 각도에서 끊임없이 탐구하여 왔다. 그 결과 다른 장르의 문학에 비해 분석적이고 비판적인 성격뿐만 아니라 현실적인 대응력과 조응력을 지니게 되었다. 소설가는 사회 현실의 객관적 묘사와 관련하여 '훌륭한 작가는 사회학자로 자처하는 사람들보다 뛰어난 사회학자'로 인식된다. 이런 점에서 소설은 삶과 예술 사이의 긴밀한 위치를 바라는 근대인의 문학적 욕구를 충족시켜 주는 대표적인 양식으로 자리매김하게 된 것이다.

김동인에게 있어서 새로운 '인생 문제 제시'는 가장 중요한 문학적 관심사가 된다. 그는 이광수 문학의 부정적인 요인을 인도주의를 선전하기 위한 영웅형 인물에서 찾고, 그 비판적 관점에서 개인주의에 바탕을 둔 작중인물을 제시하였다. 이처럼 문학적 관심사는 외연적인 행동이 아니라 그 이면에 감추어져 있는 본능과 연관된 삶의 실상이었다. 비록 식민지 조선 사회가 지니고 있는 민족주의, 궁핍, 종교, 교육 등 현실의 문제를 다룬다고 하더라도 그것은 사회적인 측면보다는 개인적인 문제에 초점을 맞추고 있다. 이 과정에서 인간과 사회를 인식하는 기본적인 틀은 부정정신으로 김동인 소설의 중요한 특질을 이룬다. 그런 만큼 이성이 거세된 인물들로서 현실의 도덕적 관념과 상충하는 부조리한 양상을 드러내고 있다. 이것은 인형조종술로 대표되는 극단의 절대주의를 추구한 결과로써 전대의 문학에서는 찾아볼 수 없는 정신병리학적 징후가 농후한 충동적 인물의 양상으로 나타나게 된다.

이상은 인간의 삶을 객관적으로 관찰하여 충실하게 재현하는 것을 예술적 목표로 삼았던 전대의 작가와는 달리, 내면세계를 사실적으로 제시하기 위한 분석적인 방법을 택하였다. 이것은 빙산 같은 인간 존재를 '혼동에 입각하여 세계를 다시 파악하기 위한 필사적인 시도'에 해당된다. 그는 자신의 삶을 '19세기와 20세기 틈바구니에 끼어 졸도하려 드는 무뢰한'으로 진단했듯이 소설 속의 주인공 역시 무력한 현실 대응양상으로 일관하고 있다. 이 과정에서 돈은 인간다운 삶을 좌절시킬 뿐만 아니라 타락과 쾌락을 조장하는 파괴적인 요소로 보았다. 이것에 집착할수록 잉여 인간으로서의 비극적인 자기의 모습만을 확인하게 될 뿐이었다. 여기서 자기방어의 본능으로 찾아낸 것이 의식의 절멸화를 통한 현실도피와 돈에 대한 냉소주의였다. 이것은 현실 대응력을 상실한 무력한 인간의 패배주의의 선언 그 이상도 이하도 아니다. 이상은 이런 사실들을 의식의 흐름이라는 심리소설의 기법과 비웃음이라는 반어적 수법을 혼용하여 난해하게 표현해 놓고 있는 것이다.

이기영은 「서화」에서 투쟁의식의 주입보다는 미학적인 형상화에 초점을 맞추고 있다. 전반부는 '쥐불'과 '도박'이라는 대조적인 놀이를 통해 농촌사회의 세태를 상징적으로 보여주고 있다. 쥐불은 농민 계층의 생명력과 공동체 의식의 함양을 위한 축제이지만 전에 없이 쇠퇴한 양상을 보이고 있다. 이런 현상은 도박의 성행으로 전이되어 나타난다. 이것은 물질적 욕구의 충족을 위한 이기주의적인 본능이 지배하는 세계이다. 이처럼 굶주림은 인간을 도덕적인 경향에서 동물적인 본능의 충동으로 퇴행시키고 있다. 이에 비해 후반부는 애정 문제가 메인 플롯을 이루고 있다. 돌쇠와 이쁜이의 육체적 초상은 관능적으로 충일한 생명력을 보이고 있다. 이들이 추구하는 대상은 성적 욕구와 갈등의 해소이다. 원초적인 욕망의 지배를 받고 있는 인물들에게 있어서 육체와 정신의 구분은 무의미한 문화적 장치에 불과하다. 그것은 윤리적 규범을 초월하여 정신과 육체가 일체화되는 무도덕의 세계에 해당되기 때문이다. 이런 사랑의 양상은 인간 본연의 정체성 탐구에 초점을 맞춘 것을 의미한다. 이것은 육체를 계급투쟁을 위한 메커니즘의 한 구조로 파악했던 프로문학과는 달리 생기 있는 몸으로서의 육화된 경험을 회복시키고 있다. 그런 만큼 역동적이고 생동감 있는 인간상은 서사적 기능과 조화를 이루고 있다.

02 플롯

I. 머리말

문학 교육의 성격은 국어과 교육 일반의 목적과 성격에 따라 결정된다. 제7차 국어과 교육 과정은 국어과의 성격을 "한국인의 삶이 배어 있는 국어를 창의적으로 사용하는 능력을 길러, 정보 사회에서 정확하고 효과적으로 국어 생활을 영위하고, 미래 지향적인 민족 의식과 건전한 국민 정서를 함양하며, 국어 발전과 국어 문화 창달에 이바지하려는 뜻을 세우기 위한 교과"로 규정하였다. 국어과 교육의 핵심 과제가 학습자의 창의적인 국어 사용 능력 향상에 있음을 알 수 있다. '창의적인 국어 사용'은 참신한 발상이나 개성적인 표현을 의미하기도 하지만, 그러한 발상과 표현의 바탕이 되는 사고 및 문화 요소도 그 못지않게 중요하게 여긴다. 따라서, 문학 교육도 작품 중심에서 벗어나 사고와 표현, 문화를 고려하는 종합적 관점에 이루어져야 할 것이다.

교육 과정에 따르면 고등학교 '문학'은 문학 능력을 신장시키고, 문학 활동에 능동적으로 참여하여 문학을 즐기며 깨달음을 얻고, 문학 문화 발전에 기여하는 태도를 기르는 과목이다. 문학 능력은 학습자가 문학 현상에 능동적으로 참여하여 문학 문화를 형성하는 데 필요한 능력이다. 이 능력은 문학 행위와 관련지어 일정한 계층을 형성하는 데 표층에는 문학적 소통 능력이 있고, 문학적 사고력과 문학 지식이 이를 뒷받침하며, 문학 경험과 문학에 대한 가치와 태도의 측면이 기저가 되어 통합적으로 발현된다. 또한 '문학' 과목에서는 학습자의 능동적인 문학 활동을 강조하여 문학의 가치를 인식하고 그 가치를 자신의 삶과 통합하려는 의지와 태도를 지니며, 문학 문화 발전에 기여할 수 있는 능력과 자질을 기르는 데 중점을 둔다.

고등학교 '문학' 과목의 내용 체계는 '문학의 본질', '문학의 수용과 창작', '문학과 문화', '문학의 가치와 태도'의 네 영역으로 구성되었다. 그중에서도 소설 교육은 '이야기하기로서의 문학' 양식으로 1) 소설의 본질과 특성을 이해한다. 2) 소설의 유형과 구조에 대해 안다. 3) 소설의 발상과 표현상의 특징을 알고, 창조적으로 수용한다 등을 학습 목표로 설정하고 있다. 이처럼 소설은 갈래상으로 "이야기, 즉 서사 문학의 일종이고 그에 따라 처음, 중간, 끝으로 이어지는 이야기의 구조"[1]라는 특징을 지니고 있다. 플롯에 대한 체계적인 지식은 소설 교육뿐만 아니라 문학 활동을 위한 밑바탕이 된다. 소설은 인간의 삶의 양상을 구체적으로 반영한 양식이라고 할 때, 문학 교육에서 플롯은 삶과 인간을 이해하는 훌륭한 관점을 제공한다. 교사는 플롯에 대한 교수 − 학습을 통해 학생들에게 다양한 삶의 모습과 문화를 체계적으로 제시함으로써 자아 실현과 문화 재생산이라는 교육의 목표에 이바지할 수 있다. 문학 행위를 통하여 미적 체험과 삶의 양상을 이해하는 지적 행위는 "삶에 대한 형이상학적 주체자로서의 참여"[2]를 뜻하기 때문이다.

이 문제와 관련하여 제II장 플롯의 원리와 시간 구조에서는 고등학교 문학 교육의 교수 − 학습에서 요구되는 플롯의 이론 체계에 대하여 고찰해 보고, 제III장 플롯의 양상과 서사 구조에서는 평면적 구성과 입체적 구성으로 나누어 그 서사 구조의 특징인 시간 의식과 기법을 살펴보도록 하겠다. 그중에서도 평면적 구성은 고등학교 『문학』 교과서에 공통적으

---

1) 김창원 외, 교사용 지도서 『문학』(상), 민중서림, 2002, 135면.
2) 김종철, 「문학 교육과 인간」, 『문학교육학』, 태학사, 1997, 107면.

로 실려 있는 「단군신화」와 「메밀꽃 필 무렵」를, 입체적 구성은 모더니즘 계열의 작품을 분석의 대상으로 삼았다. 따라서 제Ⅱ장이 작품의 이해와 감상을 위한 체계적인 지식의 습득에 초점을 맞추었다면, 제Ⅲ장은 플롯의 양상에 따른 구체적인 특징을 살펴보기 위한 작품 분석에 해당된다.

Ⅱ. 플롯의 원리와 서사 구조

플롯은 구성·구조·짜임새 등 여러 용어로 번역된다. 플롯은 소설 속에서 벌어지는 일련의 사건들의 총체로써 기본 골격이다. 작가는 주제를 효과적으로 표현하기 위해 사건과 사건을 동기와 결과의 관계 속에 배열하고, 전체적으로는 갈등의 전개와 해소라는 틀 속에 조직화해야 한다. 이처럼 플롯은 작가의 창작물의 내용을 구성하는 인물, 행동, 사건 등의 요소를 특수하게 시간적으로 종합한 것이라 할 수 있다. 서정시나 수필과 같은 문학 작품에도 소재를 일정한 방식에 따라서 필연성 있게 연결해야 된다는 점에서 구성의 원리가 요구된다. 그중에서도 소설은 자아와 세계의 갈등을 서술자를 통해 객관적으로 제시해야 한다. 따라서 소설은 이야기 문학으로서 서사 장르를 대표하는 문학 양식이 된다.

플롯의 개념은 아리스토텔레스Aristoteles의 『시학Poetica』의 미토스Mythos에서 비롯되었다. 미토스는 플롯뿐만 아니라 이야기(narrative, story)의 개념도 내포되어 있듯이 이들의 요소는 친족 관계에 놓여 있다. 그는 『시학』 6장에서 "행동 없는 비극은 있을 수 없을 것이나, 성격 없는 비극은 가능할 것이다"[3]라고 하여 비극의 6가지 요소 가운데 가장 중요한 항목으로 미토스를 들었다. 창작 과정에서 예술적으로 사람의 행동을 모방하는 행

---

3) 아리스토텔레스, 『시학』(손명현 역), 박영사, 1960, 55면.

위는 결국 사람의 행동(사건)을 얽어짜는 것이다. 이것은 여러 행위들을 하나의 전체로 구성하는 것을 의미한다. 전체는 부분들의 통일 없이는 이루어지지 않는다. 하나의 전체는 처음, 중간, 끝을 가지고 있는 사물이다. 문학은 하나의 독립된 전체인 일종의 유기체이다. 이런 관점에서 부분들이 통일을 이루기 위해서는 처음, 중간, 끝을 일관하는 구조가 요구된다는 것이다.

> 비극이 완결적이고 일정한 크기를 가지고 있는 전체적 행동의 모방이라는 것은 우리가 이미 확립한 바다. 「일정한 크기를 가지고 있는 전체적 행동」이라 함은, 전체 중에는 아무런 크기를 가지고 있지 않은 전체도 있기 때문이다. 시초는 그 자신 필연적으로 다른 것 다음에 오는 것이 아니고, 그것 다음에 다른 것이 존재하거나 생성하는 성질의 것이다. 종말은 이와 반대로 그 자신 필연적으로 혹은 대개 다른 것 다음에 오나, 그것 다음에는 아무런 다른 것이 오지 않는 성질의 것이다. 중간은 그 자신 다른 것 다음에 오고, 또 그것 다음에 다른 것이 오기도 하는 것이다. 그러므로 잘 구성된 「프롯트」는 아무데서나 시작하거나 끝나서는 안된다. 그 시초와 종말은 지금 말한 규정에 부응하지 않으면 안된다.[4]

소설 속의 여러 사건들은 엄밀한 의미에서 보면 별개의 사건들이다. 이것들이 통일성 있는 구조로 형상화되기 위해서는 인과 관계가 요구된다. 그 대표적인 소론으로 포스터E. M. Forster의 견해를 들 수 있다. 소설은 '극에서처럼 플롯의 요구에 따라 다소 재단된 인간 대신, 관대하고 희미하고 다루기 힘들며 빙산처럼 4분의 3이 감추어진 인간'을 탐구하고 있다. 이처럼 이야기 구조로서의 스토리와 플롯은 연극론 중심의 아리스토텔레스의 견해[5]와는 달리 명확한 차이점이 있다. 먼저, 스토리는 '시간의 순서에

---

4) 위의 책, 58~59면.

따라 정리된 사건의 서술'로 '호기심'을 자극한다. 그런데 이것은 소설의 깊은 속으로 들어가게 만들지 못하고 이야기의 한도 내에서 끝나게 만든다. 그런 만큼 '인간의 성능 중에서 가장 저급한 것'에 해당된다. 이에 비해 플롯은 '인과 관계에 중점을 둔 사건의 서술'이다. 이것은 시간의 연속을 유보하는 단층을 통해 독자에게 '경이와 신비의 요소'를 준다. 따라서 소설 속의 새로운 단서와 인과의 사슬을 맞아 꾸준하게 재정리하고 새삼 숙고하는 능력, 즉 '지성'과 '기억력'이 갖추어져야지만 '미적 감정'을 느낄 수 있다.

> 플롯을 정의해 보자. 우리는 이야기를 시간의 연속에 따라 정리된 사건의 서술이라고 정의한 바 있다. 플롯 역시 사건의 서술이지만 인과 관계를 강조하는 서술이다. 「왕이 죽자 왕비도 죽었다.」 이것은 이야기이다. 「왕이 죽자 슬픔을 못이겨 왕비도 죽었다.」 이것이 플롯이다. 시간의 연속은 보존되고 있지만 인과감(因果感)이 거기에 그림자를 드리우고 있다. 또 「왕비가 죽었다. 사인(死因)을 아는 사람이 하나도 없더니 왕이 죽은 슬픔 때문이라는 것이 밝혀졌다.」 이것은 신비를 안고 있는 플롯이며 고도의 발전이 가능한 형식이다.[6]

러시아의 형식주의자들은 소설의 구성 원리를 파불라(fabula)와 슈제 sujet의 개념으로 설명하고 있다. 이 용어들은 논자에 따라 개념의 차이[7]

5) E. M. Forster, 『소설의 이해』(이성호 역), 문예출판사, 1988, 96면.
「그(아리스토텔레스 – 필자는 거의 소설을 읽지 못했으며 더구나 근대 소설은 전혀 읽지 못했다 – 《오딧세이》는 읽었지만 《율리시즈》는 못 읽었다. …(중략)… 그리고 위에 인용한 글을 쓸 때에 그는 극을 염두에 두고 있었다. 틀림없이 극인 경우 위에 한 말은 옳다. 극에서는 모든 인간의 행복과 불행은 행동의 형식을 취하고 있으며 또한 취해야 한다. 그렇지 않으면 행복과 불행이 있는지 없는지조차도 모른다. 그리고 이것이 극과 소설의 차이점이다.」
6) 위의 책, 98면.
7) 이에 대한 구체적인 내용은 체사레 세그레(Cesare Segre)의 「설화분석, 설화이론 및

를 보이고 있지만 넓은 의미에서 다음과 같이 규정할 수 있다. 파불라는 작가가 예술적으로 재구성하고 변형시켜야 할 원래의 재료들이라면, 슈제는 여러 모티브motive를 이야기 구조로 배열하는 과정에 해당된다. 파불라가 다양한 재료들을 발생의 순서에 따라 연대기적이면서 인과론적인 연결 방법으로 배열한 것에 비해 슈제는 원래의 재료들을 작가의 예술적 의도에 따라 배열한 표상의 순서를 의미한다. 이 가운데 러시아의 형식주의자들은 미학적 구성의 원리로서 슈제에 비중을 두고 있다. 따라서 "fabula는 스토리에, sujet는 프로트에 가까운 개념"8)으로 독자가 작품의 의미를 파악하기 위해서는 슈제에 나타난 사건의 인과 관계를 파악해 재구성해야 된다.

이 두 정의(쉬클로프스키, 토마셰프스키 - 필자)를 결합해 보면, <파불라>는 작가들이 재료로 사용하는 사건을 시간적, 인과적 순서에 따라 배열한 체계이지만 작가는 그것을 인위적 - 예술적 순서로 배열하는데, 이것이 바로 플롯을 구성한다는 것이다. 그러나 베젤로프스키는 모티프를 단순한 요소로 보고 분류하고 난 후, 단순한 모티프와 복합적인 모티프(모티프와 플롯)로 대립시켰다. 하지만 그들의 정의는 한 가지 뜻만 가지고 있는 것은 아니다. 베젤로프스키의 용법에 따르면, <파불라>란 복합적 모티프를 논리적 연대기적으로 결합시킨 체계인 반면, <플롯>은 이것들의 문학적으로 조작한 것이라고 말해야 된다는 것이다.9)

플롯은 작가의 예술적 의도에 따라 달라진다. 소설은 인간의 일상생활에서 소재를 구해오지만 그것이 작품의 사건 구조와 일치하는 것은 아니

시간」(『현대소설의 이론』(최상규 역), 대방출판사, 1983, 53~117면)에 제시되어 있다.
8) 조남현, 『소설원론』, 고려원, 1983, 254면
9) 체사레 세그레, 위의 글, 58면.

다. 사람의 행위는 앞뒤가 반드시 인과 관계에 의해 전개되지는 않는다. 그것은 우연과 필연이 무질서하게 혼재된 세계이기 때문이다. 이에 반해 작중인물의 행위는 특별한 정신적 및 육체적 체험으로 작가에 의해 의도적으로 꾸며진 세계이다. 허구를 바탕으로 하고 있기 때문에 독자에게 소설적 진실을 주기 위한 문학적 장치로써 개연성이 요구된다. 그 예로 이청준의 「눈길」(『국어』(하))은 오랜만에 고향집을 찾은 '나'와 노모와 갈등 양상을 다루고 있다. 노모에게 빚이 없다고 스스로 위안하는 '나'와 자신을 위해서는 아들로부터 아무것도 받으려 하지 않은 노모 사이에는 어떠한 갈등도 존재하지 않았다. 이런 노모가 지붕 개량을 소망한다는 자체가 경제적인 이해타산을 앞세우는 '나'로서는 이해할 수 없는 특수한 사건에 해당된다. 그런데 이것은 옛집에서 마지막 밤을 보낸 아들을 전송하고 눈길을 되돌아오던 20년 전의 어머니의 애틋한 심정을 토로를 통해 극적인 화해로 전환되고 있다. 이점에서 「눈길」은 "전통적인 '가족 관계', 특히 '모자간의 관계'에 대해 많은 생각을 하게 하는 작품"[10]이라고 할 때, 이 것은 작가가 "현실 세계의 사상事象을 설명하는 대신에 구체적인 형상"[11] 을 통해 예술적으로 재구성했기 때문이다.

이와 같이 플롯은 무질서한 실제의 생활에 질서와 형식을 부여하여 예술로 변화시키는 문학적 장치이다. 그중에서도 갈등은 작품 구조의 핵심이자 플롯이 생겨나는 "생성원"[12]이다. 서사 문학에서 갈등은 서로 다른 의지적인 두 성격의 대립 현상으로 작중인물의 성격과 사건을 제공한다. 한편의 작품은 갈등에서 시작하여 갈등이 해소되는 지점에서 끝난다. 이 것은 염상섭의 「두 파산」에서의 작중인물의 갈등 양상만을 살펴보아도 분명하게 드러난다. 이 작품에서 정례 어머니는 건강하게 살아가려는

10) 교육과학기술부, 교사용 지도서 『국어』(하), (주)두산, 2009, 212면.
11) 교육과학기술부, 고등학교 『국어』(하), (주)두산, 2009, 174면.
12) R. Stanton, 『소설의 이론』(박덕은 편역), 새문사, 1984, 31면.

노력과는 달리 경제적으로 몰락해 가는 소시민이라면, 옥임은 해방 직후의 혼란한 시류에 편승하여 고리대금으로 치부하는 이기적인 기회주의자를 각각 대표하는 인물이다. 경제적으로 파산하는 정례 어머니와 정신적으로 파산하는 옥임의 행동 양식을 대비시켜 "시정市井에서 사소한 일에 매달려 꿈과 이상을 잊은 채 오늘을 살고 있는 서민들의 세태와 애환"13)을 그리고 있다. 이런 의미에서 갈등은 플롯의 원리뿐만 아니라 작가의 세계관인 주제와 밀접한 관계를 지니게 된다.

N. 프라이Northrop Frye는 소설의 구성 원리인 갈등의 원초적인 양식을 신화에서 찾고 있다. 신화는 가장 단순하고 전형적인 의미에 있어서 신이나 신성한 존재에 대한 이야기이다. 신들에게 부여된 힘은 그들에 대한 많은 이야기에 독특한 의미를 주고 인간 운명과의 관련성을 띠게 된다. 따라서 신화체계(mythology)는 언어 예술의 한 형태로서 "하나의 명확한 이야기의 규범으로 확대"14)된다. 이것은 다른 예술과 마찬가지로 인간이 직시하는 세계가 아니라 인간이 창조하는 세계를 다룬다. 한 모티프의 구조에서 다른 모티프의 구조로 옮겨가는 서사적 움직임은 개별적인 모든 사건을 구조화하는 원동력이 된다. 개별적인 행동 구조가 아니라 작품 전체를 일관하는 구조적 조직 원리로 작용한다. 이 과정에서 신화는 언제나 사계의 자연 신화(nature-myth) 원형을 유지하며 문학 작품에서 재현된다. 이러한 원리는 장르 이론으로 확대되어 봄의 신화는 로맨스와 열광적 찬가의 원형, 여름의 신화는 희극과 목가의 원형, 가을의 신화는 비극과 엘레지의 원형, 겨울의 신화는 풍자와 아이러니의 원형이 된다.15)

신화체계와 관련하여 J. 캠벨Joseph Campbell은 신화에 나타난 모험의 통과 제의를 들고 있다. 원시 사회 생활에서 엄청나게 중요한 위치를 차

---

13) 최웅 외, 고등학교『문학』(상), 청문각, 2004, 164면.
14) N. 프라이,『문학의 구조와 상상력』, 집문당, 1992, 121면.
15) N. 프라이,『문학과 신화』(김병욱 외), 대람, 1981, 69~70면.

지하는 이른바 통과 제의는 의식적 삶의 패턴은 물론 무의식적 삶의 패턴까지 변화를 요구하는 변형의 문턱을 넘게 하는 데 있다. 입문자(initiate)는 마음가짐이나, 애착이나, 생활 패턴으로부터 심적으로 단절된다는 의미에서 형식상으로 특이하고 극히 가혹한 체험이 되는 것이 보통이다. 그런데 신화의 주요 기능은 인간의 끊임없는 환상에 대응하여 인간의 정신을 향상시키기 위한 상상을 공급하는 데 있듯, 입문자는 통과 제의를 통해 새로운 시대의 형식과 적절한 감각으로 거듭나게 된다.16) 이처럼 모험의 연속 과정인 통과 의식의 기본 원리를 캠벨은 J. 조이스James Joyce의 원질신화(monomyth)란 말을 빌어 분리·입문·회귀의 3단계로 도식화하고 있다.17)

N. 프라이의 탐구 이론은 신화나 로망스뿐만 아니라 소설의 갈등 구조 이론에도 그대로 적용된다. G. 루카치에 의하면 "소설은 신에 의해 버림받은 세계의 서사시"18)이다. 소설은 그 자체로 완결된 삶의 총체성을 형상화한 서사시와는 달리, 형상화하면서 숨겨진 삶의 총체성을 찾아내어 이를 구성해야 한다. 이 과정에서 소설의 구성은 비연속적 성격, 즉 내면성과 모험의 분리라는 형태를 취하게 된다. 그런 만큼 소설의 내용은 "자신을 알아보기 위해 길을 나서는 영혼의 이야기이자, 모험을 통해 자신을 시험하고 또 자신의 고유한 본질을 발견하려는 영혼의 이야기"19)에 해당된다. 이것은 "골드노프가 자아에 대한 눈뜸이나 인식을 소설 발생의 주요인으로 삼았던 것과 왓트가 개인의 체험 세계에 대한 관심의 증폭 현상을 중시한 것"20)과 같은 맥락이다. 이런 의미에서 소설은 다양한 구조와 유형에도 불구하고 자아와 사회 탐구를 위한 모험의 형식이라는 점에서

---

16) 위의 책, 22~23면.
17) J. 캠벨,『천의 얼굴을 가진 영웅』, 민음사, 2000, 44면.
18) G. 루카치,『소설의 이론』(반성완 역), 심설당, 1989, 113면.
19) 위의 책, 115면.
20) 조남현, 앞의 책, 73면.

교양소설21) 내지는 성장소설22)의 요소가 내포되어 있다.

예술 세계를 구성하는 것은 경험 세계를 재구성하는 일이라고 할 때, 시간은 생활의 보편적 조건으로서 인간과 사회를 인식하는 가장 중요한 요인이 된다. 칸트I. Kant를 비롯한 여러 사상가들이 지적하듯 시간은 인간의 특수한 경험 양식이다. 인간은 시간의 흐름에 따라 육체적으로 또 정신적으로 성장한다. 소위 자아니 인격이니 하는 것은 개인의 역사를 이룩하는 순간들과 변화들의 연속을 배경으로 할 때에만 경험되고 터득된다. 어떠한 공간적 질서도 주어질 수 없는 인상이나 정서나 관념 등과 같은 내적 세계에 관계되기 때문에 공간보다 일반적인 경험양식이다. 또한 그것은 공간뿐만 아니라 인과, 실체와 같은 일반적 개념보다도 더 직접적으로 경험되는 것이다. 그러므로 우리의 경험 속에는 가장 직접적이고 근본적인 여건으로서 계기, 흐름, 변화라는 것이 포함되어 있다고 볼 수 있는데, 이것이 바로 시간의 양상들이다. 말하자면, 모든 경험 속에는 시간적 지표(temporal index)가 찍혀 있는 것이다.23)

이와 같은 시간은 생의 수단인 것처럼 이야기의 수단이 된다. 그중에서도 신화적 이야기는 원초적 사건들을 순서대로 이야기함으로써 제의적

---

21) 교양소설은 주인공이 일정한 생의 형성이나 성취에 도달하기까지의 과정을 그린 소설. 이때의 주인공은 세계와의 대립 과정에서 빚어지는 문제를 추구하는 것을 포기하는 것처럼 보인다. 그렇다고 해서 인습으로 가득한 세계를 맹목적으로 수용한다고 보아서는 안 될 것이다. 또 이때의 주인공은 한 마디로 「남성적인 성숙」(virile maturity)에 의해 특징 지워진다. 예를 들면 괴테의 『빌헬름 마이스터의 수업시대』, 헤세의 『싯다르타』, 『나르찌스와 골드문트』 같은 작품이 있다.(위의 책, 289면)

22) 성장소설은 주인공의 지적 성숙이나 사회적 환경으로 인해 야기된 결핍의 상태에 출발한다. 그러나 주인공은 결핍으로 인한 좌절에 굴복하지 않고 이를 통해서 새로운 깨달음의 경지에 이르는 '통과 제의'의 구조를 취하고 있다. 이처럼 시련을 통해 새로운 경지에 입문하는 과정을 그리고 있다는 점에서 성장소설은 '이니시에이션 소설(initiation story)'로 불리기도 한다. 중등학교 문학 교과서와 관련된 대표적인 작품으로 황순원의 「닭 제(祭)」, 「늪」, 「소나기」, 「별」 등을 들 수 있다.

23) Hans Meyerhoff, 『문학과 시간현상학』(김준오 역), 삼영사, 1987, 11~12면 참조.

행동을 내면화시키고 이들 단계들에 극적인 성격을 부여한다. 신화가 언어로 극적인 긴장을 만들어 내는 것은 오직 삶을 위한 해결의 모범을 발견하기 위해서이다. 원초적 사건들을 순서대로 이야기함으로써 신화적 이야기는 제의적 행동의 여러 단계를 내면화시키고 이 단계들에 극적인 성격을 부여한다. 말하자면, 원시적 현실성의 서사적 재생으로써 "제의 행위의 전과정(dromenon)의 줄거리를 제공"[24]하게 되는 것이다. 이처럼 시간성은 신화의 본질적인 특징이자 서사 문학의 핵심적인 요소가 된다. 따라서 신화는 브레이르Emile Bréhier가 주장하듯 시간에 대한 최초의 반성의식이라고 할 수 있다.

> 신화에서 본질적인 것은 신화가 어떤 운명에 대한 이야기라는 것, 신화가 사건의 연속을 말하고 있다는 점이다. 물활론적 우주 개념이라고 해서 반드시 신화적인 것은 아니다. 우리가 결정적이고 항구적인 기능이 각 정령에 있다고 보는 선에서 중단할 경우 물활론은 신화가 아니다. 정령론이 신화적으로 되는 것은 오직 각 정령들이 역사를 가질 경우 뿐이다. 그렇다면 신화는 시간과 본질적인 관계를 갖지 않을 수 없다.[25]

신화의 시간성은 공간성과 표리의 관계를 이룬다. 이 둘은 병렬적인 대등한 관계를 맺고 있다. 한 작품에서의 공간적 질서는 시간적 질서의 공간적 측면이고, 시간적 질서는 공간적 질서의 시간적 측면이 되기 때문이다. 인간은 신화를 말하기 오래 전부터 공간 의식을 갖고 있었다. 그것은 공간적 관계를 의식하지 않고서는 어떠한 '움직임'도 불가능하기 때문이다. 그렇지만 인간이 공간 그 자체를 의식하게 된 것은 바로 신화에서, 그것도 거룩한 시간을 발견한 것과 밀접한 관계 속에서였다. 인간이 흩어진

---

24) 위의 책, 165면.
25) L. K. 뒤프레, 『종교에서의 상징과 신화』(권수경 역), 서광사, 1997. 176면.

세계에서 원초적인 조화로 복귀하는 것 역시 공간에 대한 의식적인 탐험이다. 왜냐하면 원래의 사건들은 이후의 모든 것과 관련해 볼 때 중간에 위치한 것으로 간주되기 때문이다. 이렇게 해서 세계는 시작뿐만 아니라 중심까지 얻게 되는 것이다.

> 우리가 세계 속에서 살아야 한다면 그 세계에는 반드시 기초가 있어야 한다. 그리고 세속적인 공간의 동질성 및 상대성이라는 혼돈 가운데서는 어떤 세계도 생겨날 수 없다. 고정된 점, 다시 말해 중심을 발견하거나 투사하는 것은 세계를 창조하는 것과 마찬가지이다.26)

시간의 질서개념은 인과율과 결합될 때 객관적 의미를 가지게 된다. 칸트는 그의 유명한 인과율의 증명에서 흄David Hume의 회의론에 답해서 시간 속에서 사건들을 객관적으로 배열하는 데 인과율이 필수적임을 보이려고 했다. A가 B보다 '먼저' 존재한다고 하는 것은 객관적으로 말한다면 우리가 그 두 사건의 연속을 경험하거나 생각해 내는 것과는 관계없이 그 두 사건 사이의 인과적 관계를 우리가 세울 수 있다는 것을 뜻한다. 만약 A가 B의 원인이라면 A는 B에 선행해야 한다. 그러므로 우리는 인과율을 전제함으로써만 이 세상에 있어서 시간적으로 잇달아 나타남의 객관적 배열과 주관적 배열을 구별할 수 있게 된다. 그리고 자연에 대한 우리의 모든 지식이 역시 이런 구분을 전제로 하고 있기 때문에 칸트는 인과율 그 자체가 자연에 있어서 객관적 원리가 되지 않으면 안 된다고 결론지었다.27)

객관적인 시간 구조는 플롯과 관련하여 연속적 질서를 설명하는 데 상당히 유용한 측면이 있다. 소설은 작중자아와 외부 세계와의 대결이라는

---

26) 위의 책, 180면.
27) Hans Meyerhoff, 앞의 책, 34~35면.

서사 구조를 택하고 있는 만큼 체험 양상이 구체적이고 체계적으로 드러난다. 모방(mimesis) 이론의 관점에서 볼 때 소설은 예술과 생활의 필연적인 차이인 다양한 문학적 관습에도 불구하고 "내적 느낌이 밖으로 드러난 기호[28]"에 해당된다. 자연적 시간과 경험적 시간이 인과관계를 맺고 전개되는 양상으로 나타난다. 또한 진행의 시간이 계기적인 흐름을 따라 전개될 경우에도 내용의 시간도 경과 속도의 빠르고 느림의 차이는 있지만 지속적으로 전개되므로 시간의 역전현상은 일어나지 않는다. 그 대표적인 예가 신화와 로망스의 분리 · 입문 · 회귀로 이어지는 시간 구조이다. 이 과정에서 주인공들은 계기적인 시간의 흐름과 연쇄적인 사건을 통해 다양한 삶의 실체를 경험하고 극복하는 사사 구조를 취하고 있다.

이에 반해 근대과학의 발달로 인한 "시간의 동공화"[29]는 종교적 신앙에 바탕을 두었던 영원성의 붕괴는 물론 시간의 파편화와 자아의 해체현상을 낳았다. 현대소설은 해체된 시간의 파편들을 하나의 통일된 유의적 형태로 재구성하기 위하여 초월적 시간 구조를 탐구하게 되었다. 이것은 시간을 존재의 본질로 생각했음을 의미한다. 시간 개념은 자아의 개념과 불가분의 관계를 맺고 있기 때문이다. 시간과 자아는 서로가 서로의 필요조건이 되어서 경험의 개개의 순간들을 통합(integrating)하여 어떤 종류의 통일체를 구성한다. 그것은 "'마음에 포착된 현재'는 이것의 사항들이 무엇이든지 간에 이 사항들이 하나의 의미 있는 패턴, 즉 하나의 연속적 '현재'에 결합되므로 하나의 통일체인 것"[30]이기 때문이다. 이것은 프루스트M. Proust나 조이스J. Joyce처럼 4분의 3은 보이지 않는 빙산과 같은 인간 존재를 "혼돈에 입각하여 세계를 다시 파악하기 위한 필사적인 시도"[31]에 해당된다.

---

28) William York Tindall. *The Literary Symbol*, A Midland Book, 1974, p.94
29) Hans Meyerhoff, 앞의 책, 205면.
30) Sir Charles Sherrington, *Man on His Nature*(New York: Double day, 1953), p.222.

이런 관점에서 자아를 견고한 통일체로 보는 전통적인 개념을 깨고 자기분열과 자의식의 과잉으로 일관된 현대인의 의식세계를 형상화해 놓고 있다. 일반적으로 서사체란 다른 사실들 가운데서 인과적 연쇄와 언어가 광대한 규약을 형성하는 것을 의미한다. 이 문제와 관련하여 <발자끄> 류의 소설이 인간의 삶을 객관적으로 관찰하여 충실하게 재현하는 것을 목표로 삼았다면, 현대 소설은 인간의 내면세계를 사실적으로 제시하기 위한 분석적인 방법을 택하고 있다. 그런데 시간과 공간을 초월하여 부유하는 인간의 의식 세계를 대응이론에 의하여 재현했을 때 내면세계를 통일적으로 관류하는 어떤 유의적 의미강도 형성될 수 없다. 이런 것들을 결합하여 어떤 종류의 "통일체로 만든다는 것은 그 무질서한 파편들이 오로지 '동일한' 자아의 퍼스펙티브Perspective에 관계되거나 이 퍼스펙티브 속에서 포착될 때만 의미 — 유의적이고 연상적인 이미지에 의하여 밝혀지는 의미 — 가 발생"[32]하게 된다. 따라서 현대 소설의 시간의 구조는 연대기적 통일성에 의존하는 것이 아니라 과거 · 현재 · 미래가 역동적으로 융합되어 있는 동적 질서(dynamic order)를 취하게 된다.

현대 문학 가운데서도 모더니즘은 "예술은 실재를 모방하는 것이 아니라 오히려 예술가의 상상력을 통하여 창조[33]"한다는 것이 기본 입장이다. 이것은 형식상의 혁명이라고 할 만큼 형식이나 스타일에서 변화된 면모를 보여주고 있다. 객관적 실재란 존재하지 않을 뿐만 아니라 어떤 예술적인 매체로도 실재를 그대로 모방할 수 없기 때문이다. 이들에 의하면 자신의 창조를 통하여 새로운 세계를 건설하고, 수정하고, 다시 건설하는 인간의 의식만이 있을 따름이다. 그 중에서도 자아를 견고한 통일체로 보는 전통적인 개념을 깨고 자기분열과 자의식의 과잉으로 일관된 현대인

---

31) R · M · 알베레스, 『현대소설의 역사』(정지영 역), 중앙일보사, 1978, 111면.
32) Hans Meyerhoff, 앞의 책, 58면.
33) 김욱동, 『모더니즘과 포스트모더니즘』, 현암사, 2001, 64면.

의 의식세계를 형상화해 놓고 있다. 그 구체적인 기법으로 의식의 흐름과 연상수법, 시간과 공간의 몽타주, 내적독백 등 다양한 문학적 장치를 구사하고 있다. 이것은 「율리시즈Ulysses」의 시간 구조에서 보듯, 의식 속의 모든 사건이나 행동은 '초시간적超時間的' 내지는 '무시간적無時間的' 양상으로 나타난다. 따라서 모더니즘 소설은 시작과 끝의 구분이 없을 정도로 "플롯의 진행에서 비연대기적이고, 구성에서도 조셉 프랭크가 말하는 이른바 '공간적 형식'"34)으로 나타나게 된다.

III. 플롯의 양상과 서사 구조

1. 평면적 구성과 시간 구조의 연속성

문학의 여러 장르 가운데서도 소설은 작중자아와 외부세계와의 대결이라는 서사 구조를 택하고 있다. 그런 만큼 작가의 체험 양상을 구체적이고 체계적으로 드러낼 수 있는 예술적 장치에 해당된다. 서사는 사건과 인물을 갖추고 있는데, 자아와 세계의 대결은 사건으로 구현되고 상호 대상화의 주체는 인물이다. 이 과정에서 작품은 외적자아(서술자)가 개입하고 있기 때문에 인물·사건·배경을 설정함에 있어서 아무런 제약도 받지 않는다. 이점에서 소설은 사실성보다는 허구성에 기반을 두고 있다고 할 수 있다. 이 때의 허구는 본래 형태가 없는 사건과 사물에 형태를 부가시키는 행위로써 이것을 통하여 사건과 사물은 의미를 부여받게 될 뿐만 아니라 미적 정체성을 획득하게 된다고 할 수 있다.

이와 같은 문학의 특성과 관련하여 독자가 작품을 이해하고 감상하는

---

34) 위의 책, 82면.

활동은 자신의 경험과 심미적 취향을 결합하여 작품의 의미를 재구성해 내는 능동적인 작업이다. 그 중에서도 소설은 여러 개의 모티브로 구성되어 있다. 많은 사건들은 서로 인과관계를 맺고 있으며, 전체의 주제 의식을 드러내는 데 도움이 되는 것들로 구성되어 있다. 이처럼 소설의 구성은 주제를 효과적으로 표현하기 위해, 사건과 사건을 계획성 있고 치밀하게 배열해 놓은 틀로 작가의 의도에 따라 재구성한 사건의 인과적, 미적 질서라고 할 수 있다. 따라서 소설을 올바르게 이해하고 감상하기 위해서는 구성에 대한 이해가 전제되어야 한다.

이런 의미에서 「메밀꽃 필 무렵」에 대한 이해를 위해서는 구성의 원리를 먼저 살펴볼 필요가 있다. 이 작품은 장돌뱅이인 허 생원이 봉평에서 난전을 마치고 장돌림을 하기 위하여 대화로 가는 길 위에서 겪는 사건을 메인 플롯으로 하고 있다. 이 과정 속에 성씨 처녀와의 로맨스가 삽화처럼 삽입되어 있다. 그런데 이 사건은 현재의 시간적 배경인 달밤과 공간적 배경인 메밀꽃 핀 들길과 일치함으로써 현실과 과거가 교차하는 연상 작용을 일으킨다. 이것은 작품 기법상 단일 구성의 바탕 위에 극적 구성을 첨가한 것으로 볼 수 있다. 그 결과 사건 전개에 있어서 시간의 역전현상이 일어나는 입체 구성의 형태로 전환된다. 이러한 사건의 전개 과정을 4단 구성으로 제시하면 다음과 같다.

① 발단 : 봉평 장터에서의 사건.
· 파장 무렵의 장터 풍경.
· 충줏집에서의 허 생원과 동이의 갈등.
· 나귀 사건으로 인한 허 생원의 동이에의 친밀감.
② 전개 : 대화 장터로 가는 길.
· 달밤에 메밀꽃이 만발한 들길을 지남. (허 생원이 자신의 과거를 회상)

- 허 생원의 과거 체험담.(장돌뱅이가 된 내력과 성씨 처녀와
  의 연분)
- 동이의 성장에 관한 이야기, (자신의 내력과 어머니에 관한
  사연)
③ 절정 : 허 생원과 동이의 화해.
- 허 생원은 동이의 어머니를 성씨 처녀로 추측함.
- 허 생원은 동이에 대해 혈연의 정을 느낌.
④ 결말 : 허 생원의 동이에 대한 친자 확인.
- 허 생원이 동이에게 어머니가 있는 제천으로 동행할 것을 제
  안함.
- 허 생원은 동이가 왼손잡이임을 알고 자식일 것으로 추측함.

이와 같이 허 생원과 성씨 처녀 사이의 로맨스는 과거의 사건이기는 하지만 작품의 중심부에 놓인 핵심적인 이야기의 요소로써 작용하고 있다. 이 과정에서 "서사단위의 정연한 안배나 인간과 짐승과의 융합과 화해의 구조를 통해서 제시한 혈연적인 연기 관계의 암시 등 그 짜임새와 포석이 완벽한 작품"[35]으로 평가되고 있다. 이점에서 작가의 미적 정서가 하나의 정신세계를 형성하는 데까지 발전한 한국문학사상 가장 정치한 작품으로 평가된다. 이런 측면은 고등학교『문학』교과서에서 다음과 같이 반영되어 있다.

이 작품은 두 개의 사건을 축으로 하고, 그 두 축이 씨줄과 날줄처럼 서로 교차하면서 이야기가 진행되고 있다. 그 하나는 허생원이 회상하는 과거의 추억이고 또 하나는 등장인물들이 봉평장에서 대화장으로 옮겨가는 관련된 현재의 사건이다. 그리고 그 두 축을 결합시키는 것이 메밀꽃이 흐드러지게 핀 달밤이라는 배경인 것이다. 작가는 전자를 통하여 인간의 근원적인 유랑의 삶을 보여 주고자 하였으며,

---

35) 이재선,『한국현대소설사』, 홍성사, 1984. 350면.

후자를 통해서는 인간의 혈육에 대한 정을 부각시키고자 하였다.(박
경신 외, 고등학교『문학』, 금성출판사, 2004)

그럼에도 불구하고 서사 미학의 측면에서 볼 때, 이 작품의 구조는 지
나치게 단조로울 뿐만 아니라 작위적인 사건 구조로 되어 있다. 20여 년
전 허 생원과 성씨 처녀와의 단 한 번의 성적 결합으로 동이를 잉태한 사
건과 허 생원과 동이의 기이한 상봉이 그것이다. 이런 사실은 "이 작품의
주제의 본질적 모호성"뿐만 아니라 "단 한 번의 정사의 추억에서 삶의 보
람을 느끼는 쓸쓸한 인간상이 풍기는 페이소스는 서정적 미감의 표출이
나 유도로 많이 약화되어 있음"36)을 보이는 요인이 된다. 따라서 이 작품
은 플롯과 인물 창조의 실패로 인하여 "진부하지 않은 감각과 세련된 문
장을 가졌음에 불구하고 민망할 정도로 읽기에 피곤"37)을 느끼게 한다는
것이다.

이와 같은 「메밀꽃 필 무렵」이 지니고 있는 상반된 평가와 관련하여 교
사는 무엇을 어떻게 지도하며, 학습자는 무엇을 하도록 할 것인지가 문제
가 된다. 문학이란 자체가 대상들의 '낯설게 하기'의 기법이다. 이 점을 고
려할 때 한 작품에 대한 상반된 평가는 자연스러운 현상이다. 그러나 문
학 이론에 대한 체계적인 지식이 없는 중등학교 학생을 대상으로 한 문학
교육의 경우 이러한 문학적 특성을 그대로 적용하기에는 많은 한계성이
따른다. 교사는 학생들이 다양한 문학 경험을 바탕으로 문학에 대한 긍정
적인 태도를 지니고 문학 문화에 적극적으로 참여할 수 있도록 유도해야
한다. 그러기 위해서는 작품은 고정된 전범이 아니라 학습자의 다양한 문
학 활동을 변용할 수 있다는 관점에서의 접근이 요구된다. 이런 의미에서

---

36) 유종호, 「서구소설과 한국소설의 기법」, 『비평의 방법과 실제』(이선영 편), 삼지
원, 1990. 156면.
37) 김동리, 『문학과 인간』, 인간사, 1952. 43~44면.

중등학교의 문학 수업에도 관점의 다양화를 위한 신화비평의 원리를 적용할 필요성이 있다.

이 문제와 관련하여「메밀꽃 필 무렵」은 앞의 장에서 언급한 신화의 일반적인 구성 원리를 원용하고 있다. 이것은 시간적 배경에서부터 명료하게 나타난다. 현대소설에서 이러한 시간의식은 "서로 다른 시간가時間價와 시간 계열에 맞춘 처리 방법이라 할 수 있으며, 상극하는 두 가지 체계나 가치 사이에서 이득을 얻어내는 방법"[38]이라고 할 수 있다. 이 작품의 발단은 <해는 중천에 있건만 장판은 벌써 쓸쓸>하다는 파장 무렵에서부터 시작한다. N. 프라이의 사계의 신화에 의하면, 하루 가운데 이러한 일몰의 시간은 한 해의 계절 주기로 치면 가을로 죽음의 단계에 해당된다. 그런 만큼 조락, 죽어가는 신, 횡사와 희생 및 영웅 고립의 신화 등을 상징하는 "비극과 엘레지의 원형"이 된다.[39]

이러한 시간의 설정은 여러 면에서 <쓸쓸하고 뒤틀린 반생>인 허 생원의 모습과 유사하다. 그는 충줏집에 대해 성적 욕구를 느끼고 있다. 그러나 시간적 배경이 저녁의 어둠으로 이행되듯, 그는 <연소패들을 적수>로 하기에 너무 늙었다. 말하자면, 어울리지 않는 나이와 솟구치는 애정 사이에서 갈등을 느끼고 있는 것이다. 이 과정에서 허 생원의 욕구는 젊은 '동이'의 등장으로 인하여 철저하게 좌절되는 양상으로 나타난다. 그는 허 생원이 <화중지병(畵中之餠)>으로 여기는 <충줏집을 후린 눈치>를 보이고 있다. 더 나아가 허 생원이 보는 앞에서도 <제법 계집과 농탕>까지 치고 있다. 이점에서 동이는 가을의 신화에서 주인공인 허 생원의 비극성을 배가시키는 부차적 인물로서 '모반자 내지는 유혹자'에 해당된다.

---

38) A.A. 멘딜로우,「시간과 소설」,『현대소설의 이론』(최상규 역), 대방출판사, 1983. 241면.
39) N. 프라이,「문학의 원형」, 앞의 책, 70면.

이와 같은 허 생원의 비극적인 삶의 양상은 그와 <반평생을 같이 지내온 짐승>인 '나귀'에도 그대로 투영되어 있다. 이효석 작품의 경우 "동물적인 근원의 암시는 애욕의 성애(에로티시즘)적 측면을 제시하는 데도 밀접하게 연결"40)되어 있다. 「돈(豚)」, 「들」, 「독백」, 「분녀」 등의 작품에 등장하는 돼지나 개와 같은 동물들이 그것이다. 이 작품에서도 나귀는 허 생원과 정서적으로 밀접하게 융합되어 있다. 나귀의 과거와 운명, 초라한 외모나 성적 충동의 양상까지도 허 생원과 동일하게 설정되어 있다. <까스러진 목 뒤 털>, <개진개진 젖은 눈>, <몽당비처럼 짧게 슬리운 꼬리> 등 나귀의 초라한 형상은 늘그막에 접어든 허 생원의 모습을 연상시키기에 충분하다. 또한 암놈을 보고 발광하는 행위는 충줏집에 대해 연심을 품고 있는 허 생원의 욕망과 직결되어 있다.

　　요 몹쓸 자식들 하고 허 생원은 호령을 하였으나, 패들은 벌써 줄행랑을 논 뒤요, 몇 남지 않은 아이들이 호령에 놀래 비슬비슬 멀어졌다.
　　"우리들 장난이 아니우. 암놈을 보고 저 혼자 발광이지."
　　코흘리개 한 녀석이 멀리서 소리를 쳤다.
　　"고 녀석, 말투가……."
　　"김 첨지 당나귀가 가 버리니까 왼통 흙을 차고 거품을 흘리면서 미친 소같이 날뛰는 걸꼴이 우스워 우리는 보고만 있었다우. 배를 좀 보지."
　　아이는 앵돌아진 투로 소리를 치며 깔깔 웃었다. 허 생원은 모르는 결에 낯이 뜨거워졌다. 뭇 시선을 막으려고 그는 짐승의 배 앞을 가리어 서지 않으면 안 되었다.
　　"늙은 주제에 암샘을 내는 셈야. 저놈의 짐승이."
　　아이들의 웃음소리에 허 생원은 주춤하면서 기어코 견딜 수 없이 채찍을 들더니 아이를 쫓았다.41)

<hr>

40) 이재선, 앞의 책, 351면.
41) 교육부, 『국어(상)』, 대한 교과서 주식회사, 1996, 356~357쪽. 이 작품에 대한 인

허 생원 일행이 대화장을 보기 위해 봉평을 떠난 것은 밤에 이르러서였다. 그는 밤길을 걸으면서 성씨 처녀와의 로맨스를 회상하고 있다. 그런만큼 현재의 시간과 허 생원이 회상하는 과거의 추억이 씨줄과 날줄처럼 교차하면서 이야기가 진행되고 있다. 이 과정에서 현재 그가 걷고 있는 밤길은 이십 년 전과 똑같은 상황으로 재현되고 있다. <보름을 가제 지난 달빛>과 메밀꽃이 흐드러지게 핀 밤길의 정경이 그것이다. 이것을 통하여 과거와 현재의 각기 다른 사건이 동일한 시간 구조 속의 사건으로 환치되고 있다. 그리고 이러한 서정적인 묘사와 관련하여 대부분의 『문학』 교과서에서는 '낭만적인 요소'에 초점을 맞추어 설명하고 있다.

　　이 작품에서 공간적 배경은 매우 중요하다. 달이 비치는 메밀밭, 장꾼들이 이동하는 강원도의 산길, 고개, 개울, 벌판, 그리고 해가 기울 무렵부터 달이 기울 때까지의 분위기 등은 순박한 인물들과 조화를 이루어 서정성 짙은 소설을 만들어 내고 있다. 특히 푸른 달빛에 젖은 메밀꽃이 흐드러지게 핀 광경이야말로 현실의 세계이면서도 환상을 자아내기에 충분하다. (오세영 외, 고등학교 『문학』, 대한교과서, 2010)

　　공간적 배경은 강원도 봉평 장터와 봉평에서 대화에 이르는 메밀꽃이 흐드러진 달밤이다. 메밀꽃 핀 개울가는 단순한 자연적 정경에 그치는 배경이 아니라, '인생의 인연'을 상징하여 작품 주제와 직접 관련된다. 그리고 메밀꽃 핀 산길의 달밤은 낭만적인 자연 배경으로 허생원이 옛 이야기를 꺼내는데 효과적이다. 이런 낭만적 배경은 작품의 주제를 애잔한 그리움으로 이끌어간다.(김병국 외, 고등학교 『문학』, 케이스, 2010)

용문은 이 책에 의한 것으로 인용문은 면수만 밝힌다.

이와 같이 대부분의 교과서에서 이 작품의 핵심 요소를 서정적인 '배경'에서 찾고 있다. 더 나아가 소설의 한 구성 요소인 배경을 주제와 직결되는 것으로 확대 해석하고 있다. 그러나 소설 미학의 측면에서 볼 때 배경은 인물이 활동하고 사건이 벌어지는 구체적인 시간과 장소를 의미한다. 이점에서 그 주된 기능은 작품의 주제보다는 전반적인 분위기의 형성과 사실성의 제시에 밀접하게 연관되어 있다. 따라서 배경에 대한 특수성의 강조는 학생들의 입장에서는 "작품의 의미를 축소"시킬 뿐만 아니라, 이 작품이 "특이한 작품으로 남을 가능성이 크고, 그 결과 소설에 대한 학습의 결과는 예기치 않을 방향으로 흐를 가능성"이 크다.42)

이와 더불어 허 생원이 걷고 있는 밤길은 낭만성 못지않게 고난의 연속선상에 있다는 점이다. 밤이라는 시간적 배경은 사계의 신화에 의하면 하루 가운데 어둠이 지배하는 시간으로 계절적으로는 겨울에 해당된다. 이것은 해체의 단계로서 "대홍수와 대혼돈의 신화, 영웅의 패배의 신화, 소유 제신의 몰락의 신화"43)로서 풍자의 원형이 된다. 이점에서 칠십 리의 밤길은 늘그막의 그가 하룻밤에 걷기에 힘에 부치는 길이다. 뿐만 아니라, 이십 년 전 성씨 처녀와 인연을 맺었던 메밀꽃이 흐드러지게 핀 <무섭고도 기막힌 밤>은 일 년에 한두 번 정도만 재현되는 특별한 분위기에 불과하기 때문이다.

허 생원이 반평생을 장돌뱅이로 늙을 수밖에 없는 이유는 자연에 대한 동화나 정한에 있다기보다는 벗어날 수 없는 궁핍한 생활상에 있다. 말하자면, <빚을 지기 시작하니 재산을 모을 염은 당초에 틀리고, 간신히 입에 풀칠을 하러 장에서 장>으로 돌아다닐 수밖에 없는 서글픈 신세인 것이다. 그에게 장돌뱅이로 살아가는 것 이외의 선택의 여지는 없다. 그가

---

42) 김동환, 「문학교육의 관점에서 본 소설 읽기 방법의 재검토」, 『문학교육학』제 22
  호, 2007, 23~24면.
43) N, 프라이, 앞의 글, 70면.

한사코 이십 전의 과거 속으로 퇴행하는 사실도 이런 현실과 무관하지 않다. 이점에서 그의 <난 꺼꾸러질 때까지 이 길 걷고 저 달 볼 테야>라는 말은 비극적 현실에 대한 반어적 표현에 다름이 아니다. 그만큼 지난날의 아름다움에 반비례하여 현재의 괴로움은 배가되고 있는 것이다. 이와 같은 현실에 대한 비극적 인식은 대화로 향하는 과정에서 되풀이하여 드러나고 있다.

① "수 좋았지. 그렇게 신통한 일이란 쉽지 않어. 항용 못난 것 얼어 새끼 낳고 걱정늘고, 생각만 해두 진저리가 나지······.그러나 늘그막바지까지 장돌뱅이로 지내기도 힘드는 노릇 아닌가? 난 가을까지만 하구 이 생애와두 하직하려네. 대화쯤에 조그만 전방이나 하나 벌이구 식구들을 부르겠어. 사시장천 걷기란 여간이래야지."
"옛 처녀나 만나면 같이나 살까······. 난 꺼꾸러질 때까지 이 길 걷고 저 달 볼 테야"(353면)

② 고개가 앞에 놓인 까닭에 세 사람은 나귀를 내렸다. 둔덕은 험하고 입을 벌리기도 대근하여 이야기는 한동안 끊겼다. 나귀는 건듯하면 미끄러졌다. 허 생원은 숨이 차 몇 번이고 다리를 쉬지 않으면 안 되었다. 고개를 넘을 때마다 나이가 알렸다. 동이 같은 젊은 축이 그지없이 부러웠다. 땀이 등을 한바탕 쪽 씻어 내렸다.(354면)

이 작품의 시간 구조는 파장 무렵에서 시작하여 한밤의 어둠을 거쳐 여명으로 이어지고 있다. 이러한 시간적 배경은 사계의 신화에 의하면 일년 가운데 출생의 단계인 봄에 해당된다. 이것은 "영웅의 탄생, 부활과 소생, 창조의 신화와 그리고 (이 네 양상은 한 주기이므로) 죽음, 겨울, 암흑의 세력의 패배 신화"[44]로서 로맨스의 원형이 된다. 작품의 결말 부분에

---

44) N, 프라이, 앞의 글, 69~70면.

서 <달이 어지간히 기울어졌다>는 사실은 이미 새벽이 와 있음을 의미한다. 이 여명 속에서 그는 <동이의 채찍은 왼손>에 있음을 발견하고 있는 것이다.

이에 따라 허 생원의 비극적인 삶의 실체는 희극적인 양상으로 전이된다. 이러한 시간 구조는 허 생원이 회상하고 있는 과거의 사건과는 뚜렷하게 구분된다. 성씨 처녀와 헤어져야 했던 이십 년 전의 새벽이 비극적인 시련의 시작이었다면, 현재의 시간은 그동안 꿈꾸어 왔던 이상의 실현이자 완전한 만남을 의미하는 것이기 때문이다. 따라서 이 작품이 독자들에게 '낭만적' 내지는 '환상적'으로 받아들여지는 이유도 '달빛과 메밀밭이 이루어내는 서정적 분위기' 못지않게 자연신화에 바탕을 둔 시간적인 순환의 원리를 원용했기 때문이라고 볼 수 있다.

이와 더불어 「메밀꽃 필 무렵」의 공간적 배경은 길로 표상되어 있다. 길은 철학적으로 인식하는 방법에 따라 동양과 서양에서의 개념이 각각 다르게 나타난다. 서구는 인간의 왕래에 오고 가는 말(logos)에 관심을 두고 Way, Road를 중심으로 풀이하였다면, 동양은 건전한 사시운행四時運行과 천상天象에 두고 길(道)의 근원을 우주에 두었다. 이런 의미에서 Road가 인간·언어·행위 등의 표현으로서의 인위규범적 길이라면, 도道는 하늘·생성·이치 등의 표현으로서의 자연규범적 길이라고 할 수 있다.[45] 그럼에도 불구하고 길은 삶의 질서와 자연의 섭리를 폭넓게 포괄하는 원리에 해당된다. 이것은 시간적 제약과 공간적인 특수성의 상징일 뿐만 아니라 역사성을 내포하고 있다. 그것은 개인을 사회화하며 사회를 개인화하기 때문이다. 따라서 인간다운 탄생은 출생에 의해서가 아니라 길을 나섬으로써 이루어진다고 할 수 있다.[46]

---

45) 김영묵, 「길(道)」, 『논문집』 제 10집, 공주사범대학, 1979, 114~137쪽 참조.
46) 한국문학에서 이와 같은 '길'은 일제하의 작품인 김소월의 「길」, 박용철의 「떠나가는 배」, 박목월의 「나그네」, 현진건의 「고향」 등에서부터 산업화 시대의 작품인

「메밀꽃 필 무렵」에서의 밤길은 <고개를 둘이나 넘고 개울을 하나 건너고 벌판과 산길>를 지나야 하는 공간으로 구성되어 있다. 이러한 "밤길의 길이와 시간의 상응 관계가 이 작품을 견고하게 지탱하고 있는 구조"[47]이다. 이 길은 자연과 인간의 합일이라는 한국적인 토속성이 잘 드러나 있다. 달이 비치는 메밀밭과 산길이 향토적 서정이라는 독특한 분위기를 자아내면서 자연과 인간의 일체화가 이루어져 있다. 그런 만큼 "자연에 동화되어 회상을 반추하며 떠돌아다니는 행상인의 정한과 애수를, 그리고 인연의 미학 즉 애욕의 신비한 연쇄의 원리를 제시"[48]하고 있다. 이처럼 길은 토속적인 인물과 조화를 이루고 있을 뿐만 아니라 삶의 총체성을 지닌 운명을 의미하는 상징적인 공간으로 설정되어 있다. 그것은 허생원과 성씨 처녀가 만났던 인연을 지닌 공간이자 허 생원이 동이를 만나는 곳이기 때문이다.

그런데 이러한 작품 구조는 앞에서도 언급했듯이 리얼리티가 결여되어 있다. 특히 '허 생원과 성 서방네 처녀가 사랑하는 사이였다'라든가 '장돌뱅이의 사랑을 그리고 있다'는 식의 진술은 수긍하기 어렵다. 두 사람의 만남 자체가 지극히 우연한 사건이기 때문이다. 그런 만큼 여러 『문학』 교과서에서의 두 사람이 사랑했다는 식의 진술은 이 작품이 '사랑 이야기'라는 선지식에 가까운 수용 양상을 유도하게 될 것이다. 이와 같은 '사랑 이야기'로서의 속성 규정은 이 소설에 담긴 삶에 대한 치밀한 접근을 원천봉쇄하는 역할을 하게 될 것이다.[49] 더 나아가, 이처럼 하룻밤의 우연한 정사를 평생의 그리움으로 안고 사는 허 생원의 삶의 실체를 '우리 민족의 전통적인 인생관 내지는 운명관'으로 규정해 놓고 있는데, 이것은

황석영의 「삼포가는 길」에 이르기까지 삶의 불안한 양상과 관련하여 유랑의 형태로 나타난다고 할 수 있다.

47) 김윤식, 『한국근대문학사상비판』, 일지사, 1987, 120쪽.
48) 이재선, 앞의 책, 350쪽.
49) 김동환, 앞의 글, 25면.

수용자인 학생의 측면에서는 받아들이기 어려운 진술이다.

그렇다면 문학 교육의 교수 - 학습과 관련하여 「메밀꽃 필 무렵」에서 우연의 연속으로 이루어지는 사건들을 어떻게 해명해야 할 것인가. 특히 결말 부분에서 허 생원은 동이와 그 어머니에 대한 이야기 끝에 <동이의 왼손잡이>를 보고 친자임을 확신하고 있다. 이것은 성씨 처녀와의 정사 못지않게 필연성이 결여된 결말 구조이다. 형식주의의 관점에서 볼 때 이 것은 결코 용납될 수 없는 문제이다. 그럼에도 불구하고 이 작품은 "자연 에 동화되어 회상을 반추하며 떠돌아다니는 행상인의 정한과 애수를, 그 리고 인연의 미학 즉 애욕의 신비한 연쇄의 원리를 제시"50)했다는 평가 에서 보듯 1930년대 한국소설의 미학을 보여준 대표적인 작품 가운데 하 나로 평가되고 있는 것이 사실이다.

여기서 「메밀꽃 필 무렵」의 핵심적인 모티브가 '혈육 찾기'에 있다고 할 때, 이것은 평범한 일상의 현실성보다는 인간의 본원적인 문제에 초점 을 맞추었음을 의미한다. 그런 만큼 이 작품의 공간적 배경은 신화적인 특성과 밀접하게 연관되어 있다. J. 프랭크에 의하면 이러한 역사의 공간 적 영역이란 신화의 무시간적 영역을 가리키는 것이다. 신화의 세계에는 역사로서의 시간은 존재하지 않고 오직 영원한 원형(Prototype)만이 존재 하기 때문이다. 이는 공간적 형식이 무시간의 세계, 신화의 세계에서 적 합한 미학적 표현을 발견한다는 뜻이다. 이런 신화적 일체감은 일상적 시 간, 즉 역사의 시간을 제외시키고 무시간의 상태, 즉 시간의 공간화에서 확인할 수 있다.51)

이런 의미에서 「메밀꽃 필 무렵」의 공간적 배경들은 원형적 심상으로 서의 상징성을 지닌다. 허 생원이 살아가고 있는 현재의 시간과 성씨 처 녀를 만났던 과거의 시간과는 20년의 간극이 있다. 그럼에도 불구하고 봉

---

50) 이재선, 앞의 책, 350면.
51) 김용희, 「공간」, 『신소설론』, 우리문학사, 1996. 180면.

평 장터에서부터 대화에 이르기까지의 전 과정에 제시된 배경들은 일상적인 시간의 흐름이 정지된 공간성을 드러내고 있다. 그 중에서도 작품의 서두에 제시된 봉평 장터는 인위적 공간으로서의 특징을 지니고 있다. 이러한 세계 속의 인물들은 신화비평의 관점에서 볼 때 "무정부이며 또는 한 개인, 소외된 인간, 부하에게 등을 돌린 지도자, 로맨스에서의 심술궂은 개인, 버림받은 또는 배반당한 영웅"[52]으로서의 원형적 심상을 지닌다.

이것은 「메밀꽃 필 무렵」의 장터의 인물들에게도 그대로 적용된다. 이곳은 파장 무렵이라는 배경이 암시하듯 혼돈과 무질서만이 존재하는 퇴락한 공간이다. 특히 장돌뱅이들에게 있어서 <마을사람들이 거지반 돌아간 뒤>의 장터는 더 이상 생활의 터전일 수는 없다. 오히려 그 역으로 모든 인간관계나 삶의 양상은 파탄된 형태로 나타난다. 허 생원은 역시 마찬가지이다. 그는 충줏집을 사이에 놓고 젊은 동이와 애정 문제로 갈등을 겪고 있으며, 각다귀들로부터는 나귀와 관련하여 수모를 당하고 있다. 이처럼 그는 정상적인 삶의 질서로부터 좌절되고 소외된 인물로 형상화되어 있다. 이점에서 장터는 포악한 인물과 창부와 같은 요사스런 여성이 지배하는 윤락적인 공간으로서 비극적 비전에 해당된다.

> 내일은 진부와 대화에 장이 선다. 축들은 그 어느 쪽으로든지 밤을 새며 육칠십 리 밤길을 타박거리지 않으면 안 된다. 장판은 잔치 뒷마당같이 어수선하게 벌어지고, 술집에서는 싸움이 터져 있었다. 주정꾼 욕지거리에 섞여 계집의 앙칼진 목소리가 찢어졌다. 장날 저녁은 정해 놓고 계집의 고함 소리로 시작되는 것이다.(348면)

이와 같은 인위적 공간과 대비하여 자연적 배경은 원초적인 생명력으로 충만한 희극적 비전으로 형상화되어 있다. 이러한 배경을 통해 두 개

---

52) N, 프라이, 앞의 글, 73면.

의 모티브를 제시해 놓고 있다. 20여 년 전 허 생원의 성씨 처녀와의 인연과 현재의 시점에서 혈육을 찾는 과정이 그것이다. 이 가운데 전자의 모티브는 새로운 생명의 잉태와 출생에 초점이 맞추어져 있다. 이것은 <괴이한 인연>일 정도로 우연한 만남과 정사의 결과이다. 그런 만큼 이에 상응하는 신비성을 제시하기 위하여 잉태와 출생과 관련된 원형적 심상을 제시해 놓고 있다. 이 작품에서 되풀이하여 드러나는 밝은 달빛과 흐드러지게 핀 메밀꽃이 어우러진 환상적인 분위기와 성적 모티브를 상징하는 자연적 상관물들이 그것이다.

> "장 선 꼭 이런 날 밤이었네. 객줏집 토방이란 무더워서 잠이 들어야지. 밤중은 돼서 혼자 일어나 개울가에 목욕하러 나갔지. 봉평은 지금이나 그제나 마찬가지지. 보이는 곳마다 메밀밭이어서 개울가가 어디 없이 하얀 꽃이야. 돌밭에 벗어도 좋을 것을 달이 너무도 밝은 까닭에 옷을 벗으러 물방앗간으로 들어가지 않았나. 이상한 일도 많지. 거기서 난데없는 성 서방네 처녀와 마주쳤단 말이네. 봉평서야 제일 가는 일색이었지."
> "팔자에 있었나 부지."
> 아무렴 하고 응답하면서 말머리를 아끼는 듯이 한참이나 담배를 빨 뿐이었다.(353면)

모든 생명체의 탄생은 그 자체로 신비성을 지닌다. 이 과정에서 성적 결합은 이러한 생성의 전제조건이 된다. 일반적으로 "<리비도> 또는 정욕적인 영웅적 자아가 깨어나는 것은 자연의 어둠"[53] 속에서다. 그중에서도 「메밀꽃 필 무렵」에서의 밤은 어둠 못지않게 환한 빛이 지배하고 있다. 이것은 보름 무렵의 달과 흐드러지게 핀 메밀꽃이 어우러져 빚어낸 빛의 조화이다. 이 가운데 달은 인간과 자연의 주기 사이의 합일점을 보

---

53) 위의 글, 72면.

여주는 상징물이다. 그만큼 달의 주기적 변모와 여성의 생리의 주기적 변화와는 밀접하게 연관되어 있다. 특히 달의 주기와 관련하여 성숙기의 절정에 해당하는 보름달은 극대화된 여성의 성적 욕구를 상징하며, 그 본능적인 욕구의 결과는 생명의 잉태라는 창조신화54)의 원천이 된다.

이와 더불어 메밀꽃 역시 구체적인 성적 상징물이다. 모든 식물은 그 나름대로의 특정한 시기에 특정한 목적을 위하여 꽃을 피운다. 이런 사실 자체가 새로운 생명을 잉태하기 위한 제의적 행위이다. 이처럼 꽃은 이성을 유혹하기 위한 농염한 생식기로서 풍요와 번영을 상징한다. 프레이저는 '인간은 식물로부터 비롯되었다'는 세계 공통의 신화에 주목하고 있다. 이러한 '식물 정령'이나 '곡물 정령' 신앙의 요체는 식물의 평면과 인간의 평면 사이에는 생명의 원천으로서의 부단한 교류가 있다는 데 있다. 인간은 모두가 동일한 식물적 자궁의 에너지의 투사이며, 그들은 식물의 번성에 의해서 부단히 탄생과 재생을 반복하는 존재라는 것이다.55) 그 만큼 메밀꽃이 <흐뭇한 달빛에 숨이 막힐 지경>으로 피었다는 사실은 생명 작용의 절정에 있음을 의미하는 것이다.

이처럼 과거의 사건이 새로운 생명의 잉태에 있었다면 현재는 그 혈육과의 만남에 초점이 맞추어져 있다. 이것은 20년여 년이라는 시간의 간극을 일시에 뛰어넘는 운명적인 사건이다. 이런 사실 자체가 일상성의 논리로는 설명될 수 없는 초자연적인 현상이다. 그런 만큼 극적인 만남을 위한 소설적 장치가 요구된다. '개울'은 그 구체적인 형상화이다. 이것은 허생원에게 있어서 달빛이나 메밀꽃 못지않게 중요한 의미를 지니고 있다. 그의 인생의 절정인 성씨 처녀와의 만남이 개울로 목욕하러 갔다가 이루어진 사건이었기 때문이다. 그리고 현재의 여정에 볼 때 고개를 둘이나

---

54) 이와 같은 인간과 달의 혼용의 경지를 보여주는 대표적인 작품으로 김동리의 「달」을 들 수 있다.
55) J.G. 프레이저, 『황금의 가지(상)』(김상일 역), 을유문화사, 1997. 8~9면.

넘은 상황에서 개울은 마지막 공간적 배경에 해당된다. 이것을 건너는 과
정에서 허 생원은 동이의 출생과 생모에 관한 내력을 캐묻다가 실족하여
물에 빠지고 있다. 이점에서 개울은 그들의 여정에 극적 의미를 부여하기
위한 제의적 장소라고 할 수 있다.

> 물은 깊어 허리까지 찼다. 속 물살도 어지간히 센 데다가 발에 채
> 이는 돌맹이도 미끄러워 금시에 훌칠 듯하였다. 나귀와 조 선달은 재
> 빨리 거의 건넜으나 동이는 허 생원을 붙드느라고 두 사람은 훨씬 떨
> 어졌다.
> "모친의 친정은 원래부터 제천이었던가?"
> "원걸요. 시원스리 말은 안 해 주나, 봉평이라는 것만은 들었죠."
> "봉평? 그래 그 아비 성은 무엇이구?"
> "알 수 있나요? 도무지 듣지 못했으니까."
> "그 그렇겠지."
> 라고 중얼거리며 흐려지는 눈을 까물까물하다가 허 생원은 경망하게
> 도 발을 헛디디었다. 앞으로 고꾸라지기가 바쁘게 몸째 풍덩 빠져 버
> 렸다. 허비적거릴수록 몸을 걷잡을 수 없어, 동이가 소리를 치며 가까
> 이 왔을 때에는 벌써 퍽으나 흘렀다. 옷째 쫄딱 젖으니 물에 젖은
> 개보다도 참혹한 꼴이었다.(355면)

허 생원은 개울을 건너다 물에 <몸째 풍덩 빠>지는 사건을 통하여 동
이와 혈연으로서의 일체감을 느끼고 있다. 이때의 물은 인간의 잠재의식
속에서 모든 생명의 근원이 되며, 영적 신비와 무한, 죽음과 재생, 영혼의
정화 등을 표상하는 원형적 이미지이다. 이처럼 물은 모든 생명의 근원인
동시에 존재의 실체를 끊임없이 변모시키는 역동성과 가변성을 지니고
있다. 허 생원이 이와 같은 개울(강)에 빠진 사건은 인생 순환의 변화상을
나타내는 희극적 비전으로서 근원적 운명을 상징한다. 이것은 비극적인
과거로부터의 결별과 더불어 새로운 만남을 위한 정화이자 통과제의에

해당된다. 특히 그는 개울물에 빠진 탓이 <나귀를 생각하다 실족>한 것으로 <저 꼴에 제법 새끼를 얻었다>는 사실을 강조하고 있는데, 이 나귀란 다름 아닌 허 생원 자신인 것이다. 이 제의적 과정을 통하여 달빛 · 메밀꽃 · 나귀 등 모든 동식물을 포함한 자연과 인간의 일체화가 되는 "동시적 조화"56)가 이루어진다. 이런 의미에서 「메밀꽃 필 무렵」은 『문학』 교과서에서 강조하고 있는 '서정적인 분위기' 못지않게 신화적 상상력과 결부된 원형적 심상을 바탕으로 하여 이루어진 작품으로 볼 수 있다.

2. 입체적 구성과 시간 혼유의 기법

한국문학은 "모더니스트들에 이르러서 비로소 20세기의 문학은 의식적으로 추구"57)되었다고 할 때 이것은 현대성 문제와 직결된다. 이들은 자아를 견고한 통일체로 보는 전통적인 개념을 깨고 자아분열과 자의식의 과잉으로 일관된 현대인의 의식세계를 형상화해 놓고 있다. 의식세계는 "사고와 감각이 기능을 발휘하고 있는 한 무한히 증대되는 하나의 작용이며 그것은 살고 있는 현재에 부정한 과거가 연속"58)되어 있다. 작가는 무질서하고 불안한 단계에 있는 인간의 의식을 묘사하는 일에서부터 시작해야 하며, 또한 그 예술작품을 창작하기 위한 묘사는 무질서한 것에서 벗어나지 않으면 안 된다. 내면세계의 문학적 형상화는 "부유하는 일관성"59)으로서 무질서 위에 질서를 어떻게 부여하는가 하는 문제에 귀착된다. 따라서 모더니즘은 삶의 실재에 대하여 본질적으로 다원적이고

---

56) N, 프라이, 앞의 글, 68면.
57) 김기림, 「모더니즘의 역사적 위치」, 『시론』, 백양당, 1947, 74면.
58) Leon Edel, 『현대심리소설 연구』(이종호 역), 형설출판사, 1983, 41면.
59) Robert Humphrey, 『현대소설과 의식의 흐름』(이우건 · 유기룡 공역), 형설출판사, 1984, 118면.

상대적인 관점을 지닌다.

이것과 관련하여 모더니스트들은 '의식의 흐름', '내적독백', '시간과 공간의 몽타주' 등 전통적인 소설에서는 찾아볼 수 없는 다양한 기법적 장치들을 고안해 내었다. 모더니즘 소설은 계기적인 사건의 전개가 없을 뿐만 아니라 무질서한 모습으로 드러난다. 그만큼 전통적인 소설의 양식을 철저하게 부정한 듯한 느낌을 준다. 그러나 이것은 인간의 내적 경험을 사실적으로 표현하기 위하여 "형식적 패턴에 유별나게 의존"[60]했음을 뜻하는 것이다. 이들은 외적 플롯과 의식의 흐름을 융합시키기 위하여 문학적 모델, 역사적 순환 그리고 음악적 구성 등을 본떠서 작품을 형상화했다. 또한 복잡한 상징 구조를 이용하여 의식의 구조를 실제 그대로 묘출하고자 했을 뿐만 아니라 거기에서 독자를 위하여 어떤 의미를 추출하고자 했다.

모더니즘 문학의 특징은 시간 의식에서부터 분명하게 드러난다. 인간의 일상생활은 개개인의 시간 경험의 동시성을 제공하는 객관적 시간이라는 고정된 틀 속에서 영위된다. 이것은 물리적인 시간 개념으로 시계에 의하여 그 공시성이 확보된다. 그런데 모더니스트들은 시간 속에 유폐되어 있는 과거의 기억들을 현재에 일어나고 있는 현재적인 체험으로 되살리기 위하여 시간의 물신화 현상을 철저하게 거부하고 있다. 시간은 존재의 본질이라는 측면에서 삶의 실체를 기억과 기대에 의하여 의미 있는 시간의 연속체로 구성하고자 했던 것이다. 여기서 경험 속에 있는 시간적 지표는 "영원의 동적 이미지"[61]로 환치되며, 도식적인 삶을 탈출하려는 자의식은 물리적 시간의 거부 내지는 파괴 현상으로 나타나게 된다.

---

60) 위의 책, 150면.
61) J. H. 롤리, 「영소설과 시간의 세 종류」, 『현대소설의 이론』(최상규 편역), 대방출판사, 1983. 476면.

①시계도칠려거든칠것이다하는마음보로는한시간만에세번을치
고삼십분이남은후에육십삼분만에처도너할대로내버려두어버리는
마음을먹어버리는관대한세월은그에게이때에시작된다.[62]
②日暮청산-
날은 저물었다. 아차! 아직 저물지 않은 것으로 하는 것이 좋을까
보다.
날은 아직 저물지 않았다.[63]

이것은 공공생활을 지탱하는 객관적 시간 개념의 부정에 다름이 아니
다. 사회적 활동과 교류에는 개개인의 시간 경험의 동시성이 필요한 데,
이런 공적 동시성은 시계와 달력에 의해 확보되기 때문이다. 그런데 시계
는 <한시간만에세번을치고삼십분이남은후에육십삼분>을 치는 고장난
것으로 객관성 및 공준성을 상실하고 있다. 뿐만 아니라, 저녁을 <아직
저물지 않은 것>으로 인식하는 주관적 시간 개념 속에서의 과학적 시간
은 사실상 어떠한 의미도 지니지 못한다. 단지, 작중자아의 의식에 의해
서 의도적으로 변질된 자의적인 시계만이 존재할 뿐이다. 이것은 "시계
시간의 메카니즘을 부정, 배제하는 그의 시간 의식의 역설적 표현"[64]에
해당된다.
이런 측면은 세계와 자아 사이에 유기적인 상호 관련성을 인정하던 전대
의 리얼리즘 작가와는 뚜렷하게 구별된다. 이것은 서술자의 시점의 문제에
도 그대로 나타난다. 과거 · 현재 · 미래의 사건들이 산발적이고 동적 순서
로 연계되어 있는 의식 세계를 표현하기 위해서는 서술의 신뢰감을 주는
일관된 목소리를 필요로 한다. 그러나 박태원의 「소설가 구보씨의 일일」

---

62) 「지도의 암실」, 164~165면. 이하 본고에서 이상의 작품 인용은 『이상문학전집 2
권』(김윤식 엮음, 문학사상사, 1998)에 의한 것으로 그 면수만 밝히기로 한다.
63) 「종생기」, 387면.
64) 정덕준, 「한국현대소설의 시간구조에 관한 연구」, 고려대학교대학원, 1984. 87면.

은 총 31절 가운데 1~2절은 어머니가 서술자로 설정되어 있다. 이 부분에서의 서술의 초점은 어머니를 통하여 이루어지고 있다. 구보의 시점에서 소설이 전개되는 것은 3절부터이다.[65] 또한 작중화자는 자신의 경험을 객관적으로 제시하는 것이 아니라 끊임없이 반복하여 분석하고 있다. 대부분의 대화는 발화자의 목소리가 드러나지 않는 간접화법이나 서술문으로 되어 있다. 작중화자가 자신을 포함한 작중인물의 내면세계를 요설적으로 분석하여 그에 대한 느낌이나 생각을 제시한 형태를 취하고 있는 것이다.

> 그는 결코 대담하지 못한 눈초리로, 비스듬히 두 간통 떨어진 곳에 앉아 있는 여자의 옆얼굴을 곁눈질하였다. 그리고 다음 순간, 그와 눈이 마주칠 것을 겁하여 시선을 돌리며, 여자 혹은 자기를 곁눈질한 남자의 꼴을, 곁눈으로 느꼈을지도 모르겠다고, 그렇게 생각하여 본다. …(중략)… 아는 체를 하여야 옳을지도 몰랐다. 혹은 모른 체하는 게 정당한 인사일지도 몰랐다. 그 둘 중에 어느 편을 여자는 바라고 있을까. 그것을 알았으면, 하였다. 그러다가, 갑자기, 그러한 것에 마음을 태우고 있는 그러한 것에 마음을 태우고 있는 자기가 스스로 괴이하고 우스워, 나는 오직 요만 일로 이렇게 흥분할 수가 있었던가 하고 스스로를 의심하여 보았다.(28면)

모더니즘 문학에서 대응적 리얼리즘의 요소는 발견되지 않는다. 사건이 진행될수록 작품의 내용은 불투명해 진다. 이것은 구조적인 문제로까지 확대되어 작품 자체가 모순덩어리와 같은 혼란스러운 양상을 드러낸다. 그 예로 「지주회시」에서 시점과 화자의 관계는 심한 부조화를 드러내고 있다. 언어의 특수한 교신의 형태로 근대소설에서 관습처럼 되어 있는

---

65) 박태원 소설에서 이와 같은 인물의 이중 초점화는 다양한 인물시각적 서술유형인 『천변풍경』을 통하여 보다 구체화된다.

띄어쓰기마저 의도적으로 무시되어 있다. 이러한 "분할 공간의 막힘 – 띄어쓰기에 의한 낱말들 사이의 여백들은 활자와 여백으로 공간을 분할한다고 말할 수 있다 – 은 다분히 의식적이요, 조작에 의한 공간의 찌그림"[66]으로 내면세계의 탐구와 밀접한 연관이 있다. 의도적으로 띄어쓰기를 무시함으로써 마음에서 연속적으로 이어지는 의식의 흐름을 나타내고 있다. 또한 그는 자신의 내면세계를 분석하고 있을 뿐만 아니라 안타고니스트인 아내로 환치되어 나타나기도 한다. 작중화자의 일상이 구술독백(oral monologue)을 통하여 아내의 시점에서 분석되고 있다. 그만큼 시점의 발화는 다양한 심리적 거리를 감각으로 나타나고 있다. 이것은 소설이 어느 특정한 위치에 선 화자에 의해 전달된다는 통념을 송두리째 바꾸어버린 것으로 볼 수 있다.

> 그러나안해는깜짝놀란다. 덧문을닫는-남편-잠이나자는남편이 덧문을닫았더니생각이많다. 오중이마려운가-가려운가-아니저인 물이왜잠을깨었나. 참신통한일은-어쩌다가저렇게사(生)는지-사는 것이신통한일이라면또생각하여보자는것은더신통한일이다. 어떻게 저렇게자나? 저렇게도많이자나? 모든일이稀한한일이었다. 남편. 어 디서부터어디까지가부부람-남편-안해가아니라도그만안해이고마 는고야. 그러나남편은안해에게무엇을하였느냐-담벼락이라고외풍 이나가려주었더냐.[67]

의식의 흐름에 내포된 입체적인 시간관은 시간의 몽타주와 연상 수법을 통하여 구체화된다. 이것들은 유동적인 시간과 관념의 상호 관계 또는 연합을 나타내기 위한 기법이다. 의식의 복합성과 시간의 유동성을 일관

---

66) 김중하, 「이상의 소설과 공간성」, 『한국현대소설사연구』(전광용 편), 민음사, 1982. 337면.
67) 「지주회시」, 289면.

성 있는 구조로 환치시키기 위한 일종의 통제 장치이다. 의식의 흐름이 연속성을 띠고 구조적인 통일성을 이루기 위해서는 선택되고 조직될 필요가 있기 때문이다. 이 과정에서 기억 · 감각 · 상상력 등은 연상을 유도하고 그것에 사실성을 부여하는 기능을 각각 수행하고 있다. 그런 만큼 "작가나 그의 작품은 작중 인물의 자유연상들을 선택 · 통어 · 조직하는 그런 일을 못하는 경우라도 자기통일성의 감각에 특유한 자동조절 기능"[68]을 보이게 된다.

모더니즘 소설은 모든 사물을 객관적인 외형보다는 마음의 창을 통하여 보듯, 작중자아는 "심안心眼의 시계視界"[69]를 통하여 인식하고 있다. 이러한 시간 혼유의 기법은 "과거시가 현재시로 파고드는 수가 있으나 이것은 순간적이며 곧 다시 과거시 속으로 들어가 버린다"[70]는 점에서 다분히 푸르스트적인 시간의식이다. 이 과정에서 문학적 시간은 경험으로서 포착되는 시간의 요소와 유기적인 관계를 맺게 된다. 그 예로 최명익의 「무성격자」에서 정일의 의식은 편집증 환자처럼 내면세계로 침잠하고 있다. 그에게 있어서 현재의 시간은 어떠한 의미도 지니지 못한다. 그 반면에 '초시간적' 내지는 '무시간적' 양상인 내면세계에 대한 반추로 재구성되어 있다. 아버지가 위독하다는 전보를 받고 고향으로 내려가는 기차 안에서의 <정일>의 회상과 예상이 그것이다. 현재의 시간(①, ③, ⑤, ⑦, ⑨)이 미래를 향하여 진행되고 있다면 의식의 흐름은 회상(②, ⑥, ⑧)이나 예상(④)을 통해 시간의 역전현상을 일으키고 있다. 그런 만큼 "시간과 자아는 서로가 서로의 필수조건이 되어 경험의 개개의 순간들을 통합(integrating)"[71]하는 요소로 작용하게 된다.

---

68) Leon Edel, 앞의 책, 60면.
69) 위의 책, 117면.
70) 위의 책, 12면.
71) Hans Meyerhoff, 앞의 책, 57면.

① 현재 : 아버지가 위독하다는 전보를 받고 귀향하기 위하여 기차
   에 승차함.
② 과거 : 문주에 대한 회상.
③ 현재 : 차창 밖의 풍경에 대한 감상.
④ 미래 : 아버지와 문주의 죽음에 대한 예상.
⑤ 현재 : K역 부근의 풍경에 대한 감상.
⑥ 과거 : 두 달 전 K역에서의 문주와의 일에 대한 회상.
⑦ 현재 : 차창 밖의 풍경에 대한 감상.
⑧ 과거 : 문주에 대한 회상.
⑨ 현재 : 집에 도착함.

전위적인 모더니스트들은 인간의 삶의 모든 면에서 "의식의 본질을 바꾸고, 현실의 본질에 대한 기존 개념을 바꾸려고 혼신의 노력을 기울이고 있는 혁명가로 간주"[72]했다. 이상 역시 마찬가지로 「실화」는 자아 탐구를 위한 실험적인 탐구의식이 강하게 반영된 작품이다. 이야기의 전개 과정에서 스토리 텔러의 기능이 상당히 위축되어 있다. 이 작품을 지배하는 것은 객관적인 현실이 아니라 주관적인 의식세계이기 때문이다. 이런 심층세계는 역동적인 의식의 활동에 따라 무질서하고 혼동된 양상으로 나타난다. 주관적이고 분열적인 시간의 연속으로 인과율에 의한 계기적인 시간의 진행이 파괴된다. 또한 공간도 한 곳에 고정되어 있지 않다. 의식의 흐름에 따라 환상과 추상의 세계를 자유롭게 넘나드는 시간의 역전현상 속에서 공간적 통일성은 파괴되고 있다. 과거 서울에서 발생한 사건과 현재 동경에서 일어나고 있는 사건이 시간과 공간의 몽타주 기법으로 엮어져 있는 것이다. 이것을 연대기적인 순서로 배열해 보면 다음과 같다.

---

72) C. W. E. Bigsby, 『다다와 초현실주의』(박희진 역), 서울대학교 출판부, 1984, 91면.

서울에서의 사건

① S로부터 연의 부정 사실을 들음.

② 연으로부터 부정을 고백 받음.

③ 자살을 결심하고 연이와 같이 살던 방을 나옴

④ 유정을 만나 자살 결심을 포기함.

⑤ 연의 방으로 돌아와 동경행을 위해 짐을 꾸려 나옴.

　동경에서의 사건

① 신보정 하숙에서 연과 유정으로부터 편지를 받음.

② C양의 방에서 그녀가 하는 소설의 이야기를 들음.

③ Y를 만나 술집에서 술을 마심.

④ 신숙역에서 열차를 기다림.

　서울에서의 사건이 2개월 전인 10월 23일부터 10월 24일 사이에 일어났던 일이라면, 동경에서의 사건은 12월 23일부터 12월 24일까지 현재의 시점을 중심으로 전개된다. 이 사건들은 전개 과정에서 "17회의 역전현상"[73]을 일으키고 있다. 이렇듯 총 9장 가운데 무시간적 프롤로그에 해당하는 제1장을 제외한 나머지 부분은 현재의 시간과 과거의 시간이 교차하면서 혼재되어 있다. 그중에서도 2, 4, 6, 8, 9장이 동경에서의 사건을 다루고 있다면, 3, 5, 7장은 서울에서의 체험을 서술해 놓고 있다. 2장과 4장의 경우 서울에서의 사건과 동경에서의 사건이 혼합된 형태로 제시되어 있다. 서술의 시간과 허구의 시간 사이에 괴리가 일어나 시간과 공간이 "과거와 현재, 몽상과 현실의 화음을 이루며 대위법"[74]처럼 전개되고 있다.

　시간적 요소가 비약적으로 융합되는 것은 현대문학의 가장 보편적이

---

73) 김정자, 『한국근대소설의 문체론적 연구』, 삼지원, 1985, 300면.

74) 정덕준, 앞의 논문. 112면.

고 두드러진 특징 가운데 하나이다. 유동적인 내면세계를 자동기술법 (automatic writing)을 통하여 무질서하게 기술해 놓은 듯한 인상을 준다. 이 문제와 관련하여 이미지의 논리에 의한 연상수법은 가장 유용한 기법이 된다. 경험과 기억이라는 내적 세계는 외부 세계에서와 같은 객관적 인과 관계가 아니라 오히려 '의미 있는 연상'에 의해서 인과적으로 결정되는 구조를 보여주기 때문이다. 이 작품에서도 '담배'(2장), '국화' '입술'(4장), '안개'(6장) 등의 연상 매체를 통하여 시간과 공간을 초월한 체험의 연속성과 동시성을 확보하고 있다. 계기적인 시간의 흐름에 있어서 엄격히 구분되는 서울에서의 사건과 동경에서의 사건이 연상수법에 의하여 인과적으로 연결되어 있는 것이다. 이점에서 의식과 인상의 혼합물로써 감상적인 '마음의 분위기'를 구체적으로 드러내게 된다.

이 문제와 관련하여 모더니즘 소설은 "자서전과 소설과의 경계선을 고의적으로 모호"[75]하게 하려는 인상을 준다. 특히, 이상의 소설은 작가 자신의 초상을 그린 사소설[76]로 언급되기도 한다. 그러나 이런 양상은 체험의 재현보다는 자아식의 세계를 본래의 경험보다 더 "실재적인"[77] 모습으로 재구성하기 위한 예술적 탐구정신과 밀접한 연관이 있다. 이것은 모더니즘을 특징짓는 주관성과 관련하여 "작품과 실재 사이의 관계를 탐색하기 위하여 인공품으로서의 작품의 위치를 드러내는 현상"[78]으로서의 예술적 자의식을 뜻한다. 작중인물의 의식이란 바로 작품에 실재하는 의식으로 "작가가 노리는 것은 적어도 독자가 실제로 작중인물의 의식 속에

---

75) Leon Edel, 앞의 책, 189면.
76) 이 문제와 관련하여 이상은 일인칭소설에 자신의 필명을 그대로 쓰고 있을 뿐만 아니라 그와 문단적 교우관계를 맺고 있는 '유정', '지용', '구보' 등 구인회 동인들의 필명이나 실명을 그대로 명명하고 있다. 또한 「종생기」에서는 자신의 작품세계와 관련된 한국문단의 비평을 제시해 놓고 있다. 더 나아가 대부분의 작품이 그와 애정 관계를 가졌던 금홍, 변동림 등을 모델로 취하고 있음을 볼 수 있다.
77) Hans Meyerhoff(김준오 역), 앞의 책, 72면.
78) 김욱동, 앞의 책, 72면.

있다는 것"[79)이다. 이 과정에서 독자는 작가의 입장으로 전이된다. 그것은 "이야기를 종합하고 재료를 쌓아 올리는데 머리를 짜는 것은 결국 독자"[80)이기 때문이다. 이점에서 모더니즘은 단순하게 표현의 기교에 국한된 양식은 아니다. 그보다는 작가·작품·독자의 내적인 통일성의 문제를 탐구한 시간 의식과 입체적 구성에 있다. 따라서 모더니즘의 진정한 모더니티는 문학의 모든 구성 요소의 통합(integrating)을 추구한 문학 정신에서 찾아야 할 것이다.

IV. 맺음말

국어 교과에서의 문학 교육은 삶에 대한 형이상학적 주체로서 작품 속의 미학과 체험의 양상을 향유할 것을 강조하고 있다. 그런 만큼 문학의 교수−학습은 문학에 대한 체계적인 지식과 분석의 원리에 대한 학습이 작품의 감상과 유기적으로 이루어져야 한다. 이 문제와 관련하여 플롯의 원리와 양상을 명확히 인식하는 것은 문학의 이해와 감상의 전제 조건이 된다. 플롯은 '이야기하기로서의 문학' 장르인 소설의 특성을 가장 구체적이고도 명료하게 보여주는 요소이기 때문이다. 이런 관점에서 본고에서 논의된 플롯의 본질과 양상에 따른 특질을 요약 제시하면 다음과 같다.

플롯은 소설 속에서 벌어지는 일련의 사건들의 기본 골격이다. 주제를 효과적으로 표현하기 위해 여러 사건들을 동기와 결과의 관계 속에 배열하고, 전체적으로는 갈등의 전개와 해소라는 틀 속에 조직화해야 한다. 이처럼 플롯은 작가의 창작물의 내용을 구성하는 인물, 행동, 사건 등의

---

79) Robert Humphrey(이우건·유기룡 역), 앞의 책, 123면.
80) 위의 책, 16면.

요소를 특수하게 시간적으로 종합한 것이다. 소설은 인간의 일상생활에서 소재를 구해오지만 그것이 작품의 사건 구조와 일치하는 것은 아니다. 사람의 행위는 우연과 필연이 무질서하게 혼재된 세계이기 때문이다. 이에 반해 작중인물의 행위는 특별한 정신적 및 육체적 체험으로 작가에 의해 의도적으로 꾸며진 세계이다. 허구를 바탕으로 하고 있기 때문에 소설적 진실을 주기 위해서는 인과 관계에 의한 전개가 요구된다.

「메밀꽃 필 무렵」의 구조는 신화의 구성 원리를 원용하고 있다. 현재의 시간과 허 생원이 회상하는 과거의 추억이 교차하면서 이야기가 진행되고 있다. 이 과정에서 그가 걷고 있는 밤길은 이십 년 전과 똑같은 상황으로 재현되고 있다. 이것을 통하여 과거와 현재의 각기 다른 사건이 동일한 시간 구조 속의 사건으로 환치되고 있다. 이 과정에서 서정적인 묘사와 관련하여 대부분의 『문학』 교과서에서는 '낭만적인 요소'에 초점을 맞추어 설명하고 있지만 이것 못지않게 고난의 연속선상에 있다는 점도 간과할 수는 없다. 칠십 리의 밤길은 허 생원이 하룻밤에 걷기에 힘에 부치는 일이기 때문이다. 그가 반평생을 장돌뱅이로 늙을 수밖에 없는 이유는 자연에 대한 동화나 정한에 있다기보다는 벗어날 수 없는 궁핍한 생활상에 있다. 그러나 허 생원의 비극적인 삶의 실체는 새벽으로 전이되면서 희극적인 양상으로 전환된다. 이 여명 속에서 그는 <동이의 채찍은 왼손>에 있음을 발견하고 있다. 이것은 그가 회상하고 있는 과거의 사건과는 뚜렷하게 구분된다. 성씨 처녀와 헤어져야 했던 이십 년 전의 새벽이 비극적인 시련의 시작이었다면, 현재의 시간은 그동안 꿈꾸어 왔던 이상의 실현이자 완전한 만남을 의미하는 것이기 때문이다. 따라서 이 작품이 독자들에게 '낭만적' 내지는 '환상적'으로 받아들여지는 이유도 '달빛과 메밀밭이 이루어내는 서정적 분위기' 못지않게 자연신화에 바탕을 둔 시간적인 순환의 원리를 원용했기 때문이라고 볼 수 있다.

근대과학의 발달로 인한 '시간의 동공화'는 종교적 신앙에 바탕을 두었던 영원성의 붕괴는 물론 시간의 파편화와 자아의 해체현상을 낳았다. 모더니즘 소설은 해체된 시간의 파편들을 하나의 통일된 유의적 형태로 재구성하기 위하여 초월적 시간 구조를 취하고 있다. 이것은 시간을 존재의 본질로 생각음을 의미한다. 시간 개념은 자아의 개념과 불가분의 관계를 맺고 있기 때문이다. 이때의 시간과 자아는 서로가 서로의 필요 조건이 되어서 경험의 개개의 순간들을 통합하여 어떤 종류의 통일체를 구성한다. 이 과정에서 시간 구조는 연대기적 통일성에 의존하는 것이 아니라 과거 · 현재 · 미래가 역동적으로 융합되어 있는 동적 질서를 취하게 된다. 그런 만큼 모더니즘 소설의 플롯은 비연대기적 공간적 형식인 난해한 입체적 구성으로 나타나고 있다. 그런데 고등학교 『문학』 교과서나 문학 교육 과정에서 현대문학의 특질이나 작품이 반영되어 있지 않다. 문학 작품과 문학 문화에 대한 폭넓은 이해와 지식의 습득을 위해서는 리얼리즘 소설 일변도에서 벗어나 다양한 경향의 작품을 편성할 필요가 있다.

03 배경

Ⅰ. 머리말

제 7차 국어과 교육 과정은 한국인의 삶에 기반을 둔 국어 활동 능력의 향상을 지향하고 있다. 창의적인 국어 활동은 학습자가 정보화 사회의 주체적 구성원으로, 나아가 민족 문화를 창조적으로 계승·발전시키는 일원으로 성장하는 바탕이 된다. 이 문제와 관련하여 고등학교 '문학'은 문학의 수용과 창작 활동을 통하여 문학 능력을 길러, 자아를 실현하고 문학 발전에 기여할 수 있는 능력과 자질을 기르기 위하여 다음과 같은 목표를 설정해 놓고 있다. (1) 문학 활동의 기본 원리와 문학에 대한 체계적인 지식의 이해, (2) 작품의 수용과 작품 활동을 함으로써 문학적 감수성과 상상력의 함양, (3) 문학을 통하여 자아를 실현하고 세계를 이해하며, 문학의 가치를 자신의 삶으로 통합하려는 태도의 확립, (4) 문학의 가치와 전통을 이해하고 문학 활동에 능동적으로 참여하여 문학 문화 발전에 기여하는 태도를 정립하는 것을 목표로 하고 있다.

이와 같이 7차 문학 과목의 교육 과정에서는 문학에 대한 이해와 감상 능력을 기르기 위한 전제조건으로서 그 기본 원리와 체계적인 지식의 중요성을 강조하고 있다. 여기서 '문학 활동'과 '문학'을 구분하고 있음을 주목할 필요가 있다. '문학'이라는 용어가 '문학 활동'을 포괄하는 것임에도 불구하고 '활동'을 특별히 강조한 이유는 문학 이론, 문학사 등에 대한 지식뿐 아니라 문학 작품의 수용과 창작 원리에 관한 지식을 강조하기 위한 것이다. 그것은 투사의 원리, 상상력의 구체화, 동일시와 거리 두기, 모방과 재창조의 원리 등을 이해하는 일은 문학의 갈래, 문학사의 시대 구분, 대표적인 작가와 작품을 아는 것 못지않게 중요하기 때문이다.[1]

이와 같은 목표와 관련하여 소설교육에 있어서 배경에 대한 체계적인 지식은 문학 감상은 물론 문학 활동을 이해하기 위한 밑바탕이 된다. 이런 사실을 반영하듯 고등학교『문학』교과서에서 배경은 작품 감상이나 창작의 중요한 원리로 강조해 놓고 있다. 그러나 그 기술 내용은 '배경은 인물과 사건을 좀 더 생동감 있게 묘사하는 데 기여하며 주제 형성에도 큰 영향을 미친다.' 정도의 개략적인 소개에 그치고 있다. 또한 배경의 갈래도 자연적 배경과 사회적 배경에 한정되어 있을 뿐만 아니라 예시 작품도「메밀꽃 필 무렵」,「동백꽃」,「광장」,「비 오는 날」등 몇몇 작품을 중심으로 되어 있다.[2] 이에 반해 현대소설의 요체가 되는 심리적 배경과 서사 기법에 대해서는 체계적인 이론의 소개는 물론 예시 작품도 게재되어 있지 않은 실정이다.

한국문학은 "모더니스트들에 이르러서 비로소 20세기의 문학은 의식적으로 추구"[3]되었다고 할 때 이것은 한국문학의 현대성 문제와 직결된다. 그 중에서도 모더니즘 소설은 현실이나 삶을 충실하게 재현하는 것을 목적으로 삼았던 양심적 리얼리즘에서 탈피하여 유동적인 내면세계를 탐구하고자 하였다. 그런 만큼 의식의 흐름을 묘사하기 위한 심리적 배경은 자연적 배경이나 사회적 배경과는 다른 양상으로 나타난다. 형식상의 혁명에 해당하는 모더니즘 소설의 기법이나 배경은 내면 묘사와 관련하여 소설이 갖는 시간과 공간적인 제약을 극복하기 위한 시도이다. 현대소설

---

1) 김창원 외 3인,『문학』(상) 교사용 지도서, 민중서림, 2002, 20면.
2) 현재 고등학교에서 활용하고 있는『문학』교과서를 기준으로 삼을 때『광장』과「메밀꽃 필무렵」이 5권에,「비 오는 날」,「동백꽃」이 4권에 실려 있다.
3) 김기림,『시론』, 백양당, 1947, 74면.

에서 이러한 모더니즘의 기법은 대부분의 작품에서 구사될 만큼 보편된 현상이 되어 있다. 따라서 이것에 대한 이해는 소설의 감상 및 창작 활동에 직결된다고 할 수 있다.

그러나 현재의 중등학교의 문학 교육의 현장에서 모더니즘 소설의 기법과 배경에 대한 구체적인 논의나 제시는 거의 찾아볼 수 없다. 더 나아가 이것을 작품 분석에 적용하는 데는 많은 한계점을 드러내고 있다. 이점에서 기법과 배경에 대한 체계적인 지식의 습득은 효과적인 중등학교 문학 수업을 위한 전제조건이 된다. 이 문제와 관련하여 Ⅱ장에서는 중등학교 학습 현장에서 필용한 배경의 원리와 양상을 고찰하고, Ⅲ장에서는 모더니즘 소설을 중심으로 하여 작품 기법의 특징을 분석해 보겠다. 따라서 Ⅱ장이 작품의 이해와 감상을 위한 지식의 습득 문제에 초점을 맞추었다면, Ⅲ장은 앞장의 이론을 기반으로 하여 소설 분석에 적용한 작품 수용을 위한 길라잡이에 해당된다.

Ⅱ. 배경의 원리와 양상

소설은 자아와 세계와의 갈등을 서술자를 통해 꾸며 낸 이야기이다. 이때 꾸며넣기의 단면을 이루는 것을 허구(fiction)라고 한다. 이처럼 허구는 형태가 없는 사건과 사물에 형태를 부과시키는 행위이다. 이 용어는 흔히 소설을 지칭하는 노블novel과 동일한 의미로 사용되어 왔다. 소설의 허구는 꾸며진 이야기 속에 삶의 진실이 담겨져 있다는 점에서 허위와는 구별된다. 이 과정에서 소설이 현실 이상의 진실을 표현하기 위해서는 소설적 상상력을 필요로 한다. 이 상상력은 현실의 고의적인 선택을 포함하여 주관에 의한 새로운 창조까지를 의미한다. 독자가 꾸며낸 이야기인 소설을 읽고 감동하는 까닭은 이 소설적 진실이 있기 때문이다. 따라서 소설에서의 허구는 단순히 꾸며낸 이야기가 아니라 있을 법한 일, 사실의 재현 및 진실의 전달을 효과적으로 하기 위한 서술 방법이다.

소설적 진실의 문제와 관련하여 배경은 '그럴 수도 있다'는 개연성의 요체가 된다. 독자가 작중 인물이나 사건을 진실된 것으로 받아들이기 위해서는 허구성과 사실성이 표리의 관계를 이루고 있어야 한다. 배경은 구체적이고 사실적인 시간과 공간의 무대로써 사건의 현실감을 높이고 구성의 신빙성을 더해 준다. 또한 인물의 심리나 사건 전개를 제시하는 역할을 하기도 하고 주제의 구현과 관련하여 상징적인 의미를 띠기도 한다. 이처럼 배경은 작가의 예술적 의도에 의해 달라진다. 작가가 "현실세계의 사상事象을 설명하는 대신에 구체적인 형상"[4]을 통해 예술적으로 재구성하기 때문이다. 그런 만큼 배경은 단순히 사건이 일어나는 무대 장치 수준에 머무는 것이 아니라 다양한 역할과 기능이 요구된다.

서사 문학에서 배경에 대한 의식이 고조된 것은 근대문학이 형성된 이후부터였다. 그 이전의 문학 양식인 로만스romance는 중세기의 인간적 사회적인 현상의 반영으로서 현실과는 괴리된 이상의 세계였다. 그 안에서는 시적 정의가 지배적이며, 언어적인 모든 기술이나 장식은 그 설화를 아름답게 하기 위하여 사용되었다. 또한 그 내용도 환상적이고 이상적인 무용담과 연애담이 대부분으로 가공적 모험적인 특징을 지니고 있었다. 그만큼 로만스는 인생의 축도인 근대소설과는 상당한 거리가 있는 욕망의 환상도로서 "도피주의 문학"[5]의 성격이 강했다. 이처럼 근대소설과 대비되는 로만스의 특징을 클라라 리이브Clara Reeve는 다음과 같이 설명하고 있다.

---

4) R. Stanton, 『소설의 이론』(박덕은 편역), 새문사, 1984, 31면.
5) Maurice Z. Schroder, 「아이러니와 소설」, 『현대소설의 이론』(최상규 역), 대방출판사, 1983. 41면.

로만스란 가공적(fabulous)인 인물이나 사건을 다루는 영웅이야기 (heroic fable)이다. 그 반면에 소설을 현실적인 인생이나 풍습, 그리고 그것이 쓰여진 시대를 그린 것이다. 로만스는 우아하고 품위 있는 언어를 사용하며, 결코 일어난 적이 없거나 일어날 성 싶지도 않은 일을 묘사한다. 그 반면에 소설은 날마다 우리 눈앞에서 진행되는 일이거나, 우리들의 친구나 우리 자신에게 일어날 수 있는 일들에 관한 친근한 이야기를 해준다. 그러므로 완벽한 소설은 아주 평이하고 자연스러운 방법으로 모든 장면을 재현시키고, (최소한 책을 읽는 동안에는) 독자가 그 모든 것을 현실로 받아 들일만큼 설득력이 있게 그 모든 장면에 개연성을 주고, 최후에 가서는 그 이야기 속의 인물들의 기쁨이나 슬픔을 우리 자신의 것인 양 맛보도록 해준다.6)

이러한 주장은 한국 소설의 발달 과정에도 그대로 적용된다. 고대소설은 「장화홍련전」의 '화설 해동 조선국 세종조 때에'로 시작하는 발단 부분에서 보듯, 중국의 동쪽에 위치한 나라를 의미하는 '해동 조선국'이라는 공간적 배경과 '세종' 때라는 시간적 배경을 설정해 놓고 있다. 이것은 고대소설의 상투적 유형으로 사건의 전개를 위한 특수한 시간이나 공간적 성격을 지닌 배경을 제시한 것과는 거리가 멀다. 또한 고대소설은 천편일률적으로 태몽설화를 발단으로 취하고 있는데, 이것은 주인공이 태어나기 이전의 일로 본격적인 사건의 전개와는 아무런 관련도 없다. 그런 만큼 고대소설의 배경은 역사적·사회적 상황이라든가 시대적 삶이라든가 하는 문제들을 대상으로 삼지 않았다는 사실을 의미한다. 프라이N. Frye 에 의하면, 이러한 역사의식의 결여로 "로망스에 나타나는 인물은 역사적· 사회적 문맥으로 보면 '진공상태의 인간'(characters in vacuum)"7)으로 독자들의 이상이 반영된 신화적 유형의 인물에 해당된다. 따라서 고대소설

6) Robert Scholers, 「설화의 전통」, 위의 책, 22면.
7) 조남현, 『소설원론』, 고려원, 1982, 62면.

에서의 배경의 유형화는 인물의 행동이나 사건의 신빙성마저 약화시키는 사실성의 결여라는 부정적인 요소로 나타나게 된다.

화설 해동 조선국 세종 때에 평안도 철산군에 한 사람이 있었으니 성은 배요 명은 무용이니 본디 향족으로 좌수를 지내였으니 성품이 순후하고 가산이 유여하여 그릴 것이 없으되 다만 슬하에 일점 혈육이 없음으로 부부 매양 슬퍼하더니 일일은 부인 장씨 몸이 곤하여 침석을 의지하고 조을세 문득 한 선관이 하늘에서 내려와 꽃송이를 주거늘 부인이 받으려 할 때에 홀연 광풍이 일어나더니 그 꽃이 변하여 일개 선녀되어 완연이 부인의 품으로 들어오거늘 부인이 놀라 깨달으니 남가일몽이라 (「장화홍련전」)

이에 비해 개화기의 신소설은 인물이나 행동에 신빙성을 주기위해 배경에 사실성을 부여하고 있다. '화설 해동 조선국'으로 시작되는 배경이나 태몽설화와 같은 고대소설의 서사 양식은 완전히 극복된 양상으로 나타나고 있다. 문체도 한문 위주의 운문체에서 일상어를 중심으로 한 언문일치에 가까운 문장을 구사하고 있다. 또한 작중인물도 현실 없는 영웅형 인물 대신에 일상생활 속의 평범한 인물을 대상으로 설정하고 있다. 이 문제와 관련하여 리얼리티의 표현방법이란 관점에서 서구소설의 발전과정을 더듬어 본 아으에르바흐는 소설의 대상이란 문제에 있어서 「일상생활」의 개념을 가장 중요한 것으로 파악하고 있다. 무엇을 대상으로 해서 어떤 점을 나타내려 했느냐 하는 사실보다는 어떠한 방법의 양식화 (stylization) 과정을 보여 주었느냐 하는 점이 리얼리즘 정신의 요체가 된다고 보았다.[8] 이런 관점에서 볼 때 신소설은 과도기 문학으로서의 목적의식의 노출이나 유형성과 같은 문제점을 드러내고 있음에도 불구하고

---

8) 위의 책, 60면.

본격문학으로서의 발전적인 양상을 제시했다고 볼 수 있다.

이것은 이인직의 『은세계』의 발단 부분만을 살펴보아도 분명하게 드러난다. 이 작품은 갑신정변 무렵부터 일제 강점기 직전까지를 시대적 배경으로 하고 있다. 이 시기는 서구 물질문명의 유입과 서민의식의 각성으로 평민들이 부를 축적하기도 하였지만, 탐관오리의 횡포와 수탈로 조선 전 시대를 통하여 민란의 발생이 가장 집중되어 있는 기간이기도 했다. 이러한 시대적 특징을 『은세계』는 시·공간적 배경과 자연 묘사를 통해 암시해 놓고 있다. 먼저 '겨울 추위', '저녁 기운', '북새풍', '검은 구름' 등 춥고 음산한 날씨를 통해 주인공 최병도가 겪게 될 시련을 예시해 놓고 있다. 또한 '송아지 길러 큰 소 되고, 박토 걸러 옥토 만들어서' 부자가 된 집안 내력을 통해 남들이 부러워하고 본받으려 한다는 내용으로 보아 최병도가 탐관오리의 수탈의 대상이 될 것이라는 점을 암시하고 있다. 그런 만큼 이 작품의 배경은 사회적·역사적으로 현실적인 의미를 지닌 특수한 공간으로서 작중인물의 성격 형성이나 사건 전개에 사실성을 제고시키고 있다.

　　겨울 추위 저녁 기운에 푸른 하늘이 새로이 취색한 듯이 더욱 푸르렀는데 해가 뚝 떨어지며 북새풍이 슬슬 불더니 먼 산 뒤에서 검은 구름 한 장이 올라온다. 구름 뒤에 구름이 일어나고, 구름 옆에 구름이 일어나고, 구름 밑에서 구름이 치받혀 올라오더니 삽시간에 그 구름이 하늘을 뒤덮어서 푸른 하늘은 볼 수 없고 시커먼 구름 천지라. 히끗히끗한 눈발이 공중으로 회회 돌아내려 오는데, 떨어지는 배꽃 같고 날아오는 버들가지 같이 쉼없이 떨어지며 간 곳 없이 스러진다.
　　…(중략)…
　　본디 최봉평 집은 먹을 것 걱정, 입을 것 걱정은 아니 하는 집이라. 겨울에 눈이 암만 많이 오더라도 방 덥고, 배부르고, 등에 솜조각 두둑한 터이라. 그 눈이 여름까지 쌓여 있더라도 한 해 농사 못 지어서

굶어 죽을까 겁낼 것은 없고, 다만 겁나는 것은 염치없는 불한당이나
들어올까 그 염려뿐이라. (「은세계」)

근대소설의 형성 과정은 근대사회의 서민계급의 대두와 밀접한 연관
이 있다. 그 정확한 시기에 대해서는 다소 차이가 있지만 대략 18세기로
볼 수 있다. 이 시기부터 중류층의 부르주아가 역사의 주체로서 사회 전
면에 등장하기 시작했다. 정치적인 측면에서는 봉건 귀족의 몰락과는 대
조적으로 부단한 승리의 연속으로 이어졌으며, 경제적인 측면에서는 개
인주의적인 경제 원리에 입각하여 부의 축적이 이루어졌다. 이처럼 정치·
경제적으로 영향력이 증대된 부르주아 계층은 귀족 계급의 문화적인 특
권을 거부하고 문학에 대해서도 점증하는 관심을 표명하였다.9) 그 대표
적인 예가 문체의 변화이다. 아놀드 캐틀Arnold Kettle에 의하면 16, 17세
기에는 시가 당대의 살아 움직이는 정신을 대변해 주었지만 18세기로 넘
어오면서는 산문이 그 역할을 대행하기 시작했다는 것이다.10) 이러한 이
면에는 봉건주의의 붕괴라는 정치적 변화 이외도 개인의 실제적인 경험
이나 환경을 치밀하게 묘사하기 위한 작가의 의도가 내재되어 있었다. 그
런 만큼 소설의 산문체는 논지를 지향하여 언어를 선택하고 논리적으로
전개시킨 것으로서 추론적 사고 과정의 형식에 따라 인위적으로 조절한
결과인 것이다.

소설은 "신에게 버림 받은 세계의 서사시"11)로서 더 이상 완결된 삶의
총체성을 형상화하는 작업에 참여하지는 않는다. 그보다는 형상화함으로
써 삶의 숨겨진 총체성을 발견하고 구성하는데 역점을 두고 있다. "훌륭

---

9) A. 하우저, 『문학과 예술의 사회사─근세편 하』(염무웅·반성환 공역), 창작과 비
    평사, 1981, 13~15면.
10) 조남현, 앞의 책, 66면.
11) G. Lukacs, *The Theory of the Novel*, trans, Bostock(Cambridge : The M.I.T Prress,
    1971), p.88.

한 작가는 사회학자로 자처하는 사람들보다 뛰어난 사회학자"[12]라는 지적처럼 소설의 장르적 특성은 사회 현실의 객관적 묘사와 불가분리의 관계를 맺고 있다. 특히 19세기 자연주의 소설은 작중인물을 에워싸고 있는 배경이 인물의 삶의 양상을 지배한다는 환경결정론이 지배하고 있다. 자연주의 문학의 대표자인 졸라E. Zola는『실험소설론』에서 과학자들이 실험실에서 실험하는 것과 마찬가지로 인간을 유전과 환경의 요소들로 세밀히 파악하기 위해 광범위한 사회 조사는 물론 다양한 사람들에 대한 관찰을 철저히 하였다. 당시의 과학적 사고방법의 영향을 받아 예술가와 과학자의 동질성을 강조했다. 문학은 "현실을 반영하는 '거울'"로 "과학자와 마찬가지로 예술가에게 있어서도 개인적인 감정은 진실에 종속되어어 한다"[13]는 것이다. 따라서 추악한 현실을 직시한 "자연주의야말로「남성적 성숙 virile maturity」을 나타내는 어른스러운 문학"[14]이라고 주장했다.

한국문학은 이광수에 의해 근대문학으로서의 새로운 지평이 열린다. 『무정』은 이광수에게 있어서 뿐만 아니라 한국문학사에 확고한 자리매김을 한 작품이다. 이것은 메시지는 강하고 예술성은 부족하다는 비판에도 불구하고 신소설의 부정적 요소를 발전적으로 극복하고 있다. 신구 질서의 교체라는 역사적 전환기를 배경으로 새로운 가치체계와 의미를 어떻게 형성해야 하며, 이것을 문학적으로 어떻게 반영하는가의 문제를 진지한 시각으로 조명하고 있다. 한 연구자의 지적대로 문명개화가 최고의 시대적 선의 하나로 받아들여진 사화 환경에 있어서 가치와 감정 구조를 집약적으로 반영하고 있다는 점에서, 또 그런 의미핵을 표현하고 있다는 점에서 문학 사회학의 대상이 된다. 이것은 문학과 역사를 동시에 포용하고 있음을 뜻한다. 이점에서 허구적인 예술의 형식인 동시에 당대의

---

12) Harry Levin, Refraction(New York : Oxford University Press, 1966), p.246.
13) 강인숙,『자연주의 문학론 II』, 고려원, 1991, 357면.
14) 위의 책, 347면.

현실을 총체적으로 반영한 집적물에 해당된다.

이 문제와 관련하여 이광수는 자신의 문학적 특질을 '모시대의 모방면의 충실한 기록'인 사실주의로 규정하고 있다. 또한 그 시간적 배경도 『무정』에서부터 『군상』에 이르기까지 식민지 전 기간에 걸쳐 있다.15) 이것은 그가 식민지 현실을 얼마만큼 객관적으로 형상화했느냐 하는 것과는 별개의 문제로 당시 사회적 현상의 문학적 형상화에 초점을 맞추었음을 뜻한다. 그런 만큼 이형식을 비롯한 작중인물들은 단순한 개인사를 넘어서서 역사적인 현실성을 지닌 인물로 파악할 수 있다. 발생적 구조주의의 측면에서 보면, 이것은 "집단 구성원들로 하여금 그들이 객관적으로 그 의미를 알지 못하면서 생각하고 느끼던 것, 행동하던 것"16)을 자각하는 데 있다. 그런 만큼 식민지의 특수한 상황에 의미 있는 대답을 주려는 기도로써 동시대의 집단의식의 구조인 세계관(vision du monde)과 밀접한 연관을 지니고 있다.

『무정』의 작중인물들은 극복되어야 할 것이 뚜렷이 요구되면서 그것들이 극복되지 못한 채 공존하던 시대적 환경과 상황인 가치혼재의 현상이 그대로 반영되어 있다. 박진사와 김장로는 구한말에 뿌리를 두고 있는 인물이면서도 가치관에 따라 전혀 다른 삶의 궤적을 보여주고 있다. 이러한 시대적 환경과 상황은 다음 세대인 이형식, 박영채, 김선형 등에도 그대로 이어진다. 이들은 식민지 시대의 인물이지만 개화기 부권에 의해 형성된 정신적 토대나 물질적 기반의 연장선상 위에 서 있다. 그 중에서도 주인공 이형식은 고아 출신으로 중간적인 존재이다. 의식의 면에서는 개화된 서구지향적인 지식인이지만 경제적인 면에서는 무능력을 면치 못하고 있다. 이런 외면적 상황은 내면세계에도 그대로 이어진다. 자기희생적인 민족주의자를 자처하면서도 이기적인 물질적인 욕구에 대한 열망을

---

15) 이광수, 「여의 작가적 태도」, 『이광수전집 10』, 1979, 우신사, 461면.
16) 곽광수, 앞의 글, 144면.

떨쳐 버리지 못하고 있다. 일종의 야누스적 속성이다. 이것은 개인주의에 기반을 두고 있는 근대인의 삶의 환경과 양식을 굴절 없이 나타낸 것이다. 그런 만큼 고아에서 출발하여 김선형과 결혼에 이르기까지의 이형식의 행동 구조나 의식세계는 식민지 시대의 문화주의자들의 전형적인 풍속도를 제시한 것으로 볼 수 있다.

현대소설의 경우, 배경은 실상 물리적·외적 공간보다 심층적인 서사단계에서 추상화된 공간의식 즉 시간 속에 경험할 수 있는 공간의식으로, 공간은 시간의 육체이며 시간은 공간의 영혼으로 시간에 따라 의식이 움직인다고 생각하는 관점으로 그 의미가 확대되었다.17) 말하자면, 한 작품에서의 "공간적 질서는 시간적 질서의 공간적 측면이고, 시간적 질서는 공간적 질서의 시간적 측면"18)이 되는 것이다. 이 과정에서 작품의 질서는 형식적인 것이면서 또한 세계관을 나타내는 것으로 "시간적 질서에서 보다 공간적 질서에서 더 잘 드러"19)나는 것으로 되어 있다. 이것은 작품의 서두인 발단만 살펴보아도 명확하게 드러난다. 이때의 배경은 소설 전체의 주제 및 성격과 관련하여 고도의 암시와 상징성을 지니고 있다. 그만큼 특별한 지리적 환경으로서의 외부 세계의 반영인 동시에 인물의 내적 세계를 반영하는 공간이라는 이원적 의미를 지니고 있다.

공간적 배경 설정과 관련하여 김동리의 「역마」는 특정지역의 자연적 환경을 플롯의 발단으로 삼고 있다. 이 작품은 한국인의 대표적인 운명관 가운데 하나인 역마살을 형상화한 작품이다. 역마살은 한곳에 머물러 있지 못하고, 여기저기 떠돌아다닐 수밖에 없는 사람의 운수를 의미한다. 이것은 작품의 무대로 설정된 화개장터에서부터 명료하게 드러난다. 이곳은 전라도와 경상도의 접경 지역으로 온갖 장사꾼들의 집합처이자 그

---

17) 전혜자, 「시간과 공간 속의 존재 – 배경」, 『현대소설의 이해』, 새문사, 1999, 134면.
18) 조동일, 『문학연구방법』, 지식산업사, 1980, 163면.
19) 위의 책, 165면.

들의 삶을 영위해 가는 장소이다. 특히, 세 갈래의 물과 길이 한곳으로 모여 '꽃이 핀 장터'를 이루는 것에서 보듯, 화계는 끊임없이 흐르는 물과 길위에 위치한 지정학적 특징을 지니고 있다. 이에 덧붙여 전라도 지방에서 꾸며 나오는 여러 광대들이 온갖 재주와 신명을 떨고서 경상도로 넘어가는 곳이다. 경계와 경계의 중간 지대, 흔들리는 공간이다. 이 가변성은 개인을 익명화하며, 그에 따른 만남과 헤어짐의 밀도는 높아진다. 성기의외할머니와 어머니 옥화는 화계장터라는 특수한 지리적 환경이 빚어낸 희생양이다. 이러한 곳에서 주막을 하고 있는 옥화의 아들인 성기 역시 떠돌이의 운명인 역마살을 타고 날 수밖에 없다. 옥화는 성기의 역마살을 제거하기 위해 다양한 노력을 기울이지만 운명에의 순응은 서두부터 예정된 귀결이나 다름없는 것으로 볼 수 있다. 이처럼 「역마」는 화개장터라는 배경이 지니고 있는 내포적 의미가 작품 전체를 이끄는 핵심적인 요소로 작용하고 있다.

> <화개장터>의 냇물은 길과 함께 흘러서 세 갈래로 나 있었다. 한 줄기는 전라도 땅 구례 쪽에서 오고 한 줄기는 경상도 쪽 화개협에서 흘러내려, 여기서 합쳐서, 푸른 산과 검은 고목 그림자를 거꾸로 비춘 채, 호수같이 조용히 돌아, 경상 전라 양도의 경계를 그어주며, 다시 남으로 남으로 흘러내리는 것이, 섬진강 본류였다.
> …(중략)…
> 게다가 가끔 전라도 지방에서 꾸며 나오는 남사당 여사당 협률(協律) 창극 광대들이 마지막 연습 겸 첫 공연으로 여기서 으레 재주와 신명을 떨고서야 경상도로 넘어간다는 한갓 관습과 전례가 <화개장터>의 이름을 더욱 높이고 그럽게 하는 것인지도 몰랐다.
> 가운데도 옥화(玉花)네 주막은 술맛이 유달리 좋고, 값이 싸고 안주인—즉 옥화—의 인심이 후하다 하여 화개장터에서는 가장 이름이 들난 주막이었다. (「역마」)

이와 같은 자연적 배경에 비해 현진건의 「고향」의 발단 부분은 '기차 안'이라는 인위적인 공간을 배경으로 설정해 놓고 있다. 기차는 시간과 공간의 개념을 획기적으로 바꿔 놓은 근대 문명의 산물이다. 이것은 한정된 공간임에도 불구하고 익명화 되고 이질적인 사람들의 집합체로서 도시 문명의 축소판이다. 일제 강점기 문학에서 이것은 문명의 이기인 동시에 일제의 조선 침탈 도구라는 이중성을 지닌다. 이처럼 기차는 사회 현실을 구체적으로 드러내고 있을 뿐만 아니라, 근대의 새로운 삶의 양식을 반영하고 있는 상징물이다. 그에 대해 부정적이었던 나의 감정은 그가 노동자 합숙소를 묻는 다급한 사정과 신산한 표정을 보면서 연민으로 옮겨진다. 이 과정에서 내가 그의 이야기에 관심을 기울일 수 있었던 것도 '기차 안'이라는 특수한 공간이기 때문에 가능했다. 그는 자신의 의지와는 상관없이 간도에서부터 일본까지 형극의 유랑을 해야 하는 일제의 식민 통치가 만들어낸 희생물이다. 그가 삼국의 옷을 걸치고 일본인과 중국인 앞에서 주적대지 않을 수 없었던 이유도 여기에 있다. 이처럼 삼국 사람들이 살을 맞대고 앉아 있는 기차 안의 독특한 풍경은 당시의 시대상과 생활상을 집약적으로 드러내기 위한 소설적 장치이다. 따라서 '기차 안'이라는 공간적 배경은 당시 조선 사회의 축소판으로서의 상징성을 지닌 것으로 작품의 주제와 밀접한 연관을 있는 것이다.

나는 나와 마주앉은 그를 매우 흥미롭게 바라보고 또 바라보았다. 두루마기 격으로 기모노를 둘렀고, 그 안에서 옥양목 저고리가 내어 보이며, 아랫도리엔 중국식 바지를 입었다. ……우리가 자리를 잡은 찻간에는 공교롭게 세 나라 사람이 다 모였으니, 내 옆에는 중국 사람이 기대었다. 그의 옆에는 일본 사람이 앉아 있었다. 그는 동양 삼국 옷을 한몸에 감은 보람이 있어 일본말도 곧잘 철철대이거니와 중국 말에도 그리 서툴지 않은 모양이었다. (「고향」)

예술 작품을 구성하는 것은 경험 세계의 자아를 재구성하는 일이라고 할 때, 모더니즘 소설의 배경은 리얼리즘 소설과는 전혀 다른 양상으로 나타난다. <발자끄>류의 소설이 인간의 삶을 객관적으로 관찰하여 충실하게 재현하는 것을 목표로 삼았다면, 이들 소설은 인간의 내면세계를 사실적으로 제시하기 위한 분석적인 방법을 택하고 있다. 이 과정에서 시간과 자아는 서로가 서로의 필요조건이 되어서 경험의 개개의 순간들을 통합(integrating)하여 어떤 종류의 통일체를 구성한다. 그것은 "'마음에 포착된 현재'는 이것의 사항들이 무엇이든지 간에 이 사항들이 하나의 의미 있는 패턴, 즉 하나의 연속적 '현재'에 결합되므로 하나의 통일체인 것"[20]이기 때문이다. 이것은 프루스트M. Proust나 조이스J. Joyce처럼 4분의 3은 보이지 않는 빙산과 같은 인간 존재를 "혼돈에 입각하여 세계를 다시 파악하기 위한 필사적인 시도"[21]에 해당된다.

모더니즘 문학은 자아를 견고한 통일체로 보는 전통적인 개념을 깨고 자기분열과 자의식의 과잉으로 일관된 현대인의 의식세계를 형상화해 놓고 있다. 이것은 시간과 공간에 대한 새로운 문학적 탐구로 나타난다. 이와 같은 모더니즘은 삶의 실재에 대하여 본질적으로 다원적이고 상대적인 관점을 지닌다. 객관적 실재란 존재하지 않는다는 점에서 새로운 세계를 끊임없이 창조하는 인간의 의식만이 존재할 따름이라는 것이다. 그만큼 실제의 작품세계에서는 주관성과 개인주의의 탐구에 초점을 맞추고 있다. 이 문제와 관련하여 모더니즘은 "예술은 실재를 모방하는 것이 아니라 오히려 예술가의 상상력을 통하여 창조"[22]한다는 것이 기본 입장이다.

모더니즘 소설의 배경과 자아의식은 시간과 공간을 초월하여 부유하는 무질서한 파편들의 결합으로 이루어져 있다. 이런 것들을 결합하여 어

---

20) Sir Charles Sherrington, *Man on His Nature*(New York: Double day, 1953), p.222.
21) R · M 알베레스, 『현대소설의 역사』(정지영 역), 중앙일보사, 1978, 111쪽.
22) 김욱동, 『모더니즘과 포스트모더니즘』, 현암사, 2001, 64면.

떤 종류의 "통일체로 만든다는 것은 그 무질서한 파편들이 오로지 '동일한' 자아의 퍼스펙티브Perspective에 관계되거나 이 퍼스펙티브 속에서 포착될 때만 의미 — 유의적이고 연상적인 이미지에 의하여 밝혀지는 의미 — 가 발생"[23]하기 때문이다. 이처럼 모더니즘 소설이 추구하는 의식세계는 "사고와 감각이 기능을 발휘하고 있는 한 무한히 증대되는 하나의 작용이며 그것은 살고 있는 현재에 부정한 과거가 연속된 것"[24]을 의미한다. 그런 만큼 작가는 무질서하고 불안한 단계에 있는 인간의 의식을 묘사하는 일에서부터 시작해야 하며, 또한 그 예술작품을 창작하기 위한 묘사는 무질서한 것에서 벗어나지 않으면 안 된다. 따라서 내면세계의 문학적 형상화는 "부유하는 일관성"[25]으로서 무질서 위에 질서를 어떻게 부여하는가 하는 문제에 귀착된다.

이것과 관련하여 모더니스트들은 '의식의 흐름', '내적독백', '시간과 공간의 몽타주' 등 전통적인 소설에서는 찾아볼 수 없는 다양한 기법적 장치들을 고안해 내었다. 이러한 소설은 계기적인 사건의 전개가 없을 뿐만 아니라 배경도 무질서한 모습으로 드러난다. 그만큼 전통적인 소설의 양식을 철저하게 부정한 듯한 느낌을 준다. 그러나 엄밀한 의미에서 이것은 인간의 내적 경험을 사실적으로 표현하기 위하여 "형식적 패턴에 유별나게 의존"[26]했음을 뜻하는 것이다. 이들은 외적 플롯과 의식의 흐름을 융합시키기 위하여 문학적 모델, 역사적 순환 그리고 음악적 구성 등을 본떠서 작품을 형상화했다. 또한 복잡한 상징 구조를 이용하여 의식의 구조를 실제 그대로 묘출하고자 했을 뿐만 아니라 거기에서 독자를 위하여 어떤 의미를 추출하고자 했다. 따라서 모더니즘 소설의 배경은 내면세계의

23) Hans Meyerhoff(김준오 역), 『문학과 시간현상학』, 삼영사, 1987. 58면.
24) Leon Edel, 『현대심리소설 연구』(이종호 역), 형설출판사, 1983, 41면.
25) Robert Humphrey, 『현대소설과 의식의 흐름』(이우건 · 유기룡 공역), 형설출판사, 1984, 118면.
26) 위의 책, 150면.

유동성을 반영한 시간과 공간의 몽타주로 인하여 "플롯의 진행에서 비연대기적이고, 구성에서도 조셉 프랭크가 말하는 이른바 '공간적 형식'"27)이 된다.

III. 모더니즘 소설의 서사 구조와 배경

모더니즘 문학의 시간적 배경은 의식의 탐구를 위한 중요한 수단이 된다. 현대인에게 있어서 시간은 삶의 경험 그 자체이다. 이것은 "생의 수단인 것처럼 이야기의 수단"28)이다. 뿐만 아니라, 인간과 사회를 인식하는 준거의 틀이 된다. 그런데 인간의 의식 속에 현재의 순간은 존재하지 않는다. 의식의 실체는 과거와 미래, 회고와 기대가 혼합된 부유물에 가깝다. 시간과 공간을 초월하여 유동하는 무질서한 파편들의 결합으로 이루어져 있다. 그런 만큼 시간의 양상은 거듭되는 회상과 예측으로 인하여 연속적인 시간의 진행이 파괴되어 있다. 서술의 시간에 관계없이 현재를 기점으로 하여 과거로 역행하는 회상과 미래로 진행되는 예상이 동일한 서사 공간에서 병존하고 있는 것이다.

이와 같은 입체적 시간의식은 '의식의 흐름'29)을 통하여 구체화된다. 이것은 연속적이며 끊임없이 변화해 가는 마음의 모습을 비유적으로 표현한 심리학의 용어였지만, 오늘날에는 유동적인 작중 인물의 심리 상태

---

27) 김욱동, 82면.
28) Hans Meyerhoff, 『문학과 시간현상학』(김준오 역), 삼영사, 1987, 15~16면.
29) 이 용어를 기법으로 볼 것인가, 소재로 볼 것인가 하는 문제에 대해서는 레온 에델 (Ledn Edel)과 로버트 험프리(Robert Humphrey)의 상반된 견해가 있다. 전자는 작중인물의 심층심리를 그려내기 위한 기법으로 보고 있는데 반하여 후자는 묘사의 대상으로 보고 있다.

를 지칭하는 문학의 용어로 쓰이고 있다. 그 중에서도 심리적 연상 기법을 바탕을 둔 시간의 몽타주는 유동적인 시간과 관념의 상호 관계 또는 연합을 나타내기 위한 기법이다. 이것은 의식의 복합성과 시간의 유동성을 일관성 있는 구조로 환치시키기 위한 일종의 통제 장치이다. 의식의 흐름은 자유연상에 의한 것으로 무질서와 혼돈 그 자체이기 때문이다. 이 것에 연속성을 부여하고 구조적인 통일성을 이루기 위해서는 선택되고 조직될 필요가 있다. 이 과정에서 기억 · 감각 · 상상력 등은 연상을 유도하고 그것에 탄력성을 부여하는 기능을 각각 수행한다. 이처럼 모더니즘 소설에서의 초시간적인 내적 체험은 연상을 통하여 시간의 동시성 확보와 더불어 다양한 관점의 통일성을 획득하게 된다.

이상의 「실화」는 이와 같은 시간 의식이 강하게 반영된 작품이다. 총 9장으로 구성된 이 작품은 과거 서울에서 발생한 사건과 현재 동경에서 일어나고 있는 사건이 시간과 공간의 몽타주 기법으로 엮어져 있다. 먼저, 서울에서의 사건을 연대기적인 순서로 배열해 보면 S로부터 연의 부정 사실을 들음 형식상의 혁명에 해당하는 모더니즘의 문학적 장치나 기법은 의식의 흐름과 관련하여 소설이 갖는 공간적인 제약을 극복하기 위한 시도이다. → 연으로부터 부정을 고백 받음 → 자살을 결심하고 연과 같이 살던 방을 나옴 → 유정을 만나 자살 결심을 포기 → 연의 방으로 돌아와 동경행을 위해 짐을 꾸림 등으로 이어지고 있다. 이에 반하여 동경에서의 사건은 신보정 하숙집에서 유정과 연으로부터 기다린다는 편지를 받음 → C양의 방에서 그녀가 하는 소설의 이야기를 들음 → Y를 만나 술집(NOVA)에서 술을 마심 → 신보정에서 열차를 기다림 등으로 전개된다. 여기서 서울에서의 사건이 2개월 전의 10월 23일부터 10월 24일 사이에 있었던 사건이라면, 동경에서의 사건은 12월 23일부터 12월 24일까지 현재의 시점을 중심으로 전개된다.

그러나 이러한 사건들은 그 전개 과정에서 "17회의 역전현상"[30]을 일으킨다는 사실에서도 볼 수 있듯이, 서술의 시간과 허구의 시간 사이에 괴리가 일어나 혼란된 양상으로 나타난다. 말하자면, 시간과 공간이 "과거와 현재, 몽상과 현실의 화음을 이루며 대위법"[31]처럼 전개되고 있는 것이다. 이것은 2장의 경우만 보더라도 자명하게 드러난다. 이 부분은 전후의 간략한 서술만을 제외하고는 주인공의 내적독백과 C양의 발화로 구성되어 있다. 뿐만 아니라, 이것은 연속적인 이야기의 형태를 취하고 있는 것이 아니라 별개의 이야기들이 무질서한 모자이크 형태로 연결되어 있다. 그만큼 이야기의 전개 과정에서 스토리 텔러의 기능이 상당히 위축되어 있다. 따라서 전통적인 이야기 형식인 총체적인 사건들의 연속 과정으로서의 플롯이 해체되고 전위적인 실험문학의 형태를 띠게 된다.

(a)「언더 – 더 워치 – 시계 아래서 말이예요 – 파이브 타운즈 – 다섯 개의 동리란 말이지요 – 이 청년은 요 세상에서 담배를 제일 좋아합니다. 기다랗게 꾸부러진 파이프에다가 향기가 아주 높은 담배를 피워 빽 – 빽 – 연기를 풍기고 앉았는 것이 무엇보다도 낙이었답니다

(b) (내야말로 동경 와서 쓸데없이 담배만 늘었지. 울화가 푹 – 치밀을 때 저 – 폐까지 쭉 – 연기나 들이키지 않고 이 발광할 것 같은 심정을 억제하는 도리가 없다.)

(a 1)「연애를 했어요! 고상한 취미 – 우아한 성격 – 이런 것이 좋았다는 여자의 유서예요 – 죽기는 왜 죽어 – 선생님 – 저 같으면 죽지 않겠습니다 – 죽도록 사랑할 수 있나요 – 있다지요 그렇지만 저는 모르겠어요.」

(b 1) (나는 일찍이 어리석었더니라. 모르고 姸이와 죽기를 약속했더니라. 죽도록 사랑했건만 면회가 끝난 뒤 대략 20분이나 30분만 지나면 姸이나 내가 <설마>하고만 여기던 S 의 품안에 있었다.)

---

30) 김정자, 『한국근대소설의 문체론적 연구』, 삼지원, 1985, 300면.
31) 정덕준, 『한국근대소설의 시간구조에 관한 연구』, 고려대학교 대학원, 1984, 112면.

(a 2)「그렇지만 선생님 그 남자의 성격이 참 좋아요 - 담배도 좋고 목소리도 좋고 - 이 소설을 읽으면 그 남자의 음성이 꼭 웅얼웅얼 들려 오는 것 같아요. 남자가 같이 죽자면 그때 당해서는 또 모르겠지만 지금 생각 같아서는 저도 죽을 수 있을 것 같아요. 선생님 사람이 정말 죽도 록 사랑할 수 있나요. 있다면 저도 그런 연애 한 번 해보고 싶어요」

(b 2)(그러나, 철부지 C양이여 姸이는 약속한 지 두 주일 되는 날 죽 지 말고 우리 살자고 그럽디다. 속았다. 속기 시작한 것은 그때부터다. 나는 어리석게도 살 수 있을 것을 믿었지. 그뿐인가, 姸이는 나를 사랑 하노라고까지.)[32]

언뜻 보기에, 이것은 대화 형식을 취하고 있는 것처럼 보인다. 그러나 이것은 대화는 아니다. C양이 자신이 읽은 소설의 스토리를 주인공에게 이야기(a , a 1 ,a 2)하고 있다면, 주인공은 동경에서의 실패담(B)과 서 울에서 姸과 연애하였던 과거(b , b 1 ,b 2)를 회상하고 있다. 따라서 이 들의 이야기 가운데 표면으로 드러나는 대화는 C양의 이야기 밖에 없다. ( )속에 표기된 주인공의 이야기는 모두 발화되지 않은 내적독백일 뿐이 다. 여기에서 허구의 시간과 서술의 시간 사이에 착종錯綜이 일어난다. C 양의 이야기가 미래로 진행되는 시간구조를 드러내고 있는 반면에 주인 공의 내적독백은 과거를 향하여 역행하고 있다. 말하자면, 현재를 기점으 로 하여 "과거로 역행하는 시간의 체험과 현재나 미래로 진행하는 시간의 체험[33]"이 서로 병행하고 있는 것이다.

오정희의「저녁의 게임」도 모더니즘 소설의 특징인 시간과 공간의 배 경이 비약적으로 융합되어 있다. 이 작품의 플롯은 저녁식사를 함, 아버 지와 화투를 침, 외출하여 다른 남자를 만나 성교를 함, 자위를 하며 잠자

---

32) 이상,「실화」,『이상문학전집 2』, 문학사상사, 1998, 357~358면. 앞으로 이 작품 의 인용은 이 책에 의한 것으로 면수만을 밝히기로 한다.
33) 이재선,『한국현대소설사』, 홍성사, 1984, 423면.

리에 드는 것으로 끝나고 있다. 그런데 이 작품에서 현실적인 행위나 사건은 과거를 회상하기 위한 상징적인 매체이다. 일상적인 삶이란 과거와 현재, 외적 사건과 내면, 기억과 기억 속에서 꿈틀거리는 무수한 사건들의 결합으로 이루어지고 있다는 사실을 강조하는 데 초점이 맞추어져 있는 것이다. 그 결과 서술의 시간과 허구의 시간 사이에 착오가 생겨 매우 혼란스러운 양상으로 나타난다. 시간과 공간이 과거와 현재, 몽상과 현실이 화음을 이루며 대위법처럼 전개되고 있다. 그 중에서도 주인공의 내면 세계를 지배하는 인물은 돌아가신 어머니, 가출한 오빠, 연하의 애인이었던 <십 년 전>의 <그애> 등 과거의 인물들이다. 이들은 과거의 인물이지만 "그것은 고리(chain)처럼 떨어져 있는 것이 아니라, 하나의 흐름(stream) 즉, 연속적인 흐름(flow)"[34]으로 나타난다는 점에서 현실을 지배하는 존재태이다.

이 문제와 관련하여 사적 의식이 지닌 비합리적이고 일관성이 없는 성질을 포착하기 위한 다양한 기법적 장치들을 구사하고 있다. 유동적이고 혼란한 내면세계를 "경험의 "내면성"을 보존한 채로 기록"[35]하기 위해서 연상 수법을 구사하고 있다. 가출한 오빠를 회상하기 위하여 '녹음기'를 켜 놓고 있으며, 어머니를 회상하기 위하여 <칭얼대는 아이의 울음소리와 그것을 달래는 여자의 웅얼거리듯 낮은 자장가 소리>와 <영아원에 불>이 났다는 텔레비젼의 뉴스를 삽입해 놓고 있다. 또한 <십 년 전>의 <그애>를 생각하기 위한 매체로써 '휘파람'을 제시해 놓고 있다. 이것은 기억, 감각, 상상력 등으로 복잡하게 얽혀 있는 "작중인물들의 <의식의 흐름>의 방향"[36]을 통제하기 위한 작가의 치밀한 의도가 반영된 것으로 볼 수 있다.

---

34) Robert Humphrey, 앞의 책, 17면.
35) Leon Edel, 앞의 책, 11면.
36) 위의 책, 89면.

그리고 아버지가 화투를 섞는 동안 마루에 놓인 텔레비전을 틀었
다. …(중략)…

"전압이 낮아서 제대로 나오지 않는 거야. 대체 또 무슨 일이 일어
났다는 거냐."

"영아원에 불이 났대요. 어린애들이 죽었다는군요."

"죽일 놈들, 오래 사는 게 욕이야."

아버지의 목소리에 생기가 돌았다.

"그게 어디 우리 탓인가요?"

나는 아버지의 목소리를 억누르듯 이 사이로 낮게 말했다. 1)정말
그게 우리 탓인가. 2)아가 우리 아가, 금자동아, 은자동아, 어머니는
꽃핀을 꽂고 노래를 불렀다. 3)네 엄마에게 다산은 무리였어. 아주 조
그만 여자였거든.

"보세요, 화투가 끼었잖아요?"

비닐막이 반 넘게 갈라진 틈에 낀 또 하나의 화투장을 가리키며 나
는 조금 날카롭게 말했다.

"너무 오래 썼거든, 새 걸로 바꿔야겠어?"

아버지가 화투를 빼내며 **히죽 웃었다.** 4)동자혼(童子魂)이 쓰인 거
라더군. 5)말도 않되는 소리예요. 그 엉터리 기도원에 두는 게 아니었
어요. 전도사도 박수도 아닌 사내는 어머니를 복숭아 가지로 후려쳤
다. 6)살려 줘, 아가 날 살려 줘. 집에 돌아와서도 어머니는 복숭아 가
지의 공포에서 헤어나지 못했다.37)

위의 예문에서 작중자아는 텔레비전에서 <영아원에 불>이 났다는 소
식을 듣는 순간 <유치원 보모>로 <퍽 많은 노래를 알고 있었고 목소리
가 고왔던 만큼 노래 부르기를 즐겨했>던 어머니를 회상하고 있다. 그리
고 아버지의 <히죽 웃>는 모습을 통해서는 정신분열 이후 영아를 살해
한 뒤 기도원에 감금되었던 어머니를 회상하고 있다. 이 과정에서 행동과

---

37) 오정희, 「꿈꾸는 새」, 『오정희』(우리시대 우리작가 11), 동아출판사, 1987, 252~
253면. 이하 이 작품의 인용은 작품명과 면 수만을 밝히기로 한다.

의식은 전혀 다른 양상으로 전개된다. 겉으로는 아버지와 화투를 치고 있지만 마음속은 어머니에 대한 생각으로 가득 차 있다. 따옴표 속의 말이 현실적으로 발화된 부녀간의 대화라면 1) ~ 6)은 마음속에서 무언無言으로 행하여진 담화로서의 내적독백이다. 그중에서도 1), 5) 나의 말이라면, 2), 6)은 어머니의 말, 3), 4)는 아버지의 말이다. 서로 다른 시간과 공간에서 행하여진 여러 화자들의 말이 작중자아의 의식 속에서 동시적이고 교호적인 모습으로 나타나고 있는 것이다. 여기서 과학적으로 구분되는 시간의 여러 양상들―과거 · 현재 · 미래―은 구분되지 않는다. 의식 속에서의 모든 사건이나 행동은 '초시간적超時間的' 내지는 '무시간적無時間的' 양상을 띠기 때문이다. 이런 의미에서 「저녁의 게임」은 가족사적 불행과 관련하여 연속적이며 끊임없이 변해 가는 작중자아의 '마음의 분위기'를 경험의 내면성을 보존한 채로 기록한 심리소설로 볼 수 있다.

이와 같이 형식상의 혁명에 해당하는 문학적 장치나 기법은 의식의 흐름과 관련하여 소설이 갖는 공간적인 제약을 극복하기 위한 시도이다. 그중에서도 모더니즘 문학은 작중인물의 경험의 내면성을 보존한 채로 기록하여 재현하는 데 초점을 맞추고 있다. 그런 만큼 의식의 흐름을 다룬 작품들은 "자서전과 소설과의 경계선을 고의적으로 모호"[38]하게 하려는 인상을 준다는 지적처럼 사적 내밀성이나 자서전적인 요소를 드러낸다. 이러한 작가와 작중인물과의 관계의 모호성은 작품의 실재성을 높이기 위한 문학적 장치에 해당된다. 이 과정에서 경험세계의 자아를 재구성하고 창조하는 회상으로 작용하여 본래의 경험보다 더 "실제적인"[39] 모습으로 나타나게 된다.

이 문제와 관련하여 박태원은 「소설가 구보씨의 일일」에서 자신의 호인 구보를 주인공의 이름으로 명명해 놓음으로써 허구적 인물과의 동일

---

38) Leon Edel, 앞의 책, 189면.
39) Hans Meyerhoff, 앞의 책, 72면.

화를 꾀하고 있다. 더 나아가 작품 속의 구보는 로맨스의 주인공인 동시에 이런 자신의 경험을 작품화하려는 소설가를 자처하고 있다. 소설 속에서의 '소설쓰기'라는 또 하나의 양식이 제시되어 있는 것이다. 이것은 작가가 서술세계의 주인공이 되어 자신의 체험 영역을 기술하는 것을 의미한다. 이러한 소설가소설에서 작중자아를 통하여 제시되는 시간의 유동성과 의식의 복합성은 "시인이나 작가를 포함한 예술가의 내면풍경과 존재방식 그리고 그 드러냄의 양식"[40]과 밀접한 연관이 있다.

> 이 사내는, 어인 까닭인지 구보를 반드시 '구포'라고 발음하였다. 그는 맥주병을 들어보고, 아이 쪽을 향하여 더 가져오라고 소리치고, 다시 구보를 보고, 그래 요새두 많이 쓰시우, 무어 별로 쓰는 것 "없습니다." 구보는 자기가 이러한 사내와 접촉을 가지게 된 것에 지극히 불쾌를 느끼며, 경어를 사용하는 것으로 그와 사이에 간격을 두기로 하였다. …(중략)… 그는 구보에게 술을 따라 권하고, 내 참 구포 씨 작품 애독하지. 그리고 그러한 말을 하였음에도 불구하고 구보가 아무런 감동도 갖지 않은 듯싶은 것을 눈치채자, 사실, 내 또 만나는 사람마다 보고
> "구포 씨를 선전하지요."
> 그러한 말을 하고는 혼자 허허 웃었다.[41]

이런 측면은 이상의 경우에는 보다 심화된 양상으로 나타난다. 「실화」를 비롯한 일련의 작품은 "자서전과 소설과의 경계선을 고의적으로 모호"[42]하게 하려는 인상을 준다. 대부분의 일인칭소설에 자신의 필명을 그대로 쓰고 있을 뿐만 아니라 외양묘사를 통하여 동일화를 시도하고 있

---

40) 우찬제, 「세계를 불지르는 예술혼의 대장간」, 『여린 잠 깊은 꿈: 예술가소설선』, 태성출판사, 1990, 311면.
41) 「소설가 구보씨의 일일」, 앞의 책, 65면.
42) Leon Edel, 앞의 책, 189면.

다. 또한 그의 사회적 배경이 되는 교유 관계를 맺고 있었던 '유정', '구보', '지용' 등 구인회 동인들의 필명이나 실명을 그대로 명명함으로써 자서전적인 색채를 의도적으로 강조하고 있다. 더 나아가 자신의 작품세계와 관련된 당시 한국문단에서의 비평을 작품 속에 그대로 제시해 놓고 있다. 이것은 그의 작품이 실제의 삶의 편력과 무관하지 않음을 강조하기 위한 의도적인 알레고리에 해당된다.

> 크림을 타 먹으면 小說家 仇甫氏가 그랬다—쥐 오줌내가 난다고. ⋯(중략)⋯그러면 詩人 芝溶이여! 李箱은 勿論 子爵의 아들도 아무것도 아니겠습니다. 그려!43)

> 나는 내가 그윽히 陰謀한 바 千古不易의 蕩兒, 李箱의 자자레한 文學의 貧民窟을 錯亂 시키고자 하던 가지가지 珍奇한 연장이 어느 겨를에 빼물르기 시작한 것을 여기서 깨단해야 되나보다. 社會는 어떠쿵, 道德이 어떠쿵, 內面的 省察 追求 摘發 懲罰은 어떠쿵, 自意識過剩이 어떠쿵, 제깜냥에 번지레한 漆을 해 내어걸은 치사스러운 看板들이 未嘗不 우스꽝스럽기가 그지없다.44)

이런 의미에서 이상의 소설은 작가 자신의 초상을 그린 사소설로 언급되기도 한다. 이들 작품은 그의 어두운 삶의 편력이 사실적으로 반영되어 있을 뿐만 아니라 자신과 관계를 맺었던 여인들의 생활상이 리얼하게 묘사되어 있다. 그런 만큼 그의 개인사와 상당한 유사점을 띠고 있는 것처럼 느껴진다. 이 점에서 「봉별기」가 기생 금홍과의 사랑을 그린 작품이라면, 「실화」나 「동해」는 "마지막 여인인 변동림과의 사랑이 모델로 취해진 이야기"45)라는 추론도 가능하다.

---

43) 「실화」, 366면.
44) 「종생기」, 389면.

그러나 모더니즘 소설은 작가의 체험을 그대로 재현한 회고록의 변형은 아니다. 그보다는 경험세계의 자아를 본래의 경험보다 더 "실재적인"[46] 모습으로 재구성하기 위한 예술적 탐구정신과 밀접한 연관이 있다. 박태원이나 이상의 소설도 마찬가지이다. 이들 작품은 자서전적인 요소가 농후함에도 불구하고 작가로부터 독립된 예술적 총합이다. 이것은 모더니즘을 특징짓는 주관성이나 개인주의적 비전과 관련하여 "작품과 실재 사이의 관계를 탐색하기 위하여 인공품으로서의 작품의 위치를 드러내는 현상"[47]으로서의 예술적 자의식을 뜻한다. 이 때의 작중인물의 의식은 바로 작품에 실재하는 의식으로 "작가가 노리는 것은 적어도 독자가 실제로 작중인물의 의식 속에 있다는 것"[48]이다. 이 과정에서 독자는 작가의 입장으로 전이된다. 그것은 "이야기를 종합하고 재료를 쌓아 올리는 데 머리를 짜는 것은 결국 독자"[49]이기 때문이다. 이점에서 모더니즘의 시간과 공간의 구조는 단순하게 표현 기교에 국한된 양식은 아니다. 그보다는 작가 · 작품 · 독자의 내적인 통일성의 탐구와 밀접한 연관이 있다. 따라서 모더니즘의 진정한 모더니티는 문학의 모든 구성 요소의 통합(integrating)을 추구한 정신사적 배경에서 찾아야 할 것이다.

IV. 맺음말

제7차 국어과 교육 과정은 한국인의 삶에 기반을 둔 국어 활동 능력의

---

45) 김용직 편, 『이상』, 지학사, 1985, 189면.
46) Hans Meyerhoff(김준오 역), 앞의 책, 72면.
47) 김욱동, 앞의 책, 72면.
48) Robert Humphrey(이우건 · 유기룡 역), 앞의 책, 123면.
49) 위의 책, 16면.

향상을 지향하고 있다. 창의적인 국어 활동은 학습자가 정보화 사회의 주체적 구성원으로, 나아가 민족 문화를 창조적으로 계승 · 발전시키는 일원으로 성장하는 바탕이 된다.

이와 연계하여 고등학교 '문학'은 문학의 수용과 창작 활동을 통하여 문학 능력을 길러, 자아를 실현하고 문학 발전에 기여할 수 있는 능력과 자질을 기르기 데 교육 목표를 두고 있다. 그런 만큼 소설교육에 있어서 배경에 대한 체계적인 지식은 문학 감상은 물론 문학 활동을 이해하기 위한 밑바탕이 된다.

그러나 고등학교『문학』교과서에서의 배경에 대한 이론 학습은 자연적 배경과 사회적 배경에 한정되어 있을 뿐 현대소설의 요체가 되는 심리적 배경에 대해서는 체계적인 이론의 소개는 물론 예시 작품도 게재되어 있지 않다. 현대소설에서 모더니즘 소설의 기법과 배경은 대부분의 작품에서 구사될 만큼 보편화된 현상으로 이것에 대한 이해는 소설의 감상 및 창작 활동에 직결된다. 이런 관점에서 모더니즘 소설을 중심으로 배경의 원리와 양상에 대해 논의된 사항을 요약 제시하면 다음과 같다.

소설은 자아와 세계와의 갈등을 서술자를 통해 꾸며 낸 이야기이다. 허구는 꾸며진 이야기 속에 삶의 진실이 담겨져 있다는 점에서 허위와는 구별된다. 소설이 현실 이상의 진실을 표현하기 위해서는 소설적 상상력을 필요로 한다. 상상력은 현실의 고의적인 선택을 포함하여 주관에 의한 새로운 창조까지를 의미한다. 독자가 꾸며낸 이야기인 소설을 읽고 감동하는 까닭은 소설적 진실이 있기 때문이다. 독자가 작중 인물이나 사건을 진실된 것으로 받아들이기 위해서는 허구성과 사실성이 표리의 관계를 이루고 있어야 한다. 이 과정에서 배경은 구체적이고 사실적인 시간과 공간의 무대로써 사건의 현실감을 높이고 구성의 신빙성을 더해 준다. 또한 인물의 심리나 사건 전개를 제시하는 역할을 하기도 하고 주제의 구현과 관련하여 상징적인 의미를 띠기도 한다. 그런 만큼 배경은 단순히 사건이 일어나는 무대 장치 수준에 머무는 것이 아니라 작가의 예술적 의도에 다양한 역할과 기능을 한다.

현대소설의 배경은 물리적·외적 공간보다 심층적인 서사 단계에서 추상화된 공간의식 즉 시간 속에 경험할 수 있는 공간의식으로, 공간은 시간의 육체이며 시간은 공간의 영혼으로 시간에 따라 의식이 움직인다고 생각하는 관점으로 그 의미가 확대되었다. 한 작품에서의 공간적 질서는 시간적 질서의 공간적 측면이고, 시간적 질서는 공간적 질서의 시간적 측면이 된다. 이 과정에서 작품의 질서는 형식적인 것이면서 또한 세계관을 나타내는 것으로 시간적 질서에서보다 공간적 질서에서 더 잘 드러난다. 이러한 배경은 소설 전체의 주제 및 성격과 관련하여 고도의 암시와 상징성을 지니고 있다. 그만큼 특별한 지리적 환경으로서의 외부 세계의 반영인 동시에 인물의 내적 세계를 반영하는 공간이라는 이원적 의미를 지니고 있다.

모더니즘 소설의 배경은 '마음의 분위기'를 탐구하기 위한 중요한 수단이 된다. 시간과 공간을 초월하여 유동하는 무질서한 파편들의 결합으로 이루어진 내면세계는 과거와 미래, 회고와 기대가 혼합된 부유물에 가깝다. 회상과 예상이 동일한 서사 공간에서 병존하는 입체적인 시간과 공간의 양상은 '의식의 흐름'을 통하여 구체화된다. 그 중에서도 심리적 연상기법을 바탕을 둔 시간과 공간의 몽타주는 유동적인 시간과 공간의 상호관계 또는 연합을 나타내기 위한 기법이다. 의식의 흐름에 연속성을 부여하고 구조적인 통일성을 이루기 위해서는 선택되고 조직될 필요가 있다. 이 과정에서 기억·감각·상상력 등은 연상을 유도하고 그것에 탄력성을 부여하는 기능을 각각 수행한다. 이처럼 모더니즘 소설에서의 초시간적인 내적 체험은 연상을 통하여 시간과 공간의 동시성 확보와 더불어 다양한 관점의 통일성을 획득하게 된다.

모더니즘 소설은 경험세계의 자아를 본래의 경험보다 더 '실재적인' 모습으로 재구성하기 위한 예술적 탐구정신과 밀접한 연관이 있다. 박태원·이상·오정희 등의 소설도 마찬가지이다. 이들 소설의 주관성이나 개인주의적 비전은 '작품과 실재 사이의 관계를 탐색하기 위하여 인공품으로서의 작품의 위치를 드러내는 현상'으로서의 예술적 자의식이다. 이 때의 작중인물의 의식은 바로 작품에 실재하는 의식으로 '작가가 노리는 것은 적어도 독자가 실제로 작중인물의 의식 속에 있다는 것'이다. 그것은 '이야기를 종합하고 재료를 쌓아 올리는 데 머리를 짜는 것은 결국 독자'이기 때문이다. 이처럼 모더니즘의 시간과 공간의 구조는 표현 기교뿐만 아니라 작가·작품·독자의 내적인 통일성의 탐구와 밀접한 연관이 있다. 그런 만큼 모더니즘의 진정한 모더니티는 문학의 모든 구성 요소의 통합(integrating)을 추구한 정신사적 배경에서 찾아야 할 것이다. 그런데 고등학교『문학』교과서나 문학 교육 과정에는 모더니즘 소설의 배경이나 기법에 대한 이론 학습이 제시되어 있지 않다. 문학 작품과 문학 문화에 대한 폭넓은 이해와 지식의 습득을 위해서는 리얼리즘 소설 일변도에서 벗어나 다양한 경향의 작품을 편성할 필요가 있다.

04 시간

Ⅰ. 머리말

문학 과목의 목표는 학습자의 '문학 능력 신장'과 '문화 발전'으로 요약할 수 있다. 문학 능력은 '학습자가 문학 현상〔문학을 만들고 소통시키며 감상하고 비평하는 행위 전반〕에 능동적으로 참여하여 문학 문화를 형성하는 데 필요한 능력'으로서 문학적 사고력, 문학 소통 능력, 문학에 대한 가치와 태도, 문학 경험 등의 총체이다. 이러한 능력의 신장을 위해 '문학 활동'과 '수용과 창작 활동'의 중요성을 강조하고 있다. 이것은 대상으로서의 문학에 대한 지식보다 주체의 행위로서의 문학 활동의 원리를 이해하는 것이 중요하다는 사실을 뜻한다. 이는 언어 활동의 기본틀인 '이해와 표현'에 대응하는 것으로 학습자의 능동성을 강조하기 위한 것이다. 수용과 창작을 기반으로 한 문학 능력의 신장을 통해 개인적으로는 자아를 실현하고 공동체 차원으로는 문학 문화 발전에 기여하는 태도를 기르는 것이 문학 과목의 목표이다. 이 문제와 관련하여 '제7차 교육 과정 고등학교 '문학' 과목의 목표'를 제시하면 다음과 같다.

> 문학의 수용과 창작 활동을 통하여 문학 능력을 길러, 자아를 실현하고 문학 문화 발전에 능동적으로 참여하는 바람직한 인간을 기른다.
> 가. 문학 활동의 기본 원리와 문학에 대한 체계적인 지식을 기른다.

나. 작품의 수용과 창작 활동을 함으로써 문학적 감수성과 상상력
   을 기른다.

다. 문학을 통하여 자아를 실현하고 세계를 이해하며, 문학의 가치
   를 자신의 삶으로 통합하려는 태도를 지닌다.

라. 문학의 가치와 전통을 이해하고 문학 활동에 능동적으로 참여
   하여 문학 문화 발전에 기여하려는 태도를 기른다.[1]

문학 행위를 통하여 작품 속의 체험과 미학의 양상을 이해하고 표현한
다는 것은 "삶에 대한 형이상학적 주체자로서의 참여"[2]를 뜻한다. 모든
장르의 문학 작품은 자아와 세계와의 관계를 조직적이고 절제된 언어를
통해 표현하고 있다. 자신이 느꼈던 체험이나 감각을 진실감 있게 전달하
기 위해서는 언어를 통해 그것을 재구성해야 한다. 이 문제와 관련하여
작품 기법은 문학 교육의 일차적인 대상이 된다. 앞에서 언급했듯이, 문
학은 언어 예술로서 인간이 세계를 해석하는 방식은 언어를 통해 드러날
뿐만 아니라 문학적인 형상화를 통해 긴밀하고 생동감 있게 표상되기 때
문이다. 따라서 이것은 세계를 해석하는 인식틀(conceptional framework)
의 역할을 하며, 동시에 개인과 집단의 세계관을 구체화하는 이데올로기
적 성격을 지니게 된다.

문학 장르 가운데서도 소설은 자아와 세계의 갈등 구조로서 일정한 이
야기가 내포된 서술 구조를 취하고 있다. 여러 요소들이 결합하여 하나의
구조를 이루는 만큼 부분과 전체의 유기적인 연결이 요구된다. 그 중에서
도 인물, 사건, 배경을 구성의 3요소로 규정하듯, 소설의 사건은 특정한
시간과 공간의 배경 속에서 인물 간의 갈등으로 인해 발생하고 전개되어
간다. 이런 구성상의 특징과 관련하여 루카치는 모름지기 소설은 이른바

---

1) 교육인적자원부, 『고등학교 교육과정 해설』 2국어, 대한교과서 주식회사, 2001,
   303면.
2) 김종철, 「문학 교육과 인간」, 『문학교육학』, 태학사, 1997, 107면.

교양소설이라 불리는 구조 모델의 요소를 내포하고 있다고 보고 있다. 소설은 자아를 인식하기 위해 세상 속으로 나아가고, 자신을 시험하기 위해 모험을 추구하며, 시련을 통해 자신의 한계를 인식하고 자신의 본질을 발견하는 한 영혼의 이야기이기 때문이다.3)

예술 작품을 구성하는 것은 경험 세계의 자아를 재구성하는 일이라고 할 때, "시간은 생生의 수단인 것처럼 이야기의 수단"4)이 된다. 문학적 시간은 경험으로서 포착되는 시간의 요소들과 불가분의 관계를 맺고 있다. 이것은 인간적 시간, 즉 경험의 중요한 배경의 일부가 되고 또 인간의 생활 구조 속에 포함되어 있는 시간의식이다. 특히, "소설의 형식과 내용이 다른 어떠한 주요 문학형식에 있어서 보다도, 인간과 시간 및 역사 간의 변증법에 묶이어 있다는 것은 하나의 자명한 이치"5)이다. 이점에서 소설의 기법이란 "모두가 서로 다른 시간가時間價와 시간 계열에 맞춘 처리 방법이라고 할 수 있으며, 상극하는 두 가지 체계나 가치 사이에서 이득을 얻어내는 방법"6)으로 시간의식은 현대소설의 다양한 서술 방법 가운데 가장 대표적인 기법에 해당된다.

이 문제와 관련하여 본고는 시간의 여러 양상 가운데서도 모더니즘 소설에 나타난 시간의식을 규명하는데 논의의 초점을 맞추고자 한다. 한국 문학은 "모더니스트들에 이르러서 비로소 20세기 문학은 추구"7)되었다고 할 때, 의식의 흐름을 다룬 모더니즘소설은 현대인의 시간관과 문학적 특성을 구체적으로 반영한 장르에 해당되기 때문이다. 여기서 제II장에서는 중등학교 학습현장에서 교수-학습에 필요한 모더니즘소설의 시간

---

3) 유기환, 『노동소설, 혁명의 요람인가 예술의 무덤인가』, 책세상, 2003, 92면.
4) T. Mann, *The Magic Mountain*, New York: Knopf, 1949, p.541.
5) J. H. 롤리, 「영국소설과 시간의 세 종류」, 『현대소설의 이론』(최상규 역), 대방출판사, 1983, 475면.
6) A. A. 멘딜로우, 『시간과 소설』(최상규 역), 대방출판사, 1983, 241면.
7) 김기림, 『시론』, 백양당, 1947, 74면.

의식과 기법을 살펴보고, 제III장에서는 앞장에서 살펴본 이론체계를 바탕으로 작품 분석을 통해 문학적 특징을 규명해 보도록 하겠다. 따라서 제II장이 작품의 이해와 감상을 위한 체계적인 지식의 습득 문제에 초점을 맞추었다면, 제III장은 실천비평의 측면에서 지식과 이론을 작품 분석에 적용하기 위한 문학 활동에 해당된다.

II. 내면 탐구로의 전환과 표현 기법

모더니즘은 파운드의 '새롭게 하라'라는 구호에서 보듯 전대의 문학과는 뚜렷하게 구분되는 새로움의 요소를 지니고 있다. 그 중에서도 19세기 문학과 예술의 대표적인 사조였던 리얼리즘은 일차적인 비판과 극복의 대상이 된다. 아리스토텔레스의 모방설에서 비롯된 리얼리즘은 현실을 '있는 그대로'의 재현은 물론 그 총체성의 추구를 통해 "현상과 본질의 올바른 변증법적 통일성을 인식하는 일"[8]에 역점을 두고 있다. 이것은 객관적 현실의 합법성에 따라 작품화된 세계의 외면적 현상과 그 심층의 내면적 본질을 상호 연관 관계 속에서 형상화해야 한다. 이런 의미에서 연속성의 관점에서 세계나 삶의 실재를 얼마나 정확하게 재현했느냐에 따라서 문학의 위대성이 결정된다.

이에 반해 모더니즘은 불연속의 원리인 단절의 개념을 중심으로 하고 있다. 자연이나 삶은 객관적이고 불변한 실체가 아니라 어디까지나 주관적이고 가변적이기 때문이다. 그런 만큼 사실주의 문학에서의 외부 묘사나 의식세계는 인위적인 조직과 합리화의 과정을 통해 꾸며낸 것에 불과

8) 게오르크 루카치 외, 『문제는 리얼리즘이다』(홍승룡 역), 실천문학사, 1987, 78~79면.

할 뿐만 아니라, 독자의 상상력을 차단시켜서 인간과 현실에 대한 이해와 판단을 왜곡시킨다는 것이다. 여기서 M.K. 스피어즈는 현대문학에 나타나는 단절의 기본 유형으로 형이상학적 단절, 심미적 단절, 수사학의 단절, 시간적 단절 등 네 가지를 들고 있다.9) 이러한 모더니즘의 정신이나 기법은 무엇보다도 새로운 시간관과 인간의식에 대한 인식 태도와 밀접한 연관이 있다. 이점에서 기법상의 혁명은 "인간은 바로 그의 기억 그 자체라는 점, 어느 한 인간의 현재는 그의 과거의 총화라는 점, 그리고 인간의식의 한 단면을 보면 그에 대한 모든 사실을 알 수 있다는 점"10)에서 비롯되었다.

내면의식의 탐구는 내적 경험으로서 포착되는 "영원의 동적 이미지"11)로서의 시간의 요소와 불가분의 관계에 있다. 의식 속에서 과학적으로 구분되는 시간의 여러 양상들 – 과거·현재·미래 – 은 구별되지 않는다. 『율리시스Ulysses』에서의 표면적인 시간이 '하루'로 국한되어 나타나듯, 의식 속의 모든 사건이나 행동은 '초시간적' 내지는 '무시간적' 양상으로 나타난다. 이처럼 모더니즘소설의 시간은 "개인적이며 주관적인 또는 가끔 지적되는 것처럼 심리적인 것"12)이 된다. 이것은 "삶의 경험의 양식화이며, 그것은 또한 엘리엇이 「형이상학파 시인」이란 글에서 말한 대로 이질적인 경험들에 유기적 통일성을 부여하여 '하나의 새로운 전체'를 만드는 것"13)을 의미한다.

---

9) 이에 대한 구체적인 내용은 Spears, M.K., *Dionysus and the City-Modernism in 20th Century Poetry*, (London, 1970) 및 이승훈, 『시론』(고려원, 1983)의 「현대시의 원리」를 참고할 것.
10) 김욱동, 「모더니즘」, 『문예사조사』(이선영 편), 민음사, 1987, 157면.
11) J. H. Raleigh, 「영소설과 시간의 세 종류」, 『현대소설의 이론』(최상규 역), 대방출판사, 1983, 476면.
12) Hans Meyerhoff, 앞의 책, 15~16면.
13) 심명호, 『영미 모더니즘 문학의 전개』, 서울대학교 출판부, 2000, 4면.

모더니스트는 유동적인 내면세계를 일관성 있는 구조로 환치시키기 위해 다양한 문학 기법을 구사한다. '의식의 흐름'은 W. 제임스가 연속적이며 끊임없이 변화해 가는 마음의 모습을 비유적으로 표현한 이래 오늘날에는 유동적인 작중인물의 심리 상태를 지칭하는 문학적 용어14)로 쓰이고 있다. 경험적 시간에는 '흐름'의 성질이 있는데, 이것은 끊임없이 변화하고 연속적으로 계기하는 모든 순간에도 존재하는 요소이다. 이처럼 인간의 마음은 물리적인 시간에 순응하지 않고 과거, 현재, 미래라는 시간의 영역을 넘어서 유동하는 "자의의 시계時計"15)로서의 특징을 지니고 있다.

시간의 질서개념은 인과율과 결합될 때 객관적 의미를 가지게 된다. 이를테면, A가 B의 원인이라면 A는 B보다 '먼저' 일어난 사건이어야 한다. 또는 A는 과거에 속하고 B는 미래에 속해야 한다. 이것은 공적이고 객관적인 시간으로 '시간관계의 객관적 구조'에 의하여 정의되는 시간 개념이다. 이런 물리적인 개념은 공공생활을 지탱하는 시간이다. 인간의 사회적 생활은 개개인의 시간 경험의 동시성이 필요하다. 이것은 시계와 달력에 의하여 공리적 시간 체계가 확보된다. 그러나 물리적 시간이 논리적으로

---

14) 이것은 이론적 측면에서 다음과 같이 작품 기법으로 보는 레온 에델의 견해와 작품 소재로 보는 로버트 험프리의 상반된 견해가 있다.

Leon Edel, 『현대심리소설연구』(이종호 역), 형설출판사, 1983, 87면.

「내적독백"이란 말은 우리가 「햄릿」의 마음속에서 그 존재를 암시하려고 한 유동적이며 미분화된 상태의 사상을 지칭하는데는 충분치 않다. 기술적인 "의식의 흐름"이란 말이 보다 적합한 말이다.」

Robert Humphrey, 『현대소설과 의식의 흐름』(이우건·유기룡 공역), 형설출판사, 1984. 111~112면.

「이 부류(의식의 흐름-필자)에 속하는 몇몇 작품을 살펴보면, 제재를 통제하고 작중 인물을 묘사하는 기법이 소설마다 명백히 다르다는 사실을 곧 알 수 있을 것이다. 사실 <의식의 흐름>의 기법이라고 하는 특정한 기법은 없다. 그 대신 <의식의 흐름>을 묘사해 내기 위해 몇 가지 전혀 다른 기법이 사용되고 있을 뿐이다.」

15) Leon Edel, 위의 책, 163면.

명백하고 타당한 것일지라도 무질서하고 복잡한 내면세계를 재구성하는 일에는 한계성을 드러낼 수밖에 없다. 기억과 예상으로 얽혀있는 내적 경험은 경험적 시간을 통해서만 재구성되기 때문이다.

'의식의 흐름'을 다룬 소설은 의식의 상호 관련이나 연합을 보여주기 위하여 '자유연상' '내적 독백' '이미지의 논리' 등 다양한 문학적 장치와 기법을 구사하고 있다. 그 중에서도 연상수법과 시간과 공간의 몽타주 기법은 경험적 시간을 탐구하기 위한 가장 중요한 기법에 해당된다. 이들 기법은 영화의 몽타주 기법에 바탕을 두고 있는데, 이것은 관념의 상호관계 또는 연합을 나타내기 위하여 여러 가지 영상을 빠르게 연결시키기도 하고, 하나의 영상에다 다른 영상을 중복시키기도 하며, 하나의 영상에 초점을 맞추어 놓고 그 주위를 관련 있는 다른 영상으로 둘러싸는 등의 방법이다.16)

이런 논리는 의식의 흐름의 탐구에도 그대로 적용된다. 연상수법은 복잡하고 다양한 내면세계에 내재적인 통일성을 부여학기 위한 문학적 장치에 해당된다. 한 주제에 대해 다양하거나 복합적인 관점을 사실적으로 드러내기 위한 심리학적 원리의 특질은 다음의 세 가지로 요약할 수 있다. 첫째는 기억으로서 연상의 바탕이다. 둘째는 감각인데, 이것이 연상을 유도한다. 셋째는 상상력인데, 이것은 연상의 탄력성을 결정한다.17) 그런데 대부분의 작가들은 심리학적 문제보다는 기억, 감각, 상상력 등으로 복잡하게 얽혀 있는 마음의 분위기를 연상수법을 통하여 사실적으로 제시하는데 초점을 맞추고 있다. 이러한 의식의 흐름과 연관된 연상수법의 특징을 『율리시즈』를 통해 살펴보면 다음과 같다.

---

16) Robert Humphrey, 앞의 책, 90면.
17) 위의 책, 80면.

닭이 울 때가 되면 저 옆집의 자명종 시계가 마치 머리통이 깨질듯이 울어 댈거야. 가만있자 풋잠이라도 잘 수 있을지 몰라 하나 둘 셋 넷 다섯… 무슨 꽃일까 별처럼 만들었네. 롬바드 거리에 있었던 시절의 벽지가 더 아름다웠어. 단지 어떤 것. 나는 단지 두 번밖에 그 에이프런을 하지 않았어. 이 램프를 어둡게 해서 내일 일찍 일어날 수 있게 다시 한번 잠을 청하는게 좋을거야. 거기 핀드레이터 가게 옆집의 램 가게에 가서 집을 꾸밀 꽃을 배달해 달라고 해야겠어. 내일 그를 데리고 올지도 모르니까.

이것을 H. 험프리의 분석을 바탕으로 하여 심리적 연상에 따른 몰리의 의식의 흐름을 재구성하면 다음과 같다.

1) 옆집의 자명종 소리를 상상함.
2) 잠을 자기 위해 숫자를 헤아림.
3) 별처럼 생긴 꽃을 기억함.
4) 롬바드 거리에 살았던 일을 회상함.
5) 레오폴드가 그녀에게 주었던 에이프런을 회상함.
6) 잠을 청하기 위해 램프를 어둡게 함.
7) 이튿날 해야 할 일을 예상함.

새벽녘 잠자리에서 옆집의 자명종이 울릴 것에 대한 예상으로부터 시작된 몰리의 연상작용은 롬바드 거리에서 레오폴드와 함께 살았던 일들에 대한 회상을 거쳐, 꽃을 배달시킬 일을 상상하는 것에 이르기까지 연쇄적으로 이어지고 있다. 이 가운데 현재 시점인 2), 6)을 제외한 나머지 사건은 회상과 예상에 해당된다. 이처럼 과거, 현재, 미래의 사건이 계기적 시간의 질서를 초월하여 혼란한 양상으로 제시되어 있다. 이러한 무질서한 내면세계를 연상의 원리를 통해 작중인물의 의식의 흐름의 방향에 통일성을 부여하고 있다.

이와 더불어 시간의 몽타주는 의식의 흐름을 탐구하기 위한 가장 중요한 기법에 해당된다. 연상수법과 시간의 몽타주는 표리의 관계를 이루고 있다. 전자에 기반을 둔 의식의 흐름은 후자를 통해 시간적 질서를 확보할 수 있기 때문이다. 이것을 St. 오거스틴은 '기억'과 '기대'라는 심리적 범주와 연결시켜 설명하고 있다. 이 세상에서 일어나고 있는 모든 일은 '현재'의 시점에서 일어난다는 것이다. 그것은 항상 현재에 일어나는 경험이고, 이념이며 사물이라는 것이다. 그럼에도 불구하고 기억과 기대에 의하여 의미 있는 시간적 연속체를 구성하여 과거와 미래를 설명할 수 있다는 것이다. 과거란 과거사에 대해 현재에 일어나고 있는 기억 경험이며, 미래란 미래사에 대한 현재의 기대나 예상이라는 소론이 그것이다.[18]

이런 관점에서 모더니즘소설에 반영된 시간적 특질은 전대의 소설과 비교해 볼 때 분명하게 드러난다. 고대소설은 출생에서부터 죽음에 이르기까지 계기적인 시간 구조로 이루어져 있다. 근대소설도 시간의 역전현상이 일어나기는 하지만 대체로 계기적인 시간의 흐름을 취하고 있다. 이에 반해 의식의 흐름을 다룬 소설은 거듭되는 회상과 예측으로 연속적인 시간의 진행이 파괴되는 시간착오의 현상이 나타나고 있다. 이런 시간 구조는 공간 구조에도 그대로 반영되고 있다. 한 작품에서의 공간적 질서는 시간적 질서의 공간적 측면이고, 시간적 질서는 공간적 질서의 시간적 측면이 되기 때문이다. 그런 만큼 조이스나 버지니아 울프와 같이 물리적인 시간의 계기성을 무시한 작가들에게 있어서의 공간은 의식의 흐름에 따른 유동성과 혼란상을 그대로 반영하게 된다. 이점에서 시간의식과 기법에 대한 정확한 이해는 작품 감상을 위한 문학교육의 전제조건이 된다.

---

18) 위의 책, 20면.

III. 시간 의식과 구조 분석

1. 자아분열과 현현의 시간

모더니즘에서의 '현대성'이란 20세기라는 시대적 상황과 밀착되어 나타나는 정신 상황을 뜻한다. 이것은 흔히 지적되듯이 니이체적 상황, 일체의 의식적 사고는 무의식의 내용이라 할 충동의 가면이라고 주장하는 프로이트의 폭로, 의식이란 언제나 그 자체의 편향된 시각에서 세계를 봄으로 허위의 세계라고 설파하는 맑스의 허위의식의 개념, 곧 이데올르기의 허위성으로 대표된다. 이처럼 20세기 이전까지 인간의 정신상황을 꿰뚫고 흐르던 합리적 사고방식의 허위를 독파하게 될 때 우리는 현대성이란 말과 조우하게 되었던 것이다. 이러한 정신적 상황은 A. 하우저의 지적처럼 세기전환의 폭로학, 즉 폭로심리학의 측면에서 바라본 것을 의미한다고 볼 수 있다.[19)]

모더니즘의 현대성은 폭로심리학의 측면에서의 자아에 대한 탐구에서 비롯된다. 이것은 '내향적 타입'에서 비롯된 순의식의 세계로 작중자아의 신경과 감수성은 면도같이 예민할 뿐만 아니라 자아분열적이다. 그리고 현대인이 자기 자신에 대한 성실성과 날카로운 지성의 두 모순을 포용하고 있는 동안, 이 분열의 비극성은 성실하게 표현하는 외에 달리 처치할 도리가 없다는 것이다.[20)] 이처럼 모더니스트는 작중자아 가운데 또 하나의 비판적 자아를 설정해 놓고 있다. 이것은 현대인들이 겪고 있는 자아의 해체현상과 같은 의미를 지닌다. 그런 만큼 자의식은 분석적이고 도해된 모습으로 나타난다.

---

19) 이승훈, 앞의 책. 242면.
20) 최재서, 『최재서평론집』, 청운출판사, 1961, 195면.

모더니즘은 전통적인 자아의 개념이 송두리째 붕괴되고 있다는 사실을 보여주고 있다. 무질서한 내면세계를 반영한 비연속적인 단절의 현상은 난해성으로 나타난다. 이것의 근본 요인은 언어나 예술 형태의 파괴에 있는 것은 아니다. 그것은 "본질적으로 표현할 수 없는 것을 표현하는 하나의 수단"[21]에 불과하기 때문이다. 그런 만큼 난해성은 무의식의 세계를 탐구하고자 하는 근본 목적과 직접적인 연관이 있다. 그 중에서도 자동기술법은 무의식의 탐구와 관련하여 범상한 물체들에게 비범한 특질을 부여하고, 외관상으로 관련이 없는 물체들, 사상들, 혹은 단어들을 맞부딪치게 하고, 고의로 물체와 그것의 배경을 갈라놓는 불연속적인 단절의 기능을 수행하고 있다. 따라서 "어떤 지성을 지니고도 도저히 이해할 수 없는 문장"[22]들로 결합된 추상적인 영상 덩어리의 집합체로 나타나게 된다.

이 문제와 관련하여 이상은 모더니즘의 특성을 구체적으로 보여준 작가에 해당된다. 그 예로 「날개」는 지적 패러독스를 통해 작중자아의 자아분열적인 의식세계를 제시해 놓고 있다. 무의식에 가까운 내면세계를 내적독백의 형태로 기술해 놓고 있는 것이다. 그 문장 하나하나가 시를 연상케 하는 감각적 이미지로 이루어져 있어 설화적 기능이 위축되어 있다. 문장 구성상 최소 단원으로 압축된 직접화법을 구사해 마치 마음속에 떠오르는 생각들을 그대로 기술한 듯한 느낌을 준다. 이처럼 사건의 전개를 통한 스토리의 제시보다는 비연속적인 의식의 흐름에 따른 연상들을 포착하는 데 초점을 맞추고 있다. 따라서 유동적인 내면세계를 자동기술을 통하여 무질서하게 받아쓰기한 양상으로 나타나게 된다.

> 「剝製가 되어 버린 天才」를 아시오? 나는 愉快하오. 이런 때 戀愛
> 까지가 愉快하오.

---

21) C. W. E. Bigsby, 『다다와 초현실주의』(박희진 역), 서울대학교 출판부, 1984, 82면.
22) 위의 책, 84면.

肉身이 흐느적흐느적하도록 疲勞했을 때만 精神이 銀貨처럼 맑소. 니코틴이 내 蛔t배앓는 뱃속으로 스미면 머리 속에 으레히 白紙가 準備되는 법이오. 그 위에다 나는 위트와 파라독스를 바둑의 布石처럼 늘어놓소. 可憎할 常識의 病이오.

나는 또 女人과 生活을 設計하오. 戀愛技法에마저 서먹서먹해진, 知性을 極致를 흘깃 좀 들여다 본 일이 있는 말하자면 — 一種의 精神 奔逸者말이오. 이런 女人의 半 — 그것은 온갖 것의 半이오 — 만을 領受하는 生活을 設計한다는 말이오. 그런 生活 속에 한 발만을 들여놓고 恰似 두 개의 太陽처럼 마주 쳐다보면서 낄낄거리는 것이오. 나는 아마 어지간히 人生의 諸行이 싱거워서 견딜 수가 없게끔 되고 그만둔 모양이오. 꾿 빠이.23)

이런 측면은 『소설가 구보씨의 일일』에도 그대로 나타난다. 모더니즘 소설의 시간 구조는 주인공의 삶 가운데서 "오직 하루만을 취급하는 경우"24)가 많다. 이 때의 '하루'는 경험 세계의 자아를 재구성하기 위한 '초시간적' 내지는 '무시간적' 양상으로 주관적 상대성을 띠고 있다. 그런 만큼 현상 세계와 인간의 자아 사이에 유기적인 상호 관련성을 추구하기 위한 대응적 리얼리즘의 요소는 발견되지 않는다. 사건이 진행될수록 작품의 내용은 불투명해 진다. 이것은 구조적인 문제로까지 확대되어 작품 자체가 모순덩어리와 같은 혼란스러운 양상을 드러낸다. 특히, 시점과 화자의 문제는 심한 부조화를 드러내고 있다. 스토리를 전개하면서 하나하나의 사건에 대하여 요설적인 어투로 끊임없이 분석하고 있다. 이런 의미에서 일일은 시간과 자아에 대한 동일한 상징으로써 "해석 없이는 어떠한

---

23) 김윤식 엮음, 「날개」, 『이상문학전집 2』, 문학사상사, 1998, 318면.(이하 이상 소설의 인용문은 이 책에 의한 것으로 제목과 면 수만을 밝히기로 한다.)
24) 김욱동, 『모더니즘과 포스트모더니즘』, 현암사, 2001, 95면.
그 대표적인 작품으로 조이스의 『율리시스』, 울프의 『댈러웨이 씨 부인』, 포크너의 『고함과 분노』 등을 들 수 있다.

실재도 존재하지 않는다."[25]고 볼 수 있다.

1) 그는 결코 대담하지 못한 눈초리로, 비스듬히 두 간통 떨어진 곳에 앉아 있는 여자의 옆얼굴을 곁눈질하였다. 2) 그리고 다음 순간, 그와 눈이 마주칠 것을 겁하여 시선을 돌리며, 여자 혹은 자기를 곁눈질한 남자의 꼴을, 곁눈으로 느꼈을지도 모르겠다고, 그렇게 생각하여 본다. 3) 여자는 남자를 그 남자라고 알고, 그리고 남자가 자기를 그 여자라 안 것을 알고 있을지도 모른다. 4) 이러한 경우에, 나는 어떠한 태도를 취하여야 마땅할까 하고, 그러한 것에 머리를 썼다. 5) 아는 체를 하여야 옳을지도 몰랐다. 혹은 모른 체 하는 게 정당한 인사일지도 몰랐다. 6) 그 둘 중에 어느 편을 여자는 바라고 있을까. 7) 그것을 알았으면, 하였다. 8) 그러다가, 갑자기, 그러한 것에 마음을 태우고 있는 자기가 스스로 괴이하고 우스워, 나는 오직 요만 일로 이렇게 흥분할 수가 있었던가 하고 스스로를 의심하여 보았다. 9) 그러면 나는 마음속 그윽이 그를 생각하고 있었던지도 모르겠다고 생각하여 보았다. 10) 그러나 그가 여자와 한 번 본 뒤로, 이래 일 년간, 자기는 역시 진정으로 그를 사랑하고 있는 것은 아닌지도 모르겠다고, 그러한 생각이 들었다.[26]

위의 인용문에서 객관적 사실의 진술은 1)뿐이 없다. 2), 3), 6)은 실제의 사고의 주체는 여인으로 작중화자는 그러한 사실을 전달하는 역할만을 수행한다. 이것을 제외한 나머지 부분은 그런 여인을 놓고 작중자아의 내면에서 일어나는 다양한 갈등의 양상을 자기분석을 통하여 제시하고 있다. 이 과정에서 작중화자는 제한된 발화자의 공간을 넘어서서 자신의 내면세계를 분석하고 있다. 이에 따라 서술의 주체는 나, 구보, 자기, 남자 등으로 다양하게 변화하고 있다. 이것은 그 안타고니스트인 여인의 경우

25) Enst Gombrich, *Art and Illusion*(Princeton: Princeton University Press, 1969), p. 115.
26) 박태원, 「소설가 구보씨의 일일」, 『박태원소설집』, 깊은샘, 2003, 28면.

에도 마찬가지이다. 그, 자기, 여자 등으로 설정되어 있다. 모더니즘 문학의 "복수적 관점"[27] 반영된 것이다. 이점에서 외형적으로는 한 인물이지만 다양한 호칭에 따른 그 기능과 역할은 상당한 차이를 드러낸다. '그'는 3인칭 시점으로 설정된 구보를, '나'는 그(구보)가 인식하는 현실의 나를, '자기'는 자신이 바라보는 의식 속의 자아를, '남자'는 여자가 바라본 그(구보)를 각각 의미한다. 이것은 "합리적인 세계로 나타나는 <나>라는 존재를 의식하는 또 하나의 내가 관찰하는 입장에 선다면, 내면에서 대상을 보는 것"[28]이 뒤집혀서 보이는 메피우스의 띠에 해당된다.

전위적인 모더니스트는 인간의 삶의 모든 면에서 "의식의 본질을 바꾸고, 현실의 본질에 대한 기존 개념을 바꾸려고 혼신의 노력을 기울이고 있는 혁명가로 간주"[29]했다고 할 때, 이런 실험의식은 「지주회시」를 통하여 구체적으로 드러난다. 이 작품은 언어의 특수한 교신의 형태로 근대소설에서 관습처럼 되어 있는 띄어쓰기마저 의도적으로 무시되어 있다. 이러한 "분할 공간의 막힘 - 띄어쓰기에 의한 낱말들 사이의 여백들은 활자와 여백으로 공간을 분할한다고 말할 수 있다 - 은 다분히 의식적이요, 조작에 의한 공간의 찌그림"[30]으로 내면세계의 탐구와 밀접한 연관이 있다. 의도적으로 띄어쓰기를 무시함으로써 마음에서 연속적으로 이어지는 의식의 흐름을 나타내고 있는 것이다. 그리고 작중화자의 문제와 관련하여 '그'는 자신의 내면세계를 분석하고 있을 뿐만 아니라 안타고니스트인 아내로 환치되어 나타나기도 한다. 작중화자의 일상이 구술독백을 통하여 아내의 시점에서 분석되고 있는 것이다. 그만큼 시점의 발화는 다양한 심리적 거리를 감각으로 나타나고 있다. 이것은 소설이 어느 특정

27) 김욱동, 앞의 책, 85면.
28) 김용운, 「이상문학에 있어서의 시간」, 『신동아』, 1973년 2월호, 293~294면.
29) C. W. E. Bigsby, 앞의 책, 81면.
30) 김중하, 「이상의 소설과 공간성」, 『한국현대소설사연구』(전광용 편), 민음사, 1982. 337면.

한 위치에 선 화자에 의해 전달된다는 통념을 송두리째 바꾸어 버린 것으로 볼 수 있다.

> 그러나안해는깜짝놀란다. 덧문을닫는-남편-잠이나자는남편이
> 덧문을닫았더니생각이많다. 오줌이마려운가-가려운가-아니저인
> 물이왜잠을깨었나.참신통한일은-어쩌다가저렇게사(生)는지-사는
> 것이신통한일이라면또생각하여보자는것은더신통한일이다.어떻게
> 저렇게자나? 저렇게도많이자나? 모든일이稀한한일이었다.남편.어디
> 서부터어디까지가부부람-남편-안해가아니라도그만안해이고마는
> 고야. 그러나남편은안해에게무엇을하였느냐-담벼락이라고외풍이
> 나가려주었더냐.31)

이와 같은 모더니즘 소설의 시간 구조는 자아분열의 증대화 현상을 보이고 있는 현대인의 의식세계를 완결감 있게 표현하기 위한 문학적 장치에 해당된다. 그 대표적인 예가 「날개」의 결말 부분이다. 실존의 상황에 빛을 던져주는 "현현顯現의 시간"32)의 체험이 그것이다. 이것의 시간 구조는 "외부에서 보면 시간 속에 있는 한 순간이지만 그 내부에서 보면 영원한 전체"33)가 된다. 이점에서 의식의 절멸상태에서 벗어나 역동적인 삶의 통일성을 마련하기 위한 제의적 과정과 밀접한 연관이 있다. 따라서 "심미적 현상의 밝은 광휘가 그 전일성과 조화에 매혹된 마음에 의해서 찬란하게 파악되는 순간"으로 갈바니Luigi Galvani의 "영혼의 황홀경"과 같은 의미를 지닌다.34)

---

31) 「지주회시」, 298면.
32) Leon Edel, 앞의 책, 152면.
33) W. T. Stace, *Religion and the Modern Mind*(Now York, Lippicott, 1952), p.243.
34) Leon Edel, 앞의 책, 153면.

이때 뚜우하고 정오 사이렌이 울었다. 사람들은 모두 네 활개를 펴고 닭처럼 푸드덕거리는 것 같고 온갖 유리와 강철과 대리석과 지폐와 잉크가 부글부글 끓고 수선을 떨고 하는 것 같은 찰나, 그야말로 현란을 극한 정오다.

나는 불현듯이 겨드랑이가 가렵다. 아하, 그것은 내 인공의 날개가 돋았던 자국이다. 오늘은 없는 이 날개, 머릿속에서는 희망의 야심이 말소된 페이지가 딕셔너리 넘어가듯 번뜩였다.

나는 걷던 걸음을 멈추고 그리고 어디 한 번 이렇게 외쳐 보고 싶었다.

날개야 다시 돋아라.

날자. 날자. 날자. 한 번만 더 날자꾸나.

한 번만 더 날아 보자꾸나.[35]

정오가 모든 시계 바늘이 하나로 합치되는 순수한 시간의 단편인 것처럼 작중자아는 현현이라는 특수한 시간을 통해 역동적인 자기통일성을 획득하고 있다. 이 과정에서 "시간과 자아는 서로가 서로의 필수조건이 되어 경험의 개개의 순간들은 '통합'(integrating)"[36]된 통일체로 나타나게 된다. 이런 시간의 경험은 "자아를 창조하고 개선하는 영원한 원천"[37]인 것처럼 과거에 대한 명증한 인식은 자아가 시간적 연속감과 구조적 통일성을 얻기 위한 전제 조건이 되기 때문이다. 그런 만큼 시간의 유동성과 의식의 복합성은 현대인의 "내면풍경과 존재방식 그리고 그 드러냄의 양식"[38]과 밀접한 연관이 있다. 이런 의미에서 모더니즘 문학에서의 시간의식과 작품 기법은 인간의 존재론적 의미와 실재의 규명을 위한 가장 적극적인 탐구에 해당된다.

---

35) 「날개」, 344면.
36) Hans Meyerhoff, 앞의 책, 57면.
37) 위의 책, 98면.
38) 우찬제, 「세계를 불지르는 예술혼의 대장간」, 『여린 잠 깊은 꿈; 예술가소설선』, 태성출판사, 1990, 311면.

2. 시간의 혼유현상과 통합의 정신

인간의 의식세계는 "사고와 감각이 기능을 발휘하고 있는 한 무한히 증대되는 하나의 작용이며 그것은 살고 있는 현재에 부정한 과거가 연속"[39]된다. 계기적인 사건의 전개가 없을 뿐만 아니라 무질서한 모습으로 드러난다. 이것을 결합하여 어떤 종류의 "통일체로 만든다는 것은 그 무질서한 파편들이 오로지 '동일한' 자아의 퍼스펙티브perspective에 관계되거나 이 퍼스펙티브 속에서 포착될 때만 의미 ─ 유의적이고 연상적인 이미지에 의하여 밝혀지는 의미 ─ 가 발생"[40]하게 된다. 이점에서 플롯의 진행은 비연대기적이고, 구성은 조셉 프랭크가 말하는 이른바 '공간적 형식'을 취하고 있다.[41] 그만큼 전통적인 소설의 양식을 철저하게 부정한 듯한 느낌을 준다. 그러나 엄밀한 의미에서 이것은 인간의 내적 경험을 사실적으로 표현하기 위하여 "형식적 패턴에 유별나게 의존"[42]했음을 뜻하는 것이다.

형식상의 혁명에 해당하는 모더니즘의 문학적 장치나 기법은 의식의 흐름과 관련하여 소설이 갖는 공간적인 제약을 극복하기 위한 시도이다. 내면세계의 문학적 형상화는 "부유하는 일관성"[43]으로서 무질서 위에 질서를 어떻게 부여하는가 하는 문제로 귀착된다. 모더니스트들은 외적 플롯과 의식의 흐름을 융합시키기 위하여 문학적 모델, 역사적 순환 그리고 음악적 구성 등을 본떠서 작품을 형상화했다. 또한 복잡한 상징 구조를 이용하여 의식의 구조를 실제 그대로 묘출하고자 했을 뿐만 아니라 거기에서 독자를 위하여 어떤 의미를 추출하고자 했다. 이 과정에서 기억 · 감

---

39) Leon Edel, 앞의 책, 41면.
40) Hans Meyerhoff, 앞의 책, 58면.
41) 김욱동, 앞의 책, 82면.
42) 위의 책, 150면.
43) Robert Humphrey, 앞의 책, 118면.

각 · 상상력 등은 연상을 유도하고 그것에 탄력성을 부여하는 기능을 각각 수행한다. 그런 만큼 "작가나 그의 작품은 작중 인물의 자유연상들을 선택 · 통어 · 조직하는 그런 일을 못하는 경우라도 자기통일성의 감각에 특유한 자동조절 기능을 보이고 있는 것"[44]이다. 이처럼 초시간적인 내적 체험은 연상을 통하여 시간의 동시성 확보와 더불어 다양한 관점의 통일성을 획득하게 된다.

이와 같은 내면의식의 탐구 양상은 『소설가 구보씨의 일일』에도 그대로 반영되어 있다. 서울에서 일어나고 있는 현재의 사건(1), 6)~11), 14), 15), 19), 20))과 동경에서 발생한 과거의 사건(2)~5), 12), 15)~18), 22)~28))이 시간과 공간의 몽타주 기법으로 엮어져 있다. 현재 구보는 대창옥이란 음식점에서 친구와 설렁탕으로 식사를 하고 있다. 그러나 그 이전 다료에서 젊은 남녀의 연애 장면으로부터의 연상 작용으로 인하여 동경에서의 여인과의 로맨스를 떠올리고 있다. 현실과 환상의 교차 과정에서 그와 동행하고 있는 벗은 인식의 대상조차 되지 않는다. 오직 과거로 향하고 있는 의식만이 있을 따름이다.

> 1) 다료(茶寮)에서 나와, 벗과, 대창옥으로 향하며, 구보는 문득 대학 노트 틈에 끼어있었던 한 장의 엽서를 생각하여 본다. …(중략)… 2) 소설가다운 온갖 망상을 즐기며, 이튿날 아침 구보는 이내 이 여자를 찾았다. 3) 우입구 시래정(牛込區 矢來町). 4)주인집은 그의 신조사(新潮社) 근처에 있었다. 5) 인품 좋은 주인 여편네가 나왔다 들어간 뒤, 현관에 나온 노트주인은 분명히…… 6) 그들이 걸어가고 있는 쪽에서 미인이 왔다. 7) 그들을 보고 빙그레 웃고, 그리고 지났다. 8) 벗의 다료 옆, 카페 여급. 9) 벗이 돌아보고 구보의 의견을 청하였다. 10) 어때 예쁘지. 11) 사실, 여자는, 이러한 종류의 계집으로서는 드

---

44) 위의 책, 60면.

물게 어여뻤다. 12) 그러나 그는 이 여자보다 좀더 아름다웠던 것임에 틀림없었다.

13) 어서 옵쇼. 14) 설렁탕 두 그릇만 주. 15) 구보가 노트를 내어놓고, 자기의 실례에 가까운 심방(尋訪)에 대한 변해(辨解)를 하였을 때, 여자는, 순간, 얼굴이 붉어졌었다. 16)어제 어디 갔었니. 17)길옥신자(吉屋信子). 18) 구보는 문득 그런 것들을 생각해 내고, 여자 모르게 빙그레 웃었다. 19) 맞은편에 앉아, 벗은 숟가락 든 손을 멈추고, 빠안히 구보를 바라보았다. 20) 그 눈은, 무슨 생각을 하고 있느냐, 물었는지도 모른다. 21) 구보는 생각의 비밀을 감추기 위하여 의미 없이 웃어 보였다. 22) 좀 올라오세요. 23) 여자는 그렇게 말하였다. 24) 말로는 태연하게, 그러면서도 그의 볼은 역시 처녀답게 붉어졌다. 25) 구보는 그의 말을 쫓으려다 말고, 불쑥, 산책이라도 안 하시렵니까, 볼 일 없으시면. 26) 그날은 일요일이었고, 여자는 마악 어디 나가려던 차인지 나들이옷을 입고 있었다. 27) 통속 소설은 템포가 빨라야 한다. 28) 그 전날, 윤리학 노트를 집어들었을 때부터 이미 구보는 한 개 통속 소설의 작가였고 동시에 주인공이었던 것임에 틀림없었다.[45]

구보에게 있어서 현재는 과거의 총화로서만 존재한다. 모든 사물을 육체적인 눈을 통하여 보는 것이 아니라 심안의 시계인 마음의 창에 비추어 보고 있다. 이 과정에서 과거의 모든 발화는 발신자와 상관없이 작중자아에 의하여 재구성된 형태로 전달된다. 이것은 인용문 16), 17), 22), 25) 등에서 보듯, 무언중에 일어나는 담화인 내적독백의 형태로 나타난다. 이런 의식은 기억에 의하여 결정된다. 이것은 인위적인 기록이나 노력에 의하여 떠올린 것은 아니다. 무질서한 연상의 결합, 그 자체가 의식의 실체이기 때문이다.

이와 같은 전위적인 시간 의식은 「실화」를 통해 구체적으로 나타나고

---

45) 「소설가 구보씨의 일일」, 54~55면.

있다. 이 작품을 지배하는 것은 객관적인 현실이 아니라 주관적인 의식세계이다. 연속적인 이야기의 형태를 취하고 있는 것이 아니라 별개의 이야기들이 무질서한 모자이크 형태로 연결되어 있다. 주관적이고 분열적인 시간의 연속으로 인과율에 의한 시간적 진행이 파괴된다. 또한 공간도 한 곳에 고정되어 있지 않다. 의식의 흐름에 따라 환상과 추상의 세계를 자유롭게 넘나드는 시간의 역전현상 속에서 공간적 통일성마저 파괴되고 있다. 따라서 이야기의 전개 과정에서 스토리 텔러의 기능이 상당히 위축된 양상으로 나타난다.

이러한 시간의 몽타주 가운데 서울에서 발생한 사건을 연대기적인 순서로 배열해 보면 1)S로부터 연의 부정 사실을 들음 → 2)연으로부터 부정을 고백 받음 → 3)자살을 결심하고 연이와 같이 살던 방을 나옴 → 4)유정을 만나 자살 결심을 포기함 → 5)연의 방으로 돌아와 동경행을 위해 짐을 꾸려 나옴 등으로 되어 있다. 이에 비해 동경에서의 사건은 1)신보정 하숙에서 연과 유정으로부터 편지를 받음 → 2)C양의 방에서 그녀가 하는 소설의 이야기를 들음 → 3)Y를 만나 술집에서 술을 마심 4)신숙역에서 열차를 기다림 등으로 전개된다. 여기서 서울에서의 사건이 2개월 전인 10월 23일부터 10월 24일 사이에 일어났던 일이라면, 동경에서의 사건은 12월 23일부터 12월 24일까지 현재의 시점을 중심으로 전개된다. 이런 사건의 전개 과정에서 "17회의 역전현상"[46]을 일으키듯 서술의 시간과 허구의 시간 사이에 괴리가 일어나 혼란한 양상으로 나타난다.

시간의 역전현상은 「실화」 전체를 일관하는 구조적인 특징으로 볼 수 있다. 무시간적 프롤로그에 해당하는 제 1장을 제외한 나머지 부분은 현재의 시간과 과거의 시간이 교차하면서 병렬적으로 제시되어 있다. 2, 4, 6, 8, 9장이 동경에서의 사건을 다루고 있다면, 3, 5, 7장은 서울에서의 체

---

46) 김정자, 『한국근대소설의 문체론적 연구』, 삼지원, 1985, 300면.

험을 서술해 놓고 있다. 그러나 2장과 4장의 경우 서울에서의 사건과 동경에서의 사건이 혼합된 형태로 제시되어 있다. 이런 특별한 구조를 표현하자면 "시간의 여러 다른 양상 – 과거·현재·미래 – 이 연속적으로, 점진적으로, 통일적으로 연결되고 혼합된다는 상징적 표현이나 이미저리가 필요"[47]하다.

이 과정에서 연상수법은 유동적인 시간 의식과 밀접한 연관이 있다. 경험과 기억이라는 내적 세계는 외부세계에서와 같은 객관적 인과관계가 아니라 오히려 '의미 있는 연상'에 의해서 인과적으로 결정되는 구조를 보여주기 때문이다. 계기적인 시간의 흐름에 있어서 엄격히 구분되는 서울에서의 사건과 동경에서의 사건이 이미지의 논리에 바탕을 둔 연상수법에 의하여 인과적으로 연결되어 있다. '담배'(2장), '국화' '입술'(4장), '안개'(6장) 등의 연상 매체를 통하여 시간과 공간을 초월한 체험의 연속성과 동시성을 확보하고 있는 것이다.

> 1)ⓐ그러나 C孃의 房에는 지금–고향에서는 스케일를 지친다는데–菊花 두 송이가 참 싱싱하다.[48]
>
> ⓑ菊花 한 송이도 없는 房안을 휘–한번 둘러보았다. 잘하면 나는 이 醜惡한 房을 다시 보지 않아도 좋을 수–도 있을까 싶었기 때문에 내 눈에는 눈물도 고일밖에–[49]
>
> 2)ⓐ웃을 수는 없다. 해가 저물었다. 급하다. 나는 어딘지도 모를 郊外에 있다. 나는 어쨌든 市內로 들어가야만 할 것 같았다. 市內–사람들은 여전히 그 알아볼 수 없는 낯짝들을 쳐들고 와글와글 야단이다. 街燈이 안개 속에서 축축해 한다. 英京 倫敦이 이렇다지 –[50]

---

47) Hans Meyerhoff, 앞의 책, 40면.
48) 「실화」, 361면.
49) 위의 글, 363면.
50) 위의 글, 364면.

04 시간　147

ⓑ아스팔트는 젖었다. 鈴蘭洞 左右에 매달린 그 鈴蘭꽃 모양 街燈
도 젖었다. 클라리넽소리도-눈물에-젖었다. 그리고, 내 머리에는
안개가 자욱이 끼었다.
    英京 倫敦이 이렇다지?51)

  1)은 '국화'를 매체로 하여 C양과 연의 방을 대비적으로 몽타주해 놓고
있다. 주인공은 겨울임에도 불구하고 C양의 방에 꽂혀있는 싱싱한 국화
를 보고는 가을이었음에도 국화 한 송이 없었던 연의 쓸쓸한 방과 그곳을
나올 때의 우울한 심정을 토로해 놓고 있다. 이에 반하여 2)는 서울과 동
경에서의 체험이 '안개'를 통하여 동시적이고 교호적인 양상으로 나타난
다. ⓐ가 연의 방을 나온 뒤 안개 낀 서울 거리에서의 체험이라면, ⓑ는 C
양의 방을 나온 뒤 영란동에서 느끼는 감정이다. 이 둘 사이에는 상당한
시간과 공간의 차이에도 불구하고 안개라는 의미 있는 연상물을 통하여
동일시화 되는 현상을 나타낸다. 이것은 의식과 인상의 혼합물로써 감상
적인 '마음의 분위기'를 상징적으로 드러내게 된다.
  이와 같이 의식 속에서 시간의 여러 양상들은 구별되지 않는다. 이 때
의 시간적 요소들은 '어저께 텍사스에서 끝나버린 사랑이 4천년전 크레
타섬에서 시작한 것을 볼 것이다'라는 V. 울프의 지적처럼 환상과 상상
속에서 '초시간적'으로 공존하게 된다.52) 상징파와 이미지스트의 시에 있
어서나 의식의 흐름의 소설에 있어서나 시간적 요소가 비약적으로 융합
되는 것은 현대문학의 가장 보편적이고 두드러진 특징 가운데 하나이다.
그만큼 이들 작품은 유동적인 내면세계를 자동기술법을 통하여 무질서하
게 기술해 놓은 듯한 인상을 준다.

---

51) 위의 글, 365면.
52) Hans Meyerhoff, 앞의 책, 43면.

講師는 C孃의 입술이 C孃이 좀 蝸背를 앓는다는 理由 外에는 또 무슨 理由로 조렇게 파르스레한가를 아마 모르리라.

講師는 맹랑한 質問 때문에 잠깐 얼굴을 붉혔다가 다시 제 地位의 懸隔히 높은 것을 느끼고 그리고 외쳤다.

「쪼꾸만 것들이 무얼 안다고ㅡ」

그러나 姸이는 히잉 하고 코웃음을 쳤다. 모르기는 왜 몰라ㅡ 姸이는 지금 芳年이 二十, 열어섯살 때 姸이가 女高 때 修身과 體操를 배우는 여가에 간단한 속옷을 찢었다. 그리고 나서 修身과 體操는 여가에 가끔 하였다.[53]

주인공은 C양의 입술을 보고 서울에 있는 연을 생각한다. C양의 입술이 파르스레한 것은 <C군이 범과 같이 건강>하기 때문이다. 이런 C양의 생활상은 연의 부정한 과거로 환치되어 나타난다. 시간과 공간이 "과거와 현재, 몽상과 현실의 화음을 이루며 대위법"[54]처럼 전개되고 있다. 그런 만큼 <쪼꾸만 것들이 무얼 안다고> 하는 강사의 말은 누구를 향하여 한 말인지 분명하지 않다. 강사에 대한 질문자가 C양이라면 그 대답에 대한 반응자는 연으로 변이되어 나타나기 때문이다. 따라서 C양과 연을 동일시화 하는 착종 현상을 보이고 있어 그 정확한 의미 파악은 애매해지지 않을 수 없다.

이와 같은 모더니즘의 개인주의적 비전과 주관성은 "작품과 실재 사이의 관계를 탐색하기 위하여 인공품으로서의 작품의 위치를 드러내는 현상"[55]으로서의 예술적 자의식과 밀접한 연관이 있다. 이 때 "작가에게 있어서 작중인물의 의식이란 바로 작품에 실재하는 의식"으로 "작가가 노리는 것은 적어도 독자가 실제로 작중인물의 의식 속에 있다는 것"이

53) 「실화」, 362면.
54) 정덕준, 「한국근대소설의 시간구조에 관한 연구」, 고려대학교 대학원, 1984. 112면.
55) 김욱동, 앞의 책, 72면.

다.56) 그것은 "이야기를 종합하고 재료를 쌓아 올리는데 머리를 짜는 것은 결국 독자"57)이기 때문이다. 그런 만큼 경험세계의 자아를 재구성하고 창조하는 회상으로 작용하여 본래의 경험보다 더 "실제적인"58) 모습으로 드러나게 된다. 이것은 4분의 3은 보이지 않는 빙산 같은 인간 존재를 "혼돈에 입각하여 세계를 다시 파악하기 위한 필사적인 시도"59)에 해당된다. 이점에서 모더니즘은 단순하게 표현의 기교에 국한된 양식은 아니다. 그보다는 작가, 작품, 독자의 내적인 통일성의 문제를 탐구한 의식에 있다. 이런 의미에서 모더니즘의 시간의식은 문학의 구성 요소의 통합을 추구한 정신사에서 찾아야 할 것이다.

Ⅳ. 맺음말

제7차 교육 과정 고등학교 '문학' 과목의 목표는 학습자의 '문학 능력 신장'과 '문화 발전'으로 요약할 수 있다. 문학 능력은 '학습자가 문학 현상에 능동적으로 참여하여 문학 문화를 형성하는 데 필요한 능력'으로서 문학적 사고력, 문학 소통 능력, 문학에 대한 가치와 태도, 문학 경험 등의 총체이다. 이것은 언어 활동의 기본틀인 '이해와 표현'에 대응하는 것으로 학습자의 능동성을 강조하기 위한 것이다. 문학 행위를 통하여 작품 속의 체험과 미학의 양상을 이해하고 표현한다는 것은 '삶에 대한 형이상학적 주체자로서의 참여'를 뜻한다. 이러한 능력의 신장을 위해 '문학 활동'과 '수용과 창작 활동'의 중요성을 강조하고 있다. 따라서 대상으로서의 문학

---

56) Robert Humphrey, 앞의 책, 123면.
57) 앞의 책, 16면.
58) Hans Meyerhoff, 앞의 책, 72쪽.
59) R.M. 알베레스, 『현대소설의 역사』(정지영 역), 중앙일보사, 1978, 111쪽.

에 대한 지식보다 주체의 행위로서의 문학 활동의 원리를 이해하는 것이 중요하다.

　모든 장르의 문학 작품은 자아와 세계와의 관계를 조직적이고 절제된 언어를 통해 표현하고 있다. 그중에서도 소설은 자아와 세계의 갈등 구조로서 일정한 이야기가 내포된 서술 구조를 취하고 있다. 여러 요소들이 결합하여 하나의 구조를 이루는 만큼 부분과 전체의 유기적인 연결이 요구된다. 이 과정에서 '시간은 생生의 수단인 것처럼 이야기의 수단'이 된다. 소설의 형식과 내용은 인간과 시간 및 역사 간의 변증법에 묶이어 있기 때문이다. 소설의 기법은 '서로 다른 시간가時間價와 시간 계열에 맞춘 처리 방법'으로 시간의식은 현대소설의 다양한 서술 방법 가운데 가장 대표적인 기법에 해당된다. 이 문제와 관련하여 본고는 고등학교 소설교육의 교수−학습에 필요한 모더니즘소설에 나타난 시간의식을 살펴보았다. 여기서 논의된 사항을 요약 정리하면 다음과 같다.

　모더니즘은 리얼리즘의 연속성의 관점과는 대비되는 불연속의 원리인 단절의 개념을 중심으로 하고 있다. 자연이나 삶은 객관적이고 불변한 실체가 아니라 어디까지나 주관적이고 가변적이다. 특히, 인간의 마음은 물리적인 시간에 순응하지 않고 과거, 현재, 미래라는 시간의 영역을 넘어서 유동하는 '자의의 시계'로서의 특징을 지니고 있다. 이전의 사실주의 기법에 의한 외부 묘사나 의식세계는 인위적인 조직과 합리화의 과정을 통해 꾸며낸 것으로 인간과 현실에 대한 이해와 판단을 왜곡시킨다. 기억과 예상으로 얽혀있는 내적 경험은 경험적 시간을 통해서만 재구성될 수 있기 때문이다. 이 문제와 관련하여 의식의 상호 관련이나 연합을 일관성 있는 구조로 환치시키기 위해 '자유연상' '내적 독백' '이미지의 논리' 등 다양한 문학적 장치와 기법을 구사하고 있다. 이러한 모더니즘의 정신이나 기법은 새로운 시간관과 내면세계에 대한 인식 태도와 밀접한 연관이 있다.

모더니즘의 현대성은 폭로심리학의 측면에서의 자아에 대한 탐구에서 비롯된다. 이것을 통하여 전통적인 자아의 개념이 송두리째 붕괴되고 있다는 사실을 보여주고 있다. 이 과정에서 비연속적인 단절의 현상은 난해성으로 나타난다. 이것은 '본질적으로 표현할 수 없는 것을 표현하는 하나의 수단'으로서 무의식 세계의 탐구와 밀접한 연관이 있다. 이 문제와 관련하여 「날개」와 『소설가 구보씨의 일일』은 작중자아의 자아분열적인 의식세계를 내적독백의 형태로 기술해 놓고 있다. 그 문장 하나하나가 시를 연상케 하는 감각적 이미지로 이루어져 있어 마음속에 떠오르는 생각들을 그대로 기술한 느낌을 준다. 또한 「지주회시」에서는 작중화자인 '그'가 '아내'로 환치되어 나타나고 있다. 이것은 소설이 특정한 화자에 의해 전달된다는 통념을 송두리째 바꾸어 버린 것에 해당된다. 이처럼 사건의 전개를 통한 스토리의 제시보다는 비연속적인 의식의 흐름에 따른 연상들을 포착하는 데 초점을 맞추고 있다. 따라서 유동적인 내면세계를 자동기술을 통하여 무질서하게 받아쓰기한 양상으로 나타나게 된다.

이와 같은 자아분열의 증대화 현상은 「날개」에서는 실존의 상황에 빛을 던져주는 '현현顯現의 시간'으로 나타나고 있다. 이것의 시간 구조는 '외부에서 보면 시간 속에 있는 한 순간이지만 그 내부에서 보면 영원한 전체'이다. 그런 만큼 '심미적 현상의 밝은 광휘가 그 전일성과 조화에 매혹된 마음에 의해서 찬란하게 파악되는 순간'으로 '영혼의 황홀경'과 같은 의미를 지닌다. 이 과정에서 '시간과 자아는 서로가 서로의 필수조건이 되어 경험의 개개의 순간들은 '통합"된 통일체로 나타나게 된다. 이런 시간의 경험은 '자아를 창조하고 개선하는 영원한 원천'인 것처럼 과거에 대한 명증한 인식은 자아가 시간적 연속감과 구조적 통일성을 얻기 위한 전제 조건이 된다. 이점에서 모더니즘 문학에서의 시간의 유동성과 의식의 복합성은 인간의 존재론적 의미와 실재의 규명을 위한 적극적인 탐구에 해당된다.

형식상의 혁명으로 일컬어지는 모더니즘의 문학적 장치나 기법은 의식의 흐름과 관련하여 소설이 갖는 공간적인 제약을 극복하기 위한 시도에 해당된다. 비연대기적인 플롯의 진행은 내적 경험을 사실적으로 형상화하기 위해 '형식적 패턴에 유별나게 의존'했음을 뜻하는 것이다. 이 문제와 관련하여 「무성격자」와 『소설가 구보씨의 일일』에서의 의식의 흐름은 작중자아에 의해 재구성된 발화되지 않은 내적독백의 형태로 제시되어 있다. 이런 주인공들에게 있어서 현재의 시간과 사건은 어떠한 의미도 지니지 못한다. 이들의 의식은 편집증 환자처럼 과거의 사건으로 침잠하고 있다. 이것은 『잃어버린 시간을 찾아서』의 마르셀과 마찬가지로 하나의 존재적 체험으로 '감각주체인 주인공이 가졌던 사물과의 질료적 관계 혹은 접촉경험'을 의미하는 것이다.

　전위적인 모더니즘의 시간의식은 「실화」를 통하여 파격적인 양상으로 나타나고 있다. 이 작품은 별개의 이야기들이 무질서한 모자이크 형태로 연결되어 있다. 의식의 흐름에 따른 시간의 역전현상은 서술의 시간과 허구의 시간 사이에 괴리가 일어나 혼란한 양상으로 나타난다. 그런데 무질서한 의식의 흐름은 '담배', '국화', '입술', '안개' 등의 연상 매체를 통하여 시간과 공간을 초월한 체험의 연속성과 동시성을 확보하고 있다. 이처럼 경험과 기억의 세계는 객관적인 인과관계가 아니라 '의미 있는 연상' 작용에 의해서 인과적으로 연결되는 구조적 특징을 지니고 있다. 그런 만큼 경험세계의 자아를 재구성하고 창조하는 회상으로 작용하여 본래의 경험보다 더 '실제적인' 모습으로 드러나게 된다. 이것은 '혼돈에 입각하여 세계를 다시 파악하기 위한 필사적인 시도'에 해당된다. 이런 의미에서 모더니즘의 시간의식은 현대문학의 가장 보편적이고 두드러진 기법이자 특징으로 소설의 이해와 감상을 위한 중요한 기초 이론이 된다.

05 풍자

Ⅰ. 머리말

교육부 고시 제7차 국어과 교육 과정에서는 국어과 교육 과정의 성격을 한국인의 삶에 배어 있는 국어를 창조적으로 사용하는 능력과 태도를 길러, 정보화 사회에서 정확하고 효과적으로 국어 생활을 영위하고, 미래 지향적인 민족 의식과 건전한 국민 정서를 함양하며, 국어 발전과 국어 문화 창달에 이바지하려는 뜻을 세우기 위한 교과로 규정하고 있다. 이것의 실현을 위하여 언어 활동과 언어와 문학의 본질을 총체적으로 이해하고, 언어 활동의 맥락과 목적과 대상과 내용을 종합적으로 고려하면서 국어를 정확하고 효과적으로 사용하며, 국어 문화를 바르게 이해하고, 국어 발전과 민족의 언어 문화 창달에 이바지할 수 있는 능력과 태도를 기르는 것을 목표로 하고 있다.[1]

문학 과목은 이러한 국어과 교육 목표와 밀접하게 연관되어 있다. 그 중에서도 7차 교육 과정은 과거에 비해 다음과 같이 몇 가지 측면에서 달라진 사항을 추구하고 있다. 그 첫째는 활동 중심의 문학 활동을 강조한 점이고, 둘째는 문화 요소의 도입이며, 셋째는 수용과 창작의 통합적 접근이고, 넷째는 통일 문학 · 세계 문학의 지향이다. 이 문제와 관련하여 문학 과목의 목표를 제시하면 다음과 같다.

---

1) 교육 인적 자원부, 교사용 지도서『국어(상)』, 대한교과서 주식회사, 2002, 14~15면.

문학의 수용과 창작 활동을 통하여 문학 능력을 길러, 자아를 실현하고 문학 문화 발전에 능동적으로 참여하는 바람직한 인간을 기른다.

가. 문학 활동의 기본 원리와 문학에 대한 체계적인 지식을 기른다.

나. 작품의 수용과 창작 활동을 함으로써 문학적 감수성과 상상력을 기른다.

다. 문학을 통하여 자아를 실현하고 세계를 이해하며, 문학의 가치를 자신의 삶으로 통합하려는 태도를 지닌다.

라. 문학의 가치와 전통을 이해하고 문학 활동에 능동적으로 참여하여 문학 문화 발전에 기여하려는 태도를 기른다.[2]

이와 같은 문학 과목의 내용 체계는 문학의 본질, 문학의 수용과 창작, 문학과 문화, 문학의 가치화와 태도 등 네 영역으로 구성되어 있다. 그 중에서도 문학의 본질은 문학의 특성, 기능, 갈래 등과 같은 기초 이론에 대한 이해가 교수 · 학습의 중심이 되며, 문학의 수용과 창작은 문학에 대한 이해와 감상과 이를 바탕으로 한 창작 활동이 교수 · 학습의 중심이 된다. 또한 문학과 문화는 문학 문화의 특성, 한국 문화의 특성과 흐름, 세계 문학의 양상과 흐름 등을 통해 포괄적인 관점에서 문학의 보편성과 다양성을 살피는 데 역점을 두고 있으며, 문학의 가치화와 태도는 문학의 가치를 인식하고 문학 활동에 능동적으로 참여함으로써 문학에 대한 긍정적인 태도를 가지도록 하는 활동이 교수 · 학습의 중심이 된다.

이러한 문학 활동과 관련하여 풍자는 작품의 기법은 물론 작가의 시대정신과 밀접한 연관이 있다. 문학에서 세계를 해석하는 방식은 언어를 통해 드러날 뿐만 아니라 문학적인 형상화를 통해 긴밀하고 생동감 있게 표현되기 때문이다. 더 나아가 이것은 세계를 해석하는 인식틀(conceptional framework)의 역할을 하며, 동시에 개인과 집단의 세계관을 구체화하는 이데올로기로서의 성격을 지니고 있다. 특히 이것은 통시적 관점에서 한

2) 김창원 외, 교사용 지도서 『문학(상)』, 민중서림, 2007, 20면.

국 문학의 연속성과 관련하여 중요한 특질을 이루고 있다. 따라서 그 문학의 형상적 특성과 인식적 특징을 이해하기 위한 문학 활동의 중요한 요체 가운데 하나가 된다고 할 수 있다.

> 한국 문학에는 윤리성과 풍자 · 비판을 주제나 내용으로 하는 작품이 많다. 한국인은 개인의 삶보다는 공동체의 삶을 더 중시하는 전통을 가지고 있다. 공동체 전체의 안녕과 평화를 통해 개인의 안녕과 평화를 보장받을 수 있다는 것이 한국인의 오랜 사고방식이다. 그래서 개인에게는 윤리성이 요구되었고, 공동체의 질서를 어지럽히거나, 그것에 정면으로 도전하는 행위에 대해서는 신랄한 풍자와 비판이 가해 졌던 것이다.[3]

이처럼 풍자는 인간과 세계와의 갈등, 사회 현상이 지니고 있는 모순, 시대에 대한 부정과 비판 등을 총체적으로 반영하고 있다. 그 예로 「봉산탈춤」은 몰락한 양반, 말뚝이, 파계승, 하인, 무당, 사당패 등을 등장시켜 익살과 웃음을 통하여 현실의 모순을 폭로하고 있으며, 박지원의 한문소설 「호질」은 도학자 북곽 선생과 열녀 동리자를 통하여 도덕적인 위선과 탈선을 풍자하고 있다. 또한 가화가사 「아리랑 타령」은 구전 민요인 아리랑의 형식을 통하여 당시의 시대상을 비판하고 있으며, 채만식은 「치숙」을 비롯한 일련의 소설을 통하여 친일파와 일제의 탄압을 풍자하고 있다. 이렇듯 풍자는 한국 문학에서 시대와 장르를 초월하여 전통 계승의 양상으로 나타나는 기법이자 시대정신에 해당된다.[4]

---

3) 박경신 외, 고등학교『문학(하)』, 금성출판사, 2008, 39면.
4) 이와 같은 풍자의 문학적 특징과 관련하여 고등학교『국어』에서는 「봉산 탈춤」(상), 「허생전」(하), 고등학교『문학』에서는 채만식의 「미스터 방」, 「새들도 세상을 뜨는구나」(홍신선 외, 천재교육, 2007), 「양반전」(김병국 외, 케이스, 2007), 「통영오광대」(오세영 외, 대한교과서, 2007), 채만식의 「치숙」(김병국 앞의 책, 최웅, 청문각, 2007) 등 다양한 작품이 게재되어 있다.

이 문제와 관련하여 제 II장은 중등학교 학습 현장에서 작품의 분석에 필요한 이론 체계를 고찰하여 보고, 제 III장은 앞장에서 살펴본 이론 체계를 바탕으로 하여 『태평천하』에 나타난 풍자의 기법과 정신을 살펴보도록 하겠다. 이 작품을 분석의 대상으로 삼은 이유는 이것은 "단순한 기법이 아니라 하나의 방법론이자 작가정신"으로 한국 풍자문학의 핵심부에 놓여있기 때문이다. 따라서 제 II장이 작품의 이해와 감상을 위한 체계적인 지식의 습득 문제와 연관이 있다면, 제 III장은 그것을 기반으로 하여 작품 분석의 실제를 제시하기 위한 실천비평에 해당된다.

II. 풍자의 본질

풍자는 "인간과 삶의 세계에 관한 모든 것에만 관심을 두고 있기 때문에 가장 세속적 문학형태이며, 인간과 세계를 날카롭게 인식하는 사실주의 정신의 산물"5)이다. 인간 사회의 모든 일, 인간이 지향하는 모든 가치체계가 풍자의 대상이 된다. 이처럼 풍자는 "본질적으로 사회적 문학양식"6)으로 인간의 악덕과 현실의 부조리를 폭로·비판하는 데 초점을 맞추고 있다. 이것은 모든 문학 장르에서 "아주 사소한 것과 몹시 교훈적인 것 사이를 왕복하며, 극히 유치하고 잔인한 것으로부터 고도로 세련되고 우아한 것"7)에 이르기까지 다양한 양상으로 나타난다. 그런 만큼 사실주의의 관점에서 "현실과 이상의 차이를 날카롭게 의식"8)하고 있다. 이런 풍자의 특성을 고등학교 『문학』 교과서에서는 다음 같이 설명해 놓고 있다.

---

5) 김준오, 『시론』, 삼지원, 1997, 264면.
6) Arthur Pollard, 『풍자』(송낙헌 역), 서울대학교 출판부, 1982, 12면.
7) 위의 책, 9면.
8) 위의 책, 7면.

어떤 인물이나 주제 등을 우스꽝스럽게 만들거나, 인물·주제에 대해 재미, 멸시, 분노, 냉소(조소) 등의 태도를 환기시킴으로써 대상을 격하시키는 문학적 기법을 일컫는다. 풍자는 웃음을 무기(도구)로 사용하면서 한 개인, 인물 유형, 사회 현상, 제도 등을 경계하거나 비판하는 방식이다. 대체로 풍자에서는 도덕적으로나 지적으로 모자라는 인물들(혹은 제도, 철학)을 대상으로 하며, 언제나 풍자하는 쪽이 우월한 입장에 서서 대상을 우습게 만들어버릴 수 있는 방법을 모두 동원한다. 역설, 아이러니, 과장, 축소, 해학과 기지(위트) 같은 방법이 모두 사용되기도 한다. 흔히 한국의 전통극(가면극)이나 판소리계 소설에서 풍자의 양상을 확인할 수 있고, '걸리버 여행기' 등과 같은 외국 소설에서도 풍자의 기법을 확인할 수 있다.9)

이와 같이 풍자는 인물이나 현실에 대해 부정적이며 비평적인 태도에 근거를 두고 있다. 그런 만큼 풍자는 도덕인 가치관이 무너지거나 불안정한 사회 환경 속에서 두드러지게 나타나는 문학 양식이다. 이런 역사적 관점에 볼 때 풍자는 "단순히 로마시대에서 근대에 이르기까지 지속되어 온 하나의 문학 장르가 아니라 늘 가능한, 그때 그때 항상 새롭게 실현되는 특정한 비판적 태도의 표현"10)이었다. 이 문제와 관련하여 "풍자가는 이론상 그의 사회나 시대의 악덕을 비난하는 준엄한 도덕가"11)로 규정된다. 그가 비판하는 사람의 우행이나 사회의 부조리가 공감을 얻기 위해서는 지성을 바탕으로 하는 주지적인 태도와 객관정신이 요구된다. 따라서 풍자 문학은 일반적인 리얼리즘 작품보다 효과적인 시대나 사회의 비판 기능을 수행하게 된다.

---

9) 홍신선 외, 앞의 책, 146면.
10) 김병옥 외, 『도이치문학 용어사전』, 서울대학교 출판부, 2001, 721~722면.
11) Arthur Pollard(송낙헌 역), 앞의 책, 69면.

풍자를 「진실의 방패」라고 말한 것은 풍자가가 이상의 옹호자라는 뜻이 된다. 그 논조가 확실하고, 훌륭한 풍자는 가치관이 확실한 풍자이다. 영문학에서는 Pope와 또 앞에서 인용한 모든 사람들의 시대가 가장 훌륭한 풍자문학을 낳았다. 그 까닭은 Augustan시대(그 형용사 자체가 그것이 달성·성취한 것에 대한 자신감을 나타내고 있다)에는 사람들이 의존했던 기준을 확신했기 때문이다. 실로 Pope의 만년의 작품에 보이는 슬픔과 노여움은, 그 기준이 무너졌음을 느끼는 데서 오는 것이다.12)

여기서 "풍자는 항의하려는 본능에서 생기는 것이며, 예술화된 항의"13)로 규정할 수 있다. 이것은 형이상학적인 문제보다는 현실적인 양상에 초점을 맞추고 있다. 그 예로 비극은 종교의 문제를 다룬다고 하더라도 숭고미나 비장미와 같은 엄숙한 측면에 역점을 두고 있다. 이에 비해 풍자는 종교에 대한 비평으로써 기울어진 각도에서 비판적으로 다루고 있다. 말하자면, 종교가 표방하는 진리와 그것을 실행하는 것 사이에서 빚어지는 모순을 즐겨 다루고 있다. 이처럼 중요한 성찰의 대상이 되는 것은 종교 자체는 아니다. 그보다는 교리를 교묘하게 이용하여 사리사욕을 채우는 성직자의 위선적인 행동이 비판의 대상이 된다. 다음의 작품에서 보듯, 성경의 주기도문의 진지하고 간절한 어조를 해학적으로 변용시켜 신도 어쩔 수 없는 구제불능의 인간 현실을 풍자하고 있다. 특히, '믿습니다'라는 유행어와 말더듬이 형태의 반복어를 구사한 것도 풍자의 효과를 드높이고 있다. 이처럼 풍자는 같은 주제나 제재를 다룰지라도 어떤 사건의 본질적인 측면에 관심이 있는 것이 아니라, 그것을 바라보는 작가의 시각과 인식의 태도에 관심을 두고 있다.

---

12) 위의 책, 7면.
13) 위의 책, 12면.

지금, 하늘에 계신다 해도
도와 주시지 않는 우리 아버지의 이름을
아버지의 나라를 우리 섣불리 믿을 수 없사오며
아버지의 하늘에서 이룬 뜻은 아버지 하늘의 것이고
땅에서 못 이룬 뜻은 우리들 땅의 것임을, 믿습니다
(믿습니다? 믿습니다를 일흔 번쯤 반복해서 읊어 보시오)
오늘날 우리에게 일용할 고통을 더욱 많이 내려 주시고
우리가 우리에게 미움 주는 자들을 더더욱 미워하듯이
우리의 더더욱 미워하는 죄를 더, 더더욱 미워하여 주시고
제발 이 모든 우리의 얼어 죽을 사랑을 함부로 평론ㅎ지 마시고
다만, 우리를 언제까지고 그냥 이대로 내버려 둬, 두시겠습니까?

대개 나라와 권세와 영광은 이제 아버지의 것이
아니옵니다(를 일흔 번쯤 반복해서 읊어 보시오)
밤낮없이 주무시고 계시는
아버지시여

아멘

— 박남철, 「주기도문, 빌어먹을」

N. 프라이는 거시적 관점에서 장르 이론과 주인공의 행동 양식에 초점을 맞추어 풍자의 성격을 규정하였다. 그는 문학의 구성 원리를 신화의 양식으로부터 차용하여 재구성된 <mythology>로 보았다. 문학에서 형태를 갖는 것이란 모두 신화적 형태를 가졌고 그것은 단어 배열의 중심부로 우리를 이끌어간다는 것이다. 그 중에서도 예술은 자연을 인간 형태에 동화시키는 것으로 보았다. 이런 관점에서 자연을 인간 형태로 보려는 조직적인 시도를 하였다. 이처럼 신화의 구성을 자연과의 유추와 동일성의 원리로 본 그는 사계의 순환과 관련하여 상승과 하강의 원리로 설명하였

다. 봄이나 새벽·탄생·결혼과 구제의 신화 속에서 상승의 운동을 발견할 수 있다면, 겨울·밤·소멸·희생의 신화 속에는 하강의 운동이 발견된다는 것이다. 이런 자연의 원리는 문학에서 희극과 비극의 원초적 유형이 된다는 것이다.

> 이러한 움직임들은 문학에서 희극과 비극의 구성 원리로 다시 나타난다. 다시 말해서 상승에 존재하는 낙원이나 하늘나라와 하계에 있는 지옥이나 어두운 곳을 투영하는 신화의 변증법은 문학에서 전원시나 로맨스의 이상화된 세계와 불합리하고 고통 받고 좌절당하는 아이러니와 풍자의 세계로 나타난다.14)

이와 같은 신화는 신들이 인간화된 형태 속에서 자연 전체를 대표하고 동시에 인간의 근원과 그의 운명, 능력의 한계, 희망과 욕망의 한계 등을 투영해 보여주는 전 우주를 구획 짓는 경향이 있다. 이 과정에서 상승과 하강의 구조를 드러내는 신화는 결국 희극·천국의 이미지·아이러니·풍자의 양식 등으로 재현된다. 이런 신화 비평의 양식과 관련하여 자연 순환의 상층부는 로망스와 순결의 추론(the analogy of innocence)을 낳으며, 하층부는 리얼리즘과 경험의 추론(the analogy of experience)을 산출하게 된다. 그 중에서도 풍자의 원형인 겨울의 탐색신화의 특징을 N. 프라이는 다음과 같이 들고 있다.

> 암흑, 겨울, 소멸의 시기. 이러한 세력들이 승리의 신화, 홍수와 혼돈의 재래, 영웅의 패배의 신화, 제신의 몰락의 신화. 종속 등장인물 : 도깨비와 마녀. 풍자의 원형.15)

---

14) N. 프라이(최정무 역), 「신화·허구·변형」, 『문학과 신화』(김병욱 편역), 대람, 1981, 92면.
15) N.프라이(김병욱 역), 「신화의 원형」, 위의 책, 70면.

그런데 풍자는 이러한 장르론적인 측면에 국한되지 않고 모든 문학 장르에 걸쳐 다양한 양상으로 나타난다. 풍자는 모든 문학의 "환경에 적응하는 카멜레온일 뿐 아니라, 그것은 외면이 변형할 수 있어서, parody에 의해서, 그것이 비판하고 있는 바로 그 문학형식으로 변장"16)할 수 있기 때문이다. 이처럼 풍자의 양상은 무한하기 때문에 그 형식에 있어서 어떠한 제약도 받지 않는다. 더 나아가 이것은 "시, 소설, 희곡 등 모든 문학 형식과 결합 가능하며 명랑한 조롱에서부터 어둡고 우울한 총체적 환멸까지도 포괄하는 근본 특징"17)을 지니고 있다. 하나의 독립된 장르 또는 양식보다는 "비난을 풍기고, 비웃으며, 아이러닉하고, 조소적이고, 비난적이고, 모욕적이며, 혹은 희롱적인 방식으로 전달되는 거의 어떤 것을 언급"18)하기 위한 수사적 기법으로써 다양한 문학에 활용되어 왔다. 말하자면 "현재의 필요에 따라 고의적으로 및 악의적으로 혹은 찬사적인 계획으로 사용"19)되어 왔던 것이다. 따라서 풍자의 본질에 대한 명확한 이해를 위해서는 그것에 내재된 현실 교정 의지와 연관된 비판정신과 해학성을 중심으로 살펴볼 필요가 있다.

먼저, 아이러니와의 관계이다. N. 프라이는 소설의 전개가 아무리 복잡하더라도 작중인물이 자아 실현을 위해 움직이되 동기나 행위의 결과에 초점을 두어 겨울의 미토스를 대표하는 양식으로 풍자와 아이러니를 들고 있다. 이러한 내적 연관 관계는 비극이나 희극에 비해 "풍자를 포함한 모든 아이러니의 형식은 이러한 단일한 세계와는 달리 인생의 복잡성을 강조"20)하고 있기 때문이다. 이들 문학에서 주인공들은 힘이나 지성 면에서 열등한 인물들로 그 행동 양식은 좌절이나 부조리한 양상으로 나타

---

16) Arthur Pollard(송낙헌 역), 앞의 책, 70면.
17) N.프라이(김병옥 외), 앞의 책, 720면.
18) Ronald Paulson(김옥수 역), 『풍자문학론』, 지평, 1992, 230면.
19) 위의 책, 231면.
20) N. Frye(이상우 역), 『문학의 구조와 상상력』, 집문당, 1992, 87면.

난다. 이처럼 저급한 모방이자 세속적 양식으로서의 아이러니는 사실주의, 낭만주의, 상징주의를 일관하는 근대문학의 특성을 가장 밀도 있게 반영하고 있다. 이 과정에서 풍자는 부조리한 사회와 삶에 대한 교정 의지를 명확하게 드러낸다고 할 수 있다.

> 그들(현대 작가－필자)은 인간 존재의 참상, 좌절 혹은 부조리에 관해서 말하는 데에 상당히 많은 시간을 보낸다. 다시 말해서 문학은 우리들을 동일성 회복에로 인도할 뿐만 아니라, 동일성을 회복한 상태와 그 반대의 상태, 즉 우리가 싫어하고 벗어나고자 원하는 상태를 식별하도록 이끌어 준다. 이러한 세계를 향한 문학이 취하는 톤(tone)은 교훈적인 것이 아니라, 우리가 아이러닉(ironic)하다고 말하는 톤이다.21)

이와 같이 풍자나 아이러니는 공통적으로 삶의 복잡성과 모순성의 문제 해명에 초점을 맞추고 있다. 이것은 "부조리로 인생에 짜 넣어져 있으며 참된 존재란 활기가 부여된 모순이며 행동화된 부조리를 뜻하는 것"22)을 의미한다. 이처럼 철학적 측면에서 인간은 근본적으로 해결할 수 없는 모순 속에 존재하는 것처럼 문학에서의 풍자나 아이러니는 "'근본적 모순'을 드러내는 것같이 보이는 인생의 여러 양상들을 제시"23)하고 있다. 그런데 이것들은 현대 유럽에 있어서 기독교 관념론의 폐쇄적인 세계가 그 설득력을 상실할 때까지는 가시적으로 나타나지 않았다. 이것은 인생의 목적, 신과 내세의 존재와 본질에 대한 의문과 회의가 생기면서 가능하게 되었다.24)

---

21) N. Frye(이상우 역), 앞의 책, 47면.
22) D. C. Muecke(문상득 역), 『아이러니』, 서울대학교 출판부, 1984, 43면.
23) 위의 책, 114면.
24) 이 문제와 관련하여 뮈케(D. C. Muecke)는 위의 책(117~121면)에서 그 대표적인 작품으로 마크 트웨인(M. Twain)의 『이상한 낯설은 자』(Mysterious Stranger), 베게

현대문학에서 풍자나 아이러니는 구조적인 측면에서 활발하게 논의되었다. 이것들은 한 가지를 말하는 것같이 보이면서 실제로는 아주 다른 것을 말하는 것이다. 등장인물의 의도와는 반대되는 결과를 자아내기 위한 꾸밈으로 되어 있는 한, 그것 자체가 풍자이자 아이러니인 것이다. 그 중에서도 풍자와 말의 아이러니는 밀접한 연관 관계를 지니고 있다. 문학의 언어가 사람들이 말하고, 생각하고, 느끼고, 믿는 것을 효과적으로 표현할 수 있는 것도 대조의 효과 때문이다. 이것은 겉으로 나타난 말과 실질적인 의미 사이에 괴리가 생긴 결과로써 "가치의 전도"25)를 의미한다. 이처럼 말하는 것과 생각하는 것과의 차이와 그러리라고 믿고 있는 것과 실제의 상황과의 차이를 더 명확히 나타낼 수 있는 것이 풍자와 아이러니가 작용하는 영역이 된다. 따라서 그 효과는 첫째로 외관과 현실의 상반 또는 부조화를 요구하는 것이며, 둘째로 다른 조건들이 같은 상태에서는 대조가 크면 클수록 더 두드러지게 나타난다고 할 수 있다.26)

그럼에도 불구하고 풍자와 아이러니는 상당한 차이점을 드러내고 있다. 앞에서 언급했듯이 말의 아이러니는 "수사학, 문체론, 서술과 풍자 형식, 풍자적 책략 등의 범주에 속하는 문제를 제기"27)하고 있다. 이것과 마찬가지로 풍자도 "기지 · 조롱 · 아이러니 · 야유 · 냉소 · 패러디 등 여러 기교를 가지며, 이런 기교들 자체는 풍자의 어조"28)가 된다. 이처럼 상호 보완적인 측면을 지니고 있지만 풍자는 "우행의 폭로와 사악의 징벌"29)이라는 문학적 목표를 분명하게 노정하고 있다. 그만큼 풍자는 등장인물과

트(S. Beckett)의 『고도를 기다리며』(Waiting for Godot), 카프카(P. Kafka)의 『심판』(The Trial) 등을 들고 있다.
25) Arthur Pollard(송낙헌 역), 앞의 책, 89면.
26) D. C. Muecke(문상득 역), 앞의 책, 56면.
27) 위의 책, 83면.
28) 김준오, 앞의 책, 267면.
29) Arthur Pollard(송낙헌 역), 앞의 책, 9면.

사회에 대하여 "공격적인 아이러니"[30]로서의 공격성과 비판정신을 강하게 드러낸다. 이러한 차이점을 고등학교 『문학』 교과서에서는 다음과 같은 설명해 놓고 있다.

> 반어(反語, irony) : 의미를 강조하거나 특정한 효과를 유발하기 위해서 자기가 생각하고 있는 것과는 반대되는 말을 하여 그 이면에 숨겨진 의도를 나타내는 표현.
> 예) '죽어도 아니 눈물 흘리오리다'[31]

> 풍자(諷刺) : 풍자가 웃음을 유발한다는 점에서는 해학과 유사하지만, 익살이 아닌 웃음이라는 점에서 구별된다. 열등한 도덕적, 지적 대상이나 상태를 공격한다는 점에서 기지와 유머, 반어 등과도 다르다.
> 예) 박지원의 '허생전', 조지 오웰의 '1984년'에 풍자성이 나타난다.[32]

이처럼 풍자가 선악의 문제와 관련하여 공격적인 측면을 띠고 있다면 아이러니는 인간의 본질적인 모순에 초점을 맞추고 있다. 그 중에서도 상황의 아이러니는 "형식상의 논점은 별로 제기하지 않는 반면 역사적인 그리고 관념적인 문제들을 제기"[33]하고 있다. 또한 기법의 면에서도 비극적 아이러니나 희극적 아이러니에서 보듯 주인공이 추구하는 것과는 정반대로 전도되는 사건이나 상황 혹은 플롯의 반전에 초점을 맞추고 있다. 그런 만큼 아이러니 양식의 소설은 화해적 결말이나 비화해적 결말과 같은 극적 구조[34]를 취하게 된다.

이에 반해 풍자 양식은 박지원의 소설에서 보듯 구조적인 측면보다는

---

30) N. Frye(임철규 역), 『비평의 해부』, 한길사, 1989, 312면.
31) 김병국 외, 앞의 책, 327면.
32) 위의 책, 334면.
33) D. C. Muecke(문상득 역), 앞의 책, 83면.
34) 그 대표적인 작품으로 김유정의 「봄봄」, 「동백꽃」, 「만무방」 등을 들 수 있다.

주인공의 부도덕한 행위의 비판에 초점을 맞추고 있다. 이런 특성과 관련하여 풍자는 조소 · 조롱 · 중상 · 험담 · 개인 비방 등과 동의의 개념으로 사용되기도 했다. 그러나 이것들은 "단지 인간의 의견, 열정, 행동과 성격을 고려하고 적절히 '경멸을 웃음으로 자극하는 그런 종류의 저작'"[35]에 불과한 것이다. 그런 만큼 "교정적인 목적(reformative purpose)"을 지향하는 풍자와는 근본적인 차이가 있다.[36] 이점에서 풍자는 사회적이며 도덕적으로 유용한 일과 직결된 예술화된 비판으로 그 "주제는 가치 있는 것"[37]에 한정된다고 할 수 있다.

다음은 해학과의 관계이다. 풍자나 해학은 웃음을 동반하는 현실 드러내기의 한 방법이라는 공통점을 지니고 있다. N. 프라이는 풍자를 "공상 또는 그로테스크한 느낌에 근거를 둔 기지(wit), 유우머"[38]를 지닌 "희극에 가까운 아이러니"[39]로 규정하고 있다. 이렇듯 풍자는 표면적으로 드러난 비판 정신의 이면에는 익살과 웃음을 내포하고 있다. 일반적으로 희극은 보통 사람보다 열등한 사람의 결점이나 어리석은 행위를 모방의 대상으로 삼는다. 그 중에서도 반어적 희극은 타락한 세계라고 불리는 신화적 비전이며 인간적 본질과 비인간적 본질 사이의 갈등을 통하여 세계의 방식(the way of the world)을 제시한다. 우리는 희극을 보며 주인공들의 중립적 태도에 공감하게 되어 해학(humor)의 세계로 우리의 삶을 이행하게 된다.[40]

이와 같은 풍자와 해학은 우리 문학의 중요한 미적 범주 가운데 하나로 인식되어 왔다. 이것은 '한'과 같은 비극적 성격에 대응하여 운명을 적극

---

35) Ronald Paulson(김옥수 역), 앞의 책, 238면.
36) 위의 책, 239면.
37) Arthur Pollard(송낙헌 역), 앞의 책, 12면.
38) N. Frye(임철규 역), 앞의 책, 314면.
39) 위의 책, 312면.
40) 이승훈, 『시론』, 고려원, 1983, 231면.

적으로 극복하려는 건강한 삶의 표현 양상으로 평가되어 왔다. "민요와 판소리계 소설, 탈춤 등에서 나타나는 해학과 풍자는 지배층의 부정과 불합리한 도덕주의의 질곡 속에서 고통스러운 삶을 살아가는 서민들의 애환"[41]을 잘 보여 준다. 「박타령」에서 흥부의 가난 타령은 처절하기 짝이 없는 궁핍을 눈물로 호소하기보다는 웃음으로 처리하고 있다. 눈물을 동반한 이 웃음에서 극한적 가난이나 절박한 상황을 벗어나려는 건강한 삶의 의지를 볼 수 있다. 또한 「봉산 탈춤」의 노장 과장과 양반 과장에서의 노장과 양반의 허위의식에 대한 비판, 박지원의 소설에서의 양반 사회의 비판, 김지하와 황지우의 시에서의 부정적인 현실에 대한 날카로운 비판 등이 그것이다. 이처럼 우리 문학에서 풍자의 중요한 요인인 해학과 골계의 특질에 대해서 고등학교 『문학』 교과서에서는 다음과 같이 규정해 놓고 있다.

해학(諧謔, humor) 성격적 · 기질적인 것이며 태도 · 동작 · 표현 · 말씨 · 등에 광범위하게 나타남. 인간에 대해 신의를 가지고 그 약점이나 실수를 부드럽게 감싸며 극복하게 하는 공감적인 태도임.[42]

골계(滑稽) '숭고(崇高)'에 대립되는 미적 범주의 하나로, 기대와 실제 사이의 모순, 또는 이상과 현실의 차이 때문에 심리의 긴장 상태가 갑자기 이완되면서 유발되는 감정이다.[43]

이처럼 해학이나 골계는 웃음을 전제로 하여 성립된다는 공통점을 지니고 있다. 이것들은 풍자와 마찬가지로 주체가 객체보다 높은 위치에 서서 객체, 즉 대상을 부정적인 시각에서 형상화하는 특징을 지니고 있다.

---

41) 권영민, 『문학』(하권), 지학사, 2008, 10~11면.
42) 위의 책, 381면.
43) 최웅 외, 앞의 책 (하권), 14면.

그 중에서도 유머로 번역되는 해학은 '습기' '수분'을 가리키는 라틴어 후모오르humor에서 유래되었다. 이것은 '사람의 기질'을 지칭하는 생리학적인 용어로 사용되어 오다가, 이런 사람의 기질 자체가 희극에서 유머러스하게 나타나기 때문에 오늘날에 이르러서는 해학에 가까운 의미로 변용된 것으로 되어 있다. 이에 비해 골계는 웃음과 결부된 미적 범주의 하나로 규정된다. 기대와 실망의 교체, 진지한 것에서 농담조로 전환이 이루어지는 과정에서 느끼게 되는 심리적 쾌감을 의미한다. 그런데 골계가 없는 웃음이 가능하다는 점에서 웃음과 골계는 동일한 개념은 아니다. 따라서 이것은 유희적 우월감에 그치지 않고 현실에 대한 인식의 방법이며 창조의 과정으로 넓게 해석할 수 있다.[44]

이 문제와 관련하여 골계는 객관적 골계와 주관적 골계로 구분된다. 전자는 대상 자체 내에서 일어나는 것으로 대상의 성격 혹은 환경에 따라 주로 나타난다. 그 자체가 이미 골계성을 지니고 객관적 웃음을 주고 있다. 그런 만큼 작가에 의해 좌우되지는 않는다. 작가의 역할은 이야기의 전개 과정에서 단지 수동적으로 그 웃음을 받아들일 뿐이다. 후자는 작가의 주관이 정신적 자율성을 가지고 특수한 연관 관계를 만들어내는 것으로 성립되는 골계이다. 작가는 골계를 통하여 슬픈 것을 마치 우스운 듯이 바라보기도 하고 지나치게 엄숙하고 근엄한 것을 엄숙하게 만들어 버리기도 한다. 프로이트의 '유우머는 내용에 있는 것이 아니라 형식에 있다'는 유명한 말도 실상은 유우머를 주관적 골계의 개념으로 파악하고 있음을 가리키는 것이다. 그러므로 작가의 기술에 의한 언어표현으로 구성되는 문학작품 속에 골계적 요소가 있다면 그것은 당연히 주관적 골계에 해당하는 것이다.[45]

---

44) 김지원, 『해학과 풍자의 문학』, 문장, 1983, 28~31면 및 김용직, 『문예비평용어사전』, 탐구당, 1985, 19면 참조.
45) 위의 책, 28~29면.

여기서 풍자와 골계는 상호보완적인 관계를 맺고 있음을 볼 수 있다. 주관적 골계는 웃음의 근거를 마련하기 위한 형식에서 비롯된다고 할 때 이것을 표현하기 위하여 작가는 해학, 기지, 풍자, 아이러니 등 다양한 양식을 구사하고 있다. 그런 만큼 미적 범주에서 볼 때 풍자는 공감적인 웃음이나 웃음 그 자체를 목적으로 하는 골계의 하부 장르가 된다. 그런데 풍자 역시 웃음을 전제로 하여 성립되기 때문에 그 문학에서 골계나 해학은 가장 중요한 요소 가운데 하나이다. 그것은 풍자가 성공하기 위해서는 "풍자 대상에 대한 공격성을 지니면서도 또 한편으로는 웃음의 힘으로써 대상에 대한 풍자 주체의 '균형 감각'을 유지"[46]해야 하기 때문이다.

그러나 풍자나 골계는 웃음을 바탕으로 하고 있지만 그 어조나 태도에 있어서는 상당한 차이가 있다. 골계나 해학에서의 웃음은 대상에 대한 호감과 연민을 전제로 하여 성립된 문학이다. 이것은 어떤 대상이든지 간에 증오함이 없이 우스운 연관을 만듦으로써 긍정적인 애정을 보여주고 있다. 그 예로 김유정의 「봄봄」을 들 수 있다. '나'는 점순과 혼례를 올리기 위하여 3년 7개월 간이나 머슴살이를 하고 있지만 장인인 봉필은 딸인 점순의 키를 핑계로 혼사를 미루고 있다. 이에 대해 점순은 아버지의 행동에 반발하여 '나'를 충동질하다가 결말에는 아버지의 편을 드는 당돌함과 양면성을 보이고 있다. 그런데 이 작품의 주제는 장인의 교활함이나 점순의 이중성에 대한 비판보다는 이들의 술수에 대항하는 과정에서 번번이 당하는 '나'의 해학적 갈등에 초점이 맞추어져 있다. 이처럼 김유정은 고전 문학의 해학성을 계승하여 일제 강점기 하의 농촌의 궁핍상과 순박한 생활상을 향토적 정서와 함께 토속적 어휘로 표현함으로써 악의 없는 웃음을 제시하고 있다. 우리 문학에서의 이러한 웃음의 특징을 고등학교 『문학』에서는 다음과 같이 설명해 놓고 있다.

---

46) 정홍섭, 『채만식 문학과 풍자의 정신』, 역락, 2004, 53면.

사설시조에 나타난 해학성은 우리 민족의 자연스럽고 선천적인 웃음이다. 그 웃음은 남을 비꼬거나 야유하는 풍자가 아니고 남과 함께 웃고 즐기는 웃음의 세계이다.

위트는 남을 보고 웃지만, 유머는 남과 함께 웃을 때 우리는 친근감을 갖는다. 유머는 다정하고 온화하며 마음을 너그럽게 달래 주고 관대하고 동정적이다. 해학이 너그럽고 부드러운 웃음이 되기 위해서는 위트처럼 날카로운 웃음이 되어서는 안 되고, 풍자처럼 뼈가 들어 있는 웃음이어서도 안 된다.[47]

이에 반해 풍자는 웃음 그 자체를 목적으로 하지 않는다. 해학은 부정된 현실 속에 주체인 작가가 포함되지만 풍자는 주체와 객체가 분명하게 구별되어 있다. 해학가가 하는 비판보다도 "풍자가가 훨씬 더 신랄하고 날카로운 공격수단을 사용하여 대상을 조소하고 비하할 수 있는 것은 자기가 그토록 웃음으로 부정하는 대상과 자기를 절연"[48]시켜 놓기 때문이다. 그 예로 채만식의 「치숙」에서 일인 상점에서 점원으로 일하고 있는 무지한 '나'가 사회주의 운동을 하다가 옥살이를 하고 나온 5촌 고모부를 비판하고 있다. 비난 받아야 할 사람은 칭찬하고, 칭찬 받아야 할 사람은 비난하는 "역논리의 기법 즉 칭찬 - 비난의 전도"[49]를 통하여 작중인물의 도덕적인 결함과 어리석은 행동을 대비적으로 제시해 놓고 있다. 이것은 단순한 작품의 효과를 넘어서서 식민지의 이원화된 정신적 풍토를 상징적으로 드러내게 된다. 이처럼 풍자는 무비판적인 웃음을 유발하는 조소와는 달리 "진정으로 해가 되는 악덕과 습관에 대한 '위트 있는 가혹한 공격'"[50]에 해당된다. 그만큼 예리한 비판 의식을 전제로 하여 성립된 주

---

47) 최 웅 (외), 앞의 책, 106면.
48) 김지원, 앞의 책, 34면.
49) 이재선, 『한국현대소설사』, 홍성사, 1979, 323면.
50) Ronald Paulson(김옥수 역), 앞의 책, 237면.

지적 양식이다. 이점에서 풍자는 문학박물관에 안치해 둔 사멸된 공룡이나 익룡이 아닌 "20세기 문학에 있어서 긴요한 역할을 하는 생물이며 살아있는 형태"[51]라고 할 수 있다.

Ⅲ. 『태평천하』와 풍자의 양상

1. 『태평천하』의 풍자 기법

한 작품은 "하나의 어조(tone)와 목소리(voice)로 어떤 말하는 이(speaker)가 어떤 상황(situation)에서 어떤 청중(audience)에게 어떤 특정한 사실에 관하여 말하고 있는 것"[52]이다. 그 중에서도 어조는 말하는 사람의 신분, 정신 상태를 나타낼 뿐만 아니라 듣는 사람의 신분, 정신 상태에 대한 작가의 태도가 나타난다. 시인은 시적 화자를 통하여 세계에 대한 자신의 태도를 표명한다. 사람마다 음성, 억양, 강세, 음색 등에 의한 어조가 다르듯이 시인이 독자에 대하여 가지는 태도도 다르다. 따라서 어조는 작가가 하고자 하는 말의 내용과 주제에 대하여 어떤 태도나 입장을 취하고 있느냐 하는 문제와 독자에 대해서도 어떤 태도로 임하느냐 하는 문제와도 직접 결부된다.

이 문제와 관련하여 "리차즈I. A. Richards는 어조를 의미와 감정, 의도와 더불어 시의 총체적 의미를 형성하는 시적 의미의 하나라 했고, 웰렉R. Wellek과 워렌R. P. Warren은 내적 형식의 하나"[53]로 규정했다. 이처럼 어조는 단순하게 의미 전달의 기능에 머물지 않고 작품의 총체적 의미와 밀

---

51) James Sutherland, *English Satire*, Cambridge University Press, p. 77.
52) 이상섭, 『문학 연구의 방법』, 탐구당, 2006, 81면.
53) 김준오, 앞의 책, 258면.

접한 연관 관계를 맺고 있다. 그런 만큼 시를 올바르게 이해하기 위해서는 시적 화자와 밀접하게 연관되어 있는 어조를 명확하게 파악해야 한다. 그것은 제재를 처리하는 시인의 세계관과 진정한 자기 목소리를 내고자 하는 예술적 욕구가 어조를 통하여 형상화되기 때문이다. 이러한 어조의 특징을 고등학교『문학』에서는 다음과 같이 설명해 놓고 있다.

> 어조는 화자가 처한 상황과 정서, 그리고 시적 의도를 효과적으로 전달하는 장치이다. 우리가 일상 생활에서 청자와 상황에 따라 다양한 어조를 택하는 것처럼, 시에서도 시인의 의도를 효과적으로 전달하기 위해서 다양한 어조를 택한다. '껍데기는 가라'의 경우에는 화자가 대상에 강한 명령을 하는 어조를 선택하고 있다. 이렇게 할 수 있는 이유는 '화자'가 '청자'보다 모든 면에서 우월하기 때문이다. 즉, 도덕적 · 현실적으로 순수를 지향하려는 화자의 의지를 엿볼 수 있다.
>
> 일반적으로 어조를 선택하는 기준은 크게 세 가지인데, 하나는 화자의 성, 신분, 연령 등이고, 둘째는 화자와 시적 대상이 어떤 관계를 가지고 있는가 하는 문제이며, 셋째는 화자와 청자가 어떤 관계 양상을 띠고 있느냐 하는 점이다. 이 시에서는 남성 화자를 내세워 잘못된 역사를 바로잡고 순수한 사회가 도래하기를, 단순하지만 묵직한 목소리로 드러내고 있다. 한편, 이 시를 읽는 독자도 이러한 목소리에 동화되어 비장하고 고조된 정신 상태에 이르게 되는 것이다. 우리는 '어조'를 통해 화자의 정서나 신분 등을 파악하고, 화자가 시적 대상에 어떤 자세를 취하고 있는지를 알 수 있다. 나아가 그것은 작품의 주제와 연관되기 때문에 어조는 시의 의미를 분석해 내는 데 중요한 요소가 된다.[54]

이와 같은 작품과 어조와의 관계는 소설에도 그대로 적용된다. 일파의 형식주의자들은 작품과 독자 사이의 관계를 하나의 극적 상황으로 보고

---

54) 홍신선 외, 앞의 책(하), 108면.

있다. 이것은 다시 말하면 하나의 연극인 셈이다.[55] 그런 만큼 독자가 작품을 통하여 느끼는 직접 간접의 목소리, 어조, 넓게 말하여 인격적 요소는 모두 작품의 의미를 규정하는 작품의 속성들, 허구적 요소에 해당된다. 이 과정에서 작품을 하나의 발화로 인정한다는 것은, 작품 속에 뚜렷한 개성을 지닌 화자가 있어서, 그가 작품 속의 다른 인물들이나 요소들에게, 그리고 독자를 향해 다 같이 어떤 태도를 표현하고 있다는 것을 의미한다. 이 화자를 현대 비평에서는 고대 라틴의 희극에서 배우들이 사용하던 가면을 의미하는 '퍼스나(persona)'(혹은 가면(masks)으로 부르기도 함)라는 용어로 지칭하고 있다. 이것은 그들이 오직 허구의 산물, 즉 특정의 예술적 목적을 위하여 창조된 인물이라는 사실을 강조한 것이다.[56]

이와 같이 소설의 작중인물은 작가가 예술적 의도로 창조한 허구적 존재인 퍼스나에 해당된다. 작가는 퍼스나가 특정한 상황에서 역할을 수행하고, 특정한 효과를 가져오기 위하여 자신만의 독특한 시각으로 대상을 파악하고 그것을 자신만의 독특한 문장으로 표현한다. 작가의 독특한 문장 표현으로서의 문체는 작가가 언어를 선택하고 그것을 질서화하는 방식에 따라 달라지기도 하지만, 근본적으로는 작가의 개성이나 대상을 보는 시각과 밀접한 관련이 있다. 이 과정에서 어조는 대상의 성격에 따라 찬양과 감탄, 날카로운 공격과 비판, 원망과 한탄, 비꼼과 풍자 등 여러 양상으로 나타난다. 이런 의미에서 어조와 퍼스나는 작가가 취하는 서술의 각도나 시점을 서사 구조로 구체화한 것으로 이에 따라 작품의 효과는 다르게 나타난다고 할 수 있다.

이러한 작품의 기법이나 양식의 면에서 채만식의『태평천하』는 대표적인 풍자문학에 해당된다. 이것은 일제 강점기의 지주 계층으로 대표되는 윤 두섭과 그 가족들의 5대에 걸친 삶의 모습을 형상화한 가족사소설

---

55) 이상섭, 앞의 책, 81면.
56) 권택영 · 최동호 공역,『문학비평용어사전』, 새문사, 1985, 246~247면 참조.

이다. 그 중에서도 제 1대인 윤 용규는 이미 60년 전에 죽은 전세대의 인물로 윤 두섭부터 증손자인 경손까지가 묘사의 대상이 된다. 4에 걸친 가족 구성원의 수가 10여명으로 단출하기는 하지만 이들 사이에 빚어지는 다양한 갈등의 양상이 주된 모티브가 된다. 그런 만큼 플롯의 골격을 이루는 한정화소가 거의 들어있지 않다. 윤 두섭이 춘심이를 앞세우고 명창대회를 구경을 간 것이나, 돌아와 며느리 고씨와 싸움을 한 것이나, 거간꾼 석 서방을 통하여 수형을 해 준 것이나 모두 특별한 사건은 아니다. 작중화자의 해학적인 사설만 제외하면 박태원의 『천변풍경』과 같은 세태소설의 범주에 넣어도 무방하리만큼 평범한 일상사들이 다루어져 있다.

이것은 『태평천하』의 플롯만을 살펴보아도 분명하게 드러난다. 그 대표적인 예가 제1장 「윤 직원 영감 귀택지도」에서부터 제4장 「우리만 빼놓고 어서 망해라」라는 부분이다. 여기서 작가는 윤 두섭이 명창대회에서 돌아오는 장면에서 시작하여 플래쉬 백하여 부민관으로 향하는 장면(제2장), 명창대회 입장 및 관람(제3장), 구한말의 혼란상과 윤 용규의 죽음(제4장) 등을 다루고는 제5장 「마음의 빈민굴」에서부터는 현재의 시간으로 돌아오는 영화의 몽타주 수법을 원용하고 있다. 그러나 대부분의 시간적 배경이 정축년 구월 열 X X날 저녁시간(제5장~제13장)에 머물러 있는 완만한 진행을 보이고 있다. 이 과정에서 작가는 윤 두섭과 며느리 고씨와의 싸움(제6장), 석 서방을 통한 수형 할인과 사회주의에 대한 비판(제7~8장), 고리대금업과 재산차압(제9장), 춘심에 대한 윤 두섭의 성적 충동과 유혹(제10장), 윤 두섭 가정의 여인들의 생활상과 경손의 방종(제11장), 사창가에서 종수와 그의 부친의 첩인 옥화와의 만남(제12장), 창식의 마작과 재산 탕진(제13장) 등 지주 윤 두섭의 재산증식 방법과 부패한 생활상을 다각도에서 비판적으로 제시해 놓고 있다. 이와 같은 모자이크식 구성을 통하여 윤 두섭의 가정이 그 구성원들을 의해 어떻게 몰락해 가고 있는지를 풍자적으로 보여주고 있다.

이러한『태평천하』는 치밀한 묘사나 구성 대신에 요설적인 설화체 문장과 대화에 의존하고 있다. 한 작품에서 퍼스나는 "혼돈상태의 내면세계나 인격을 우리가 판별할 수 있고 공식화할 수 있는 개성이나 인물로 구체화시키는 수단"[57]이라고 할 때, 이 작품의 화자는 양식화된 가면으로서 판소리 광대의 탈과 어조를 창조적으로 계승하고 있다. 작중화자는 판소리의 광대와 같이 텍스트와 독자(청중) 사이를 자유롭게 넘나들면서 방언, 속어, 비어 등을 사용하는가 하면 국악에 대한 풍부한 지식과 고사 성어를 사용하는 등의 한문 지식을 보여주고 있다. 광대가 청중 앞에서 사설을 능청스럽게 늘어놓듯 이야기를 전개하고 있는 것이다. 이처럼 작중화자가 판소리의 광대처럼 전면에 나서서 늘어놓는 만년체 사설은 작중인물에 대한 풍자의 효과는 물론 작품의 공연적 요소를 배가시키고 있다. 그런 만큼 인쇄 매체를 통해 읽는 소설이라기보다는 청중들 앞에서 연희하는 광대의 사설을 듣는 듯한 느낌을 준다.

그런데『태평천하』는 화자와 내포청중 간의 유대감을 주기 위해 판소리보다도 한결 강력한 수사법을 사용하고 있다. 그것은 판소리가 공연예술인 반면에『태평천하』는 인쇄 매체의 서책 형식이기 때문이다. 결과적으로『태평천하』는 판소리의 어투를 그대로 이어받기보다는 창조적으로 개조해서 계승한다. 판소리의 구어적 소통방식을 서책의 형식 속에 되살리기 위해서는 반드시 판소리의 어투를 변형시켜야만 가능한 것이다. 판소리의 반말투는 소리판의 내부(속판)에 개인적인 피화자(아마도 고수일 것임)를 상정한 것이라면,『태평천하』는 경어체를 사용해 내포청중과의 밀접한 제휴를 유도하고 있다. 이처럼 판소리와『태평천하』는 각기 다른 방식을 통해 구어체의 이중적 서술방식을 유사하게 성취하고 있다. 이는『태평천하』가 판소리의 서술방식을 근대적 인쇄매체 속에 창조적으로

---

57) 김준오, 앞의 책, 283면.

이어받고 있음을 뜻하는 것이다.58)

그 차림새가 또한 혼란스럽습니다. 옷은 안팎으로 윤이 지르르 흐르는 모시 진솔 것이요, 머리에는 탕건에 받쳐 죽영(竹纓) 달린 통영 갓(統營笠)이 날아갈 듯 올라앉았습니다.

발에는 크막하니 솜을 한 근씩은 두었음직한 버선에, 운두 새까만 마른신을 조마깋게 신고, 바른손에는 은으로 개대가리를 만들어 붙인 화류 개화장이요, 왼손에는 서른네 살배기 묵직한 합죽선입니다.

이 풍신이야말로 아까울사, 옛날 세상이었더라면 일도의 방백(一度方伯)일시 분명합니다. 그런 것을 입이 비뚤어진 친구는 「광대」로 인식 착오를 일으키고, 동경·대판의 사탕장수들은 캐러멜 대장감으로 침을 삼키니 통탄할 일입니다.

인력거에서 내려선 영감은, 저절로 떠억 벌어지는 두루마기 앞섶을 여미려고 하다가 도로 걷어 젖히고서, 간드러지게 허리띠에 가 매달린 새파란 염낭끈을 풉니다.

"인력거 쌕이(삯이) 몇 푼이당가?"

이 이야기를 쓰고 있는 당자 역시 전라도 태생이기는 하지만, 그 전라도 말이라는 게 좀 경망스럽습니다.59)

이와 같이 작중화자는 '~입니다', '~습니다' 등과 같은 경어체의 구사를 통하여 작가와 독자 사이의 공동체적 감각을 확보하고 있다. 이 과정에서 채만식은 작중화자로 작품 전면에서 등장하여 '이 이야기를 쓰고 있는 당자 역시 전라도 태생'이라는 사실을 밝히고 있다. 이러한 사건의 진행이나 서술 양상은 근대 리얼리즘 문학의 작품 기법과는 상치되는 것이다. 그럼에도 불구하고 이것은 판소리 사설체가 지닌 구연자의 담론을 작

58) 나병철, 『모더니즘과 포스트모더니즘을 넘어서』, 소명출판, 2001, 398~399면.
59) 채만식, 『태평천하』, 하서, 2008, 7~8면. 이하 이 작품의 원문 인용은 면수만을 밝히기로 한다.

중화자의 서술로서 형식화함으로써 독자들과 공동체적 의식을 얻고 있다. 말하자면, 구연자는 "서사적 화자로서 작품 내부의 피화자에게 서술함으로써, 그 민중적 공동체 의식을 서술형식 속에 시점화(관점화)하는데 성공"[60]하고 있는 것이다. 이처럼 연대의식이 강화될수록 작중화자가 비판하는 윤 직원에 대한 풍자의 내용도 정당성을 확보하게 된다.

이 과정에서 『태평천하』의 대부분의 작중인물들은 극단적으로 희화화되고 있다. 작자는 "청중이나 독자에게서 경멸적인 웃음과 혐오감을 최대한으로 이끌어내기 위하여 풍자의 대상을 그로테스크"[61]하게 형상화해 놓고 있다. 위의 인용문에서 보듯, 윤 두섭은 '일도의 방백'을 연상케 하리만큼 모시 진솔옷, 통영갓, 화류 개화장, 합죽선 등 전통 양반의 근엄한 모습 치장하고 있다. 그러나 그를 바라보는 사람들의 시각은 이와는 정반대로 소리판의 '광대'나 사탕 판매를 위한 '캐러멜 대장감'으로 인식하고 있을 뿐이다. 더 나아가, 작중화자는 이런 현실을 '통탄할 일'이라고 까지 부연해 놓고 있다. 말하자면, 우스꽝스러운 것과 그것과는 상반되는 것을 대조적으로 제시해 놓고 있는 것이다. 이처럼 양면성이 공존하는 대비적인 방법을 통하여 작중인물의 비정상성과 부조리함을 강조함으로써 풍자의 효과를 극대화하고 있다.

여기서 작가는 윤 두섭 가의 인물들 가운데 종학과 맏며느리 박 씨를 제외하고는 모두 "악인초상화"[62]로 희화화해 놓고 있다. 작가는 대부분의 인물들을 비유의 확장된 형태로서 알레고리 기법을 원용하고 있다. 이것은 인물이나 동식물 등 구체적 사물의 이야기가 추상적 의미의 층을 동반함으로써 가지게 되는 이중 구조를 가리킨다. 그 중에서도 우화는 의인화된 동물을 통해 윤리적 명제나 인간 행동의 원리를 제시한다는 점에서

---

60) 나병철, 앞의 책, 379면.
61) Philip Thomson(김영무 역), 『그로테스크』, 서울대학교 출판부, 1986, 58면.
62) Arthur Pollard, Satire, (송낙헌 역), 앞의 책, 60면

알레고리의 대표적인 문학 양식에 해당된다. 이 작품 역시 윤 두섭의 부정적인 측면을 극대화하기 위하여 두꺼비·개·하마 등으로 묘사하고 있다. 뿐만 아니라, 그 주변의 인물들을 동물에 비유[63]하는 "정체폭로(Entlarvung)로서의 비속화[64]를 시도하고 있다.

이와 같은 알레고리는 풍자와 밀접한 연관이 있다. 그것은 "알레고리를 풍자로 볼 때, 또는 역으로 풍자를 알레고리로 볼 때 그것을 더 잘 이해하게 되는 경우가 놀라울 정도 많"[65]기 때문이다. 『태평천하』에서 이러한 알레고리는 작중인물의 풍자를 위한 골계적인 특성으로 나타난다. 그런만큼 판소리에서 복합적으로 드러나는 "비장한 체험과 골계적 체험"[66] 가운데 전자는 소멸되고 후자만이 남게 된다. 특히 이것은 작중인물들 간의 심각한 갈등 양상을 드러내고 있는 장면에서까지 골계적인 희화성으로 전이되어 나타나는 아이러니를 보여준다.[67] 판소리 문학에서 이러한 골계미는 "그것의 감성적 표현 형태와는 관계없이 실제적인 것과 이상적인 것의 충돌 속에서 이상적인 것의 입장에 의해 실제적인 것이 부정되거나 비웃음 받거나 심판되거나 비판되는 데"[68] 있다. 이 작품 역시 마찬가지이다. 그것은 다음의 예문에서 보듯 사나운 골계인 풍자를 통해 윤 두섭의 가정이 이성이나 지성으로 이루어진 '만리장성'이 아니라 수성과 본

---

63) 그 대표적인 예로 윤두섭의 처-<삵괭이>, 윤용규-<말대가리>, 고씨-<겐까도리>, 삼남-<부룩송아지>, 석서방-<올창이>, 춘심-<여우> 등을 들 수 있다.
64) 이재선, 앞의 책, 195면
65) John MacQueen(송락헌 역), 『알레고리』, 서울대학교 출판부, 1983, 83면.
66) 정병욱, 『한국고전시가론』, 신구문화사, 1979, 229면
67) 그 대표적인 예로 다음과 같은 부분을 들 수 있다.
  「그렇다고 그냥 참고 말잔 즉, 더 부화가 나기도 할뿐더러, 대체 무엇이 대끼며 누가 무서운 사람이 있다고, 그 부하를 참거나 조심을 할 며느리도 없는 것이고 해서, 시방 두볼이 아무튼 상말로 오뉴월 무엇처럼 추욱 처져가지고는, 숨결이 시근버근, 코가 벌심벌심, 입이 삐죽삐죽 깍지손으로무르팍을 안았다 놓았다 담배를 비벼껏다 도로 붙였다 사뭇 부지를 못합니다.」(320면)
68) 권순긍, 『고전소설의 풍자와 미학』, 박이정, 2005, 215~216면.

능으로 얼룩진 동물원으로 희화화되고 있기 때문이다.

> 「헤헤, 그년이, 이년아 늬가 꼭 여수 같다!」
> 「내에, 난 여우 같구요...... 영감님은 하마(河馬) 같구요? 해해해!」
> ......(중략)......
> 방안을 들여다보면?...... 그런다면 저이들 말따나, 동물원의 하마와
> 여우가 한 울안에서 재미있게 노는 양으로 보이겠지요.(150~151면)

이와 더불어 『태평천하』는 아이러니 기법을 통하여 풍자의 효과를 극대화하고 있다. 이것은 판소리의 풍자적 어조를 이용하여 작중인물을 묘사하는 작가의 부정적인 시선에서부터 명료하게 드러난다. 윤리적 관점에서 풍자가나 도덕가로서 아이러니스트는 말의 아이러니를 풍자의 무기로 사용하고 있다. 윤 두섭은 걸핏하면 아들이나 손자에게 '잡아 뽑을 놈', 며느리나 손자며느리에게는 '짝 찢을 년' 등 상스러운 욕을 거침없이 내뱉음으로써 스스로 근지가 없음을 드러내고 있다. 또한 '홍안백발의 풍신'을 광대 이 동백으로 오인케 한다든가, 향교의 선비들에게 '대체 거, 공자님 허구 맹자님 허구 팔씨름을 하였으면 누가 이겼는고?'라는 어리석은 질문을 던지게 하여 자신의 무지를 폭로하고 있다. 이와 더불어 '그저 처분대로 달라'는 인력거꾼의 말을 빌미 삼아 인력거 삯을 반으로 깎는가 하면, 명창대회장에서 하등표(홍권)를 사서 '하등'이라는 이름아래 상등석인 아래층에서 관람하는 언어유회(pun)를 통해 부도덕성을 풍자하고 있다.

> "그래두 그렇잖습니다. 여기선 예가 상등이구, 저 이칭이 하등입니다."
> "거 참! 그럼, 예는 우리 죄선(朝鮮) 아니구 저어 서양국(西洋國)이요? 그렇길래 이렇기 모다 거꾸로 되지?"
> "허허허허. 그렇지만 신식은 다아 그렇답니다. 그러니 정녕 이 자

리에서 구경을 허시겠거던 돈을 일 원 더 내시구 백권을 사시지요?"

"나넌 그럴 수 없소! 암만 그리두, 나넌 예가 하등이닝깨루, 예서 귀경헐라우!"

우람스러운 몸집과 신선 같은 차림을 하고서, 아기처럼 응석을 부리는 데는 서두리꾼도 어리광을 받아 주는 양 짐짓 지고 말아, 윤 직원 영감은 마침내 홍권으로 백권석에서 구경을 했습니다.(28면)

여기서 풍자가는 "사용하는 기술에 그의 실력이 인정"[69]된다고 할 때, 『태평천하』는 풍자의 효과를 극대화하기 위하여 "wit(기지), ridicule(조소), irony, sarcasm(비꼬움), cynicism(조소), sardonic(냉소), 및 invective(욕설), 즉 풍자의 스펙트럼 대에 있는 모든 어조를 사용함으로써, 그 표면을 다양한 색상으로 변화"[70]시키고 있다. 특히, 이 작품에서 활용한 판소리 기법은 제 7차 교육 과정의 '우리 문화에 대한 이해의 토대 위에 새로운 가치를 창조하는 사람'이라는 교육 목표와 밀접한 연관이 있다. 그것은 "민족 문학의 전통은 우리가 살아가는 방식이므로 그것을 함께 지닐 때 민족의 일원으로서 자격"을 갖추기 위한 "전통의 창조적 계승을 위한 방법"과 직결되기 때문이다.[71] 이런 의미에서 『태평천하』는 전통의 공유를 바탕으로 하여 민족 문학을 창조적으로 계승한 대표적인 풍자문학으로 평가할 수 있다.

2. 『태평천하』의 풍자 정신

1938년을 전후한 채만식의 작품세계는 그 어느 때 보다도 심층화된 풍

---

69) Arthur Pollard(송낙헌 역), 앞의 책, 85면.
70) 위의 책, 10면.
71) 교육 인적 자원부, 고등학교 『국어』(하), 두산, 2002, 308면.

자성을 띠게 된다. 이처럼 풍자의 세계에 몰입한 이유는 당시의 특수한 시대상황과 연관된 비판정신으로 볼 수 있다. 이 시기에 이르러 일제는 소위 <대동아공영권>이라는 미명 아래 한국 내에서의 반일운동이 발호할 가능성이 있는 요인 자체를 폐쇄하기 위하여 한국문단에 대한 탄압 및 감시체제를 강화해 나아갔다. 이 지점에서 한국문단은 문학의 정신적 응전력을 거세당하고 "걷잡을 수 없는 카오스를 노정"72) 하게 된다. 여기서 그는 1930년대 말기의 니힐한 분위기 속에서 또한 그 '독한' 유혹을 받으면서 현실 비판의 문학적 출구로서 풍자문학을 택하게 된다.

> 이 니힐리즘의 유혹은 작년 겨울 이래 나에게 커다란 번민이다. 암만해도 풍자소설에 손을 댔던 것이나 갈 길이 억지로 맥히니까 부득이 글러루 뻗히는 모양인데……73)

그러나 채만식은 이와 같은 진술과 관계없이 풍자의 심층화를 통하여 식민지 사회의 병리적인 현상들을 비판적으로 드러내는데 성공하고 있다. 이처럼 『태평천하』는 심층화된 리얼리즘으로서 비판정신을 내포하면서 관념과 현실의 긴장된 통일을 추구하고 있다. 그 이전의 작품들이 날카로운 비평적 태도에도 불구하고 서사 구조를 무시한 논평적 서술과 우연성의 남발로 문학적 한계성을 드러낸 것이었다면, 이 작품은 그 부정적 측면을 비교적 완결감 있게 극복하고 있다. 따라서 그 풍자 정신은 인간의 우행이나 부도덕을 조소하는 소극적 태도보다는 식민지의 구조적인 모순을 포괄적으로 비판하기 위한 적극적 태도에서 비롯된 것으로 볼 수 있다.

이 작품의 윤 두섭은 근대 자본주의의 파행성 속에서 생성된 식민지의 친일 지주의 전형이다. 이런 그가 집요하게 집착하는 것은 돈과 권력이

---

72) 김윤식, 『한국 근대문학비평사 연구』, 일지사, 1983, 203면.
73) 채만식, 「사이비농민소설」, 『조광』, 1939. 7, 273면.

다. 물론, 이런 것들에 대한 집착은 모든 인간들이 공통적으로 지니고 있는 욕망이기도하다. 그러나 문제는 그의 집념이 비정상적일 정도로 강하다는 데 있다. 돈에 관한 집념은 작품의 서두부터 노골적으로 회화화하고 있다. 인력거의 삯·무임승차·하등표(백권) 구입 등 돈과 관련하여 그가 보여주는 행위는 내핍정신을 넘어서서 병적이랄 수밖에 없다. 또한, 연대 채무에서 오는 금전상의 손해를 피하기 위해 외아들 창식을 준금치산 선고까지 시켜버리고 있다.

이처럼 윤 두섭이 돈에 대하여 집착하는 이유는 다음의 몇 가지 복합심리로 파악할 수 있다. 첫째는 황금광으로서의 금권적 우상과의 연관이다. 그는 판무식꾼이면서도 축적된 금권력을 이용하여 '족보에다 도금鍍金'을 하고 '윤 두꺼비 자신이 처억 벼슬(직원—필자)을 한 자리' 했으며, '양반 혼인이라고 좀더 빛나는 사업'까지 할 수 있었다. 말하자면, 부를 바탕으로 하여 권력을 제외한 모든 사회적 보상을 얻을 수 있었던 것이다. 이런 그에게 있어서 돈이란 물질적 욕구의 충족물이 아니라 정신세계를 지배하는 물신화 존재에 해당된다. 그러므로 그는 자신의 욕구 실현과 직결되는 돈에 대하여 병적일 만큼 강한 집착력을 보이고 있는 것이다.

다음으로 가부장으로서 권위를 지키는 일과 밀접한 연관이 있다. 윤 두섭은 유교적 가족주의를 지향하면서도 그 바탕이 되는 '수신'이나 '제가'의 원리를 상실해 버렸다. '이 집안은 싸움을 근저당根抵當해 놓고 씁니다'라는 비꼼처럼 그는 가족들을 다스리는 것이 아니라 이들과 싸움으로 일관하고 있다. 이처럼 정신적으로 황폐화된 상황 속에서 그가 자신의 권위를 지킬 수 있는 유일한 방법이란 가장 현실적인 금권력에 의존하는 수밖에 없다. 이런 측면을 사회인으로서의 윤 두섭의 문제로까지 확대시켜 보아도 역시 마찬가지이다. 그러므로 때로는 '나두 죽어만 지면 별 수 없이 쌀 세 수까락허구 엽전 달랑 서푼 얻어각구 저승으로 갈' 것이라는 허무주의에 빠지면서도 돈에 대한 끝없는 욕망을 보이고 있는 것이다.

끝으로 비극적 체험과의 연관이다. 윤 두섭의 부의 기반은 아버지 윤 용규에 의하여 이루어진다. 평소의 윤 용규의 행적으로 보아 거액인 '이백 냥' 어떻게 생겼는지 이유가 불분명하나 구한말의 사회적 혼란기를 이용하여 치부한 것으로 볼 수 있다. 그는 『흥부전』의 놀부처럼 골계적으로 묘사되어 있지만, '무식하고 소박하게나마 시대가 차차 금권金權이 우세해 감을 막연히 인식'했던 인물이다. 그러나 백 영규와 같은 탐관오리의 횡포와 민란·화적 등의 창궐로 이어지는 구한말의 혼탁한 기류 속에서 윤 용규와 같은 평민 부농은 수탈의 대상이 되지 않을 수 없었다. 결과적으로, 그는 『은세계』의 최병도와 같이 당시의 특수한 상황을 이용하여 부를 축적할 수 있었으나, 그로 인하여 '피투성이가 되어 쓰러지'는 시대의 희생양이 되고 만다. 이런 비극적 체험으로 윤 두섭은 철저하게 이기적인 '닫힌 세계'를 지향하게 된다. 이 점에서 '웅장한 절규' '위대한 선언' 등으로 희화되어 있는 '오오냐, 우리만 빼놓고 어서 망해라!'라는 저주는 다름 아닌 반역사적이며 반국가적인 선언을 의미한다.

> 윤두꺼비는 피에 물들어 참혹히 죽어 넘어진 부친의 시체를 안고서, 땅을 치면서,
> 「이놈의 세상이 어느날에 망하려느냐?」
> 고 통곡을 했습니다.
> 그리고 울음을 진정하고는 불끈 일어서 이를 부드득 갈면서,
> 「오오냐, 우리만 빼놓고 어서 망해라!」
> 고 부르짖었습니다. 이 또한, 웅장한 절규이었습니다. 아울러, 위대한 선언이었구요. (51면)

이러한 의식은 속물화된 '시장의 우상'과 결합하여 인격적 결함이라는 부정적인 측면으로 나타난다. "사회와 제도에 대한 사물화현상은 한 개인

으로 하여금 법과 사회적 인습에 맹종하게끔 만들기 쉽고 또 과잉적응주의(Hyperkenformism)"[74] 를 낳게 된다. 이 문제와 관련하여 채만식은 고리대금업과 도박과 같은 비정상적인 수단에 의한 자본 축적에 대하여 날카로운 비판을 가하고 있다. 그는 수형 할인은 법의 용인을 받은 도적질이라고까지 극언하면서 이것을 통해 일본 제국주의의 침략상을 빗대어 보여준다. 윤 두섭도 이러한 물질 만능주의적 사고의 틀에 기반하여 일제의 식민주의 질서에 편승하고 있다. 그 역시 수형 할인을 치부의 수단으로 삼고 있다. 이런 수형법에 대한 울분과 비판을 통해 작가는 검열을 피해 가면서 식민지 치하의 법률의 가치 자체를 독자들이 의문시하게 만든다. 이것은 식민지 치하의 어떤 작가보다도 탁월한 그의 현실 인식의 결과라고 하지 않을 수 없다.[75]

　세상에 수형처럼 빚 쓴 사람한테는 무섭고, 빚 준 사람한테는 편리한 것이 없답니다. 기한이 지나기만 하면 그저 불문곡직하고 수형 액면에 쓰인 만큼 차압을 해서 집행 딱지를 붙여 놓고는 경매를 한다나요.
　가령 그게 사기에 걸린 돈이라고 하더라도, 수형이고 보면 안 갚고는 못 배긴다니, 무섭지 않고 어쩌겠습니까.
　윤 직원 영감은 이 편리하고도 만능한 수형 장사를 해서 매삭 2, 3만 원씩 융통을 시키고, 이 이문이 적어도 3천 원으로부터 4천 원은 됩니다.
　1할 이상 2할까지나 새끼를 치는 셈이지요.(101면)

이와 같은 윤 두섭의 금권력은 평민으로서의 비극적 체험과 결부되어 권력에 대한 집착으로 전이된다. 그는 '피로 낙관落款을 친 치산'을 가지고

---

74) Menachem Rosner, Entfremdung, Fetischismus, Anomie, *Entfremdung*, herausgegeben von Heinz-Horst Schrey(Darmstadt, Wissenschaftliche Bochgesellschaft, 1975, p. 466.
75) 김윤식·김현, 『한국문학사』, 민음사, 2005, 303~304면.

경찰서에 무도장을 지어 주는가 하면, 소방대와 학교 증설에 백 오십 원과 이백 원씩 아낌없이 기부76)를 한다. 더 나아가, 식민지 치하를 신분 상승의 기회로 판단하고 자식들을 식민통치에 알맞은 친일 관료로 키우려고 애쓰고 있다. 실속 있는 양반이 되기 위하여 손자 둘을 군수와 경찰서장으로 양성하는 데 진력하는 행위가 그것이다. 이것과 관련하여 그는 '아 글시, 군수 되구 경찰서장 되구 허미년, 느덜 좋구 느덜 호강이지, 머 그 호강 날 주냐? …(중략)… 나는 파리 족통만치구 상관 없어야!'하고 자신과 무관함을 주장하고 있다. 그러나 그 내면 이유는 '작은 손자가 경찰서장이 될라치믄 영감님이 척 뽐낼령으로!' 권력에 대한 강한 집착력과 신분 상승의 욕구를 보이고 있는 것이다.

그러나 윤 두섭의 이와 같은 욕망에도 불구하고 작품 곳곳에 가정의 몰락에 대한 암시가 구체적으로 드러나 있다. 그는 가족 구성원 가운데 어느 누구와도 정신적 유대를 형성하지 못하고 있다. 그는 가족 모두에게 정신적이나 경제적으로 공격적인 태도를 취하며, 그 반대의 경우도 역시 마찬가지이다. 가족들은 각자 자신들의 집이 만석지기라고 인식하고 있지마는 그것을 자신들의 소유라고 인정하지는 않는다. 또한 윤 두섭을 제외한 어느 누구도 재산다운 재산을 소유하고 있는 인물은 없다. 창식이나 종수와 같이 '뜯어 쓰려는 자'와 '뜯기지 않으려는 자'와의 갈등이 노정될 뿐이다. 그런 만큼 윤 두섭의 '그저 날 같언 사람은 말이네, 그저 도둑놈이 노적露積가리 짊어져 가까바서 밤 새두룩 짖구 댕기는 개 개 신세여! 허릴없이 개 신세여……'라는 자기풍자는 이 작품이 갖는 골계적인 성격에도 불구하고 상당한 비장미를 획득하게 된다. 이러한 갈등 양상

---

76) 일제에 대한 거액의 기부행위와 대비하여 만석군 윤두섭에 대한 자선행위는 지극히 미약하기 짝이 없다. 「또 연전 경남 수재 때에는 벙어리를 새로 사다가 동전으로 일원 칠십 이전을 넣어서 태식이를 주어서, 신문사로 보내서 사진까지 신문에 난 일이 있는 걸요.」

과 방탕한 생활상의 반복을 통하여 윤 두섭 가정의 몰락 과정을 명확하게 보여주고 있다.

> 강씨와 올챙이를 돌려보내고 나니까, 드디어 오늘도 구백 사십 오 원을 벌었다는 만족에 배는 불뚝 일어섭니다.
> 간밤에 창식이 윤주사가 마작으로 사천오백 원을 폈고 종수가 이 천 원짜리 수형을 병호한테 야바우 당했고, 이백여 원어치 요리를 먹었고 그리고도 오래잖아 돈 천원을 뺏으려올 테고 하니, 윤 직원 영감이 벌었다고 좋아하는 구백여원의 열갑절 가까운 팔천여원이 날아갔고, 한즉, 그것은 결국 옴팡장사요, 이를테면 만리장성의 한 귀퉁이가 좀이 먹는 것이겠는데, 그러나 윤 직원 영감이야 시방 그것을 알 턱이 없던 것입니다.(243면)

이와 더불어 윤 두섭 가의 부도덕한 측면을 성적 타락과 방종을 통하여 신랄하게 비판하고 있다. 윤 두섭은 아들이나 손자에게는 '잡어 뽑을 놈', 며느리에게는 '짝 찢을 년'이라는 성과 관계된 욕설을 '서양말의 관사'처럼 붙이고 있다. 실제의 생활에 있어서도 젊은 첩이 다른 남자와 배가 맞아 달아나기 일년 전까지 '10년 동안 첩을 갈아셴 것만 해도 무려 10여 명'이 될 정도로 갖은 구실을 붙여 첩을 갈아치우고 있다. 이에 반해 며느리를 비롯한 손자며느리들과 딸은 '이 집안에는 과부가 도합 다섯'이라는 비꼼처럼 생과부나 다름없는 생활을 하고 있다. 그런데 그 아들 창식은 두 명의 여인과 첩살림을 하고 있으며, 손자 종수도 주색잡기로 일관하고 있다. 이처럼 윤 두섭 가의 남성들은 각 세대를 막론하고 성적 타락상으로 일관하고 있다. 특히 이것은 종수와 그 아버지의 첩인 옥화와의 사창가에서의 만남과 윤 두섭이 욕정을 품고 있는 동기 춘심과 증손자인 경손과의 밀회 장면을 통하여, 그 가정의 문란한 성적 타락상이 극대화 되고 있다.

아무려나 이래서 조손간에 계집애 하나를 가지고 동락을 하니 노
소동락(老少同樂)일시 분명하고, 겸하여 규모 집안다운 계집 소비절
약이랄 수도 있겠습니다.

그렇지만, 소비절약은 좋을지 어떨지 몰라도, 안에서는 여자의 인
구가 남아돌아가고(그래 한숨과 불평인데) 밖에서는 계집이 모자라
서 소비절약을 하고(그래 칠십 노옹이 예순 다섯 살로 나이를 야바위
치고, 열다섯 살 먹은 애가 강짜도 하려고 하고) 아무래도 시체의 용
어를 빌려 오면, 통제가 서지를 않아 물자배급(物資配給)에 체화(滯
貨)와 품부족(品不足)이라는 슬픈 감저을 나타낸 게 아니랄 수 없겠습
니다.(103~104면)

그러나 윤 두섭 가는 종학과 같은 이념형 인물의 출현으로 인하여 '만
리장성의 한 귀퉁이가 좀이 먹는 것'이 아니라 통째로 와해되고 만다. 그
는 작품 전면에는 나타나 있지는 않지만 실속 있는 양반을 추구하는 윤
두섭의 '역사적인 정신적 토목사업'의 실질적인 주역이다. 종학의 출세란
구한말 윤 용규의 처절한 주검 앞에서의 '위대한 선언'을 실현시키는 동시
에 '가문을 빛나게 할 평생의 사업'을 완성하는 것이 된다. 이것을 확대 해
석하면 원한과 저주로 응축된 한국근대사에 대한 정신적 보복이며 일제
에 편승하여 금력과 권력을 가진 명실상부한 귀족으로 편입되는 것을 의
미한다. 그러므로 종학이 사회주의 사상 관계로 경시청에 피검된 사실은
윤 두섭의 "가족주의적 이상에 대한 반역"[77]으로 욕망 실현의 마지막 문
턱에서의 좌절을 의미하는 것이다.

화적떼가 있너냐아? 부랑당 같은 수령(守令)이 있너냐? 재산이 있
대야 도적놈의 것이요, 목숨은 파리목숨 같던 말세(末世) 넌 다-지내
가고오⋯⋯자-부아라, 거리거리 순사요 골골마다 공명헌 정사(政

---

77) 이재선, 앞의 책, 142면.

事), 오죽이나 좋은 세사이여……남은 수십만명 동병(動兵)을 히 여
서, 우리 조선놈 보호히여 주니, 오죽이나 고마운 세상이여? ……으
응? 제 것 지니고 편안하게 살 세상, 이걸 태평천하라구 하는 거시여,
태평천하!……(257면)

여기서 윤 두섭이 일제의 강점 하에 있는 식민지의 현실을 '태평천하'
로 인식한 근본 원인과 작가의 첨예한 풍자 의도를 아울러 해명해 볼 수
있다. 이 문제와 관련하여 채 만식은 윤 두섭과 같은 정신적 불구자를 내
세우고 있다. 이것은 "부정면을 통하여 기실 긍정면을 주장하기 위해서의
부정면은 결코 유독하지 않은 것"[78]이라는 작가의식과 무관하지 않다.
특히 이 작품은 시간적 배경을 '정축년丁丑年 구월 열 X X날' 하루로 설정
하고 있지만, 이것은 일제의 침략전쟁이 '북지사변으로부터 전단이 차차
중남지로 퍼지면서 지나사변으로 확대'되어 가는 상징적인 시점이다. 이
처럼 파시즘의 폭압으로 파괴된 식민지의 삶의 실상을 비판적으로 제시
하기 위해서 반민족이고 반역사성을 띤 인물을 작품 전면에 부각시켜 놓
고 있는 것이다.

이와 같이 채 만식은 정신적 청맹인 윤 두섭을 통하여 일제에 강점당해
있는 현실을 '태평천하'라고 부르짖게 함으로써 부정적인 인물에 대한 자
기풍자와 더불어 식민지의 현실 비판이라는 이중의 효과를 얻고 있다. 이
것을 통해 태평천하와는 정반대인 식민지의 삶의 실상을 풍자하고 있는
것이다. 이 과정에서 윤 두섭 가정의 몰락은 단순하게 한 개인이나 가정
의 몰락만을 의미하지는 않는다. 그도 그럴 것이 윤 두섭은 친일 지주를
상징하는 대표자적 개인이기 때문이다. 그런 만큼 그의 몰락은 넓은 의미
에서는 일제의 패망을 함축적으로 제시한 것으로 볼 수 있다. 바꾸어 말
하면, 이것은 일제 강점기의 비극적 현실을 문예 미학으로 형상화하여

---

78) 채만식, 「자작안내」, 『채만식』, 문학과 지성사, 1984, 185면.

"진보에의 신념"79)을 역설적으로 드러낸 것이다. 이런 의미에서 『태평천하』는 풍자의 기법과 정신의 유기적인 결합을 통해 한국 근대문학의 새로운 지평을 연 작품으로 평가할 수 있다.

Ⅳ. 맺음말

풍자는 작가의 시대정신과 밀접한 연관이 있다. 문학에서 세계를 해석하는 방식은 언어를 통해 드러날 뿐만 아니라 문학적인 형상화를 통해 긴밀하고 생동감 있게 표상되기 때문이다. 더 나아가 세계를 해석하는 인식틀의 역할을 하며, 동시에 개인과 집단의 세계관을 구체화하는 이데올로기로서의 성격을 지니고 있다. 이것은 통시적 관점에서 한국 문학의 연속성과 관련하여 중요한 특질을 이루고 있다. 그런 만큼 중등학교의 문학 수업에서 한국문학의 형상적 특성과 인식적 특징을 이해하기 위한 문학 활동의 중요한 요체 가운데 하나가 된다. 이 문제와 관련하여 본고에서 논의된 사항을 요약 정리하면 다음과 같다.

먼저, 풍자는 항의하려는 본능에서 생기는 것이며, 예술화된 항의로 규정할 수 있다. 이것은 인간과 삶의 세계에 관한 모든 것에만 관심을 두고 있기 때문에 가장 세속적 문학형태이며, 인간과 세계를 날카롭게 인식하는 사실주의 정신의 산물이다. 그런 만큼 풍자는 도덕인 가치관이 무너지거나 불안정한 사회 환경 속에서 두드러지게 나타나는 문학 양식이다. 이 문제와 관련하여 풍자가는 이론상 그의 사회나 시대의 악덕을 비난하는 준엄한 도덕가로 규정된다. 그가 비판하는 사람의 우행이나 사회의 부조리가 공감을 얻기 위해서는 지성을 바탕으로 하는 주지적인 태도와 객관

---

79) 김윤식 · 김 현, 앞의 책, 299면.

정신이 요구된다. 따라서 풍자 문학은 일반적인 리얼리즘 작품보다 효과적인 시대나 사회의 비판 기능을 수행하게 된다.

이와 같은 풍자의 양상은 무한하기 때문에 그 형식에 있어서 어떠한 제약도 받지 않는다. 이것은 시, 소설, 희곡 등 모든 문학 형식과 결합가능하며 명랑한 조롱에서부터 어둡고 우울한 총체적 환멸까지도 포괄하는 근본 특징을 지니고 있다. 이처럼 하나의 독립된 장르 또는 양식보다는 비난을 풍기고, 비웃으며, 아이러닉하고, 조소적이고, 비난적이고, 모욕적이며, 혹은 희롱적인 방식으로 전달되는 거의 어떤 것을 언급하기 위한 수사적 기법으로써 다양한 문학에 활용되어 왔다. 말하자면. 현재의 필요에 따라 고의적으로 및 악의적으로 혹은 찬사적인 계획으로 사용되어 왔던 것이다. 그런 만큼 풍자는 같은 주제나 제재를 다룰지라도 어떤 사건의 본질적인 측면보다는, 그것을 바라보는 작가의 시각과 인식의 태도에 관심을 두고 있다고 할 수 있다.

이러한 비판정신과 해학성과 관련하여 풍자는 기지 · 조롱 · 아이러니 · 야유 · 냉소 · 패로디 등 여러 기교를 지니며, 이런 기교들 자체는 풍자의 어조가 된다. 그 중에서도 풍자나 아이러니는 공통적으로 삶의 복잡성과 모순성의 문제 해명에 초점을 맞추고 있다. 이처럼 풍자나 아이러니는 근본적 모순을 드러내는 것같이 보이는 인생의 여러 양상들을 제시하고 있다. 이것은 부조리로 인생에 짜 넣어져 있으며 참된 존재란 활기가 부여된 모순이며 행동화된 부조리를 뜻하는 것을 의미한다. 그러나 풍자는 아이러니에 비해 우행의 폭로와 사악의 징벌이라는 문학적 목표를 분명하게 설정하고 있다. 그만큼 풍자는 등장인물과 사회에 대하여 공격적인 아이러니로서의 공격성과 비판정신을 강하게 드러낸다.

이와 더불어 풍자는 해학이나 골계와 같이 웃음을 전제로 하여 성립된다는 공통점을 지니고 있다. 이렇듯 풍자는 웃음을 동반하는 현실 드러내기의 한 방법으로써 그 비판 정신의 이면에는 익살과 해학을 내포하고 있다. 그런 만큼 풍자와 해학은 우리 문학의 중요한 미적 범주 가운데 하나로 인식되어 왔다. 그러나 풍자는 웃음 그 자체를 목적으로 하지는 않는다. 해학은 부정된 현실 속에 주체인 작가가 포함되지만 풍자는 주체와 객체가 분명하게 구별되어 있다. 해학가가 하는 비판보다도 풍자가가 훨씬 더 신랄하고 날카로운 공격수단을 사용하여 대상을 조소하고 비하할 수 있는 것은 자기가 그토록 웃음으로 부정하는 대상과 자기를 절연시켜 놓기 때문이다. 이 점에서 풍자는 예리한 비판 의식을 전제로 하여 성립된 주지적 양식으로 진정으로 해가 되는 악덕과 습관에 대한 '위트 있는 가혹한 공격'에 해당된다.

다음으로 풍자의 기법과 관련하여 『태평천하』는 치밀한 묘사나 구성 대신에 요설적인 설화체 문장과 대화에 의존하고 있다. 이처럼 작중화자가 판소리의 광대처럼 전면에 나서서 늘어놓는 만년체 사설은 작중인물에 대한 풍자의 효과는 물론 작품의 공연적 요소를 배가시키고 있다. 이것은 판소리의 서술방식을 근대적 인쇄매체 속에 창조적으로 이어받았음을 뜻하는 것이다. 그런 만큼 인쇄 매체를 통해 읽는 소설이라기보다는 청중들 앞에서 연희하는 광대의 사설을 듣는 듯한 느낌을 준다. 이 과정에서 작자는 청중이나 독자에게서 경멸적인 웃음과 혐오감을 최대한으로 이끌어내기 위하여 윤 두섭을 비롯한 작중인물들을 그로테스크하게 희화화해 놓고 있다. 이들을 동물에 비유하는 알레고리 기법과 정체폭로로서의 비속화가 그것이다. 또한 윤 두섭의 무지와 탐욕을 비판하기 위하여 판소리의 풍자적 톤에 바탕을 둔 말의 아이러니를 풍자의 무기로 사용하고 있다. 이것은 전통의 공유를 바탕으로 하여 민족 문학을 창조적으로 계승한 대표적인 풍자의 기법에 해당된다.

끝으로 풍자의 정신과 관련하여 『태평천하』는 일제의 침략전쟁이 '북지사변으로부터 전단이 차차 중남지로 퍼지면서 지나사변으로 확대'되어 가던 '정축년丁丑年 구월 열 XX날'을 시간적 배경으로 설정하고 있다. 이처럼 일제에 강점당해 있는 현실을 정신적 청맹인 윤 두섭을 통하여 '태평천하'라고 부르짖게 함으로써 부정적인 인물에 대한 자기풍자와 더불어 식민지의 현실 비판이라는 이중의 효과를 얻고 있다. 이것을 통해 태평천하와는 정반대인 식민지의 삶의 실상을 풍자하고 있는 것이다. 이 과정에서 윤 두섭 가정의 몰락은 단순하게 한 개인이나 가정의 몰락만을 의미하지는 않는다. 그도 그럴 것이 윤 두섭은 친일 지주를 상징하는 대표자적 개인이기 때문이다. 그런 만큼 그의 몰락은 넓은 의미에서는 일제의 패망을 함축하고 있는 진보적 신념을 역설적으로 드러낸 것이다. 이런 의미에서 『태평천하』는 풍자의 심층화를 통하여 식민지 사회의 병리적인 현상들을 비판적으로 드러내는 데 성공한 한국 근대문학의 대표적인 작품으로 평가할 수 있다.

06 신화

Ⅰ. 머리말

문학 교육의 목표에 대해서는 실용적인 목표부터 인성적인 측면의 목표에 이르기까지 다양한 항목들이 거론되고 있다. 이 문제와 관련하여 중등학교의 문학 교육은 국어 교과와 밀접한 연관 아래서 이루어진다. 그중에서도 고등학교의 문학 과목은 중학교까지의 국어 학습과 문학 학습을 바탕으로 하면서 고등 학교 국어 과목의 문학 영역을 심화·확충한 것이다. 이를 통해 문학을 이해하고 감상하는 능력을 고도의 수준으로 향상시키는 것이 문학 과목의 학습 목표이다. 그 구체적인 실천 항목으로 미적 감수성과 문학적 상상력의 고양, 삶에 대한 총체적 인식 능력의 제고, 문학에 대한 체계적인 지식의 습득, 우리 민족의 정서와 삶에 대한 이해 등을 들 수 있다. 이런 의미에서 문학 교육은 문학을 이해하고 감상하는 능력을 가져야 할뿐만 아니라, 문학에서 삶의 가치를 찾아내려는 적극적인 자세를 지녀야 한다는 점에서 "삶에 대한 형이상학적 주체자로서의 참여"[1]와 직결된다고 할 수 있다.

문학 교육은 이와 같은 미시적인 교육 목표와 더불어 "한국 문학과 세계 문학의 관계를 올바르게 이해하며, 이를 통해 세계 문학 속에서의 한국 문학의 위상을 정확히 파악하여 한국 문학이 나아갈 바람직한 방향을 추구하는 데 이바지할 수 있게 한다"[2]는 거시적인 목표를 설정하고 있다.

---

1) 김종철, 「문학 교육과 인간」, 『문학교육학』, 태학사, 1997, 107쪽.

이 과정에서 우리 한국 문학을 민족 문학으로 인식한 것은 바로 다른 민족 내지는 세계 문학과의 대타의식對他意識에서 비롯된 것이다. 그런데 이와 같은 한국 문학의 민족적 성격이나 특질을 강조하기 위해서는 한국 문학의 정체성正體性 확립이 전제되어야 한다. 그것은 이런 과정이 충실히 이행될 때 민족의 미래나 역사적 과제가 설정되고, 문학 역시 그것의 실현에 중요한 일원이 될 수 있기 때문이다.

이와 같은 문제와 관련하여 신화는 "그것이 속해 있는 사회에서 특정한 특색을 설명하는 이야기"3)라는 점에서 각 민족 및 그 문화의 정체성을 가장 잘 드러내고 있는 문학 양식이라고 할 수 있다. 한국 문학도 마찬가지이다. 『삼국유사』는 고조선의 건국 신화인 「단군신화」를 제일 앞에 내세움으로써 우리 민족의 출발점이 고조선임을 분명히 하고 있다. 여기서 신화는 "모든 사회가 발전의 초기 과정에서 가지게 되는 이야기의 총체의 한 부분"4)이듯, 「단군신화」는 우리 민족사의 시작이자 문학사의 출발점임을 분명히 하고 있는 것이다.

그럼에도 불구하고 국어는 물론 문학 교과에서도 이와 같은 신화에 대한 교수 −학습은 체계적으로 이루어지고 있지 않은 것이 현실이다. 고등학교 『국어』 교과서에 한편의 신화도 수록되어 있지 않다. 또한 신화에 대해 체계적으로 언급한 글도 없다. 단지 문학 교과서에서 상고 시대의 문학을 언급하는 부분에 구비문학 내지는 설화 문학의 양식으로 일부가 수용되어 있을 뿐이다. 여기서 우리 신화의 변별적 특성을 밝히는 것은 우리 민족의 역사와 문화의 총체적인 특성을 해명하는 작업과 직결된다고 할 때, 국어 교과의 교육 목표와 관련하여 이에 대한 진지한 논의가 필요하다고 본다.

---

2) 김윤식 · 김종철, 『문학 (상)』, 한샘출판(주), 1997. 5쪽.
3) N. 프라이, 「문학과 신화」, 『문학과 신화』(김병욱 외), 대림출판사, 1981. 11쪽.
4) 위의 글, 20쪽.

이 문제와 관련하여 본고는 제 II장 문학과 신화에서는 중등학교 문학 교육에서 필요한 신화의 이론 체계에 대하여 고찰해 보고, 제 III장 신화 의 분석에서는 앞장에서 살펴본 이론을 바탕으로 하여「단군신화」를 분석해 보도록 하겠다. 본고에서「단군신화」에 초점을 맞춘 이유는 이것은 현대문학에도 깊이 맥락이 닿아있는 민족 문학의 출발점이자 한국인의 상징 체계를 명시적으로 잘 드러내고 있기 때문이다. 따라서 제 II장이 신화에 대한 체계적인 지식의 습득 문제에 초점을 맞추었다면, 제 III장은 그것을 기반으로 하여 신화의 교수-학습에 필요한 작품 분석의 실례에 해당된다.

II. 문학과 신화

신화의 구조나 기능을 이해하는 것은 인간 사상사의 한 단계를 밝힐 뿐만 아니라 우리 현대인의 어떤 카테고리를 보다 잘 이해하는데 도움이 된다. 문자로 기록되어 이어져온 신화 체계와 똑같이 구전 단계에서 가장 초기의 여행가, 선교가, 민속학자 등에 의하여 발견된 <원시>신화라 할지라도 <역사>를 가지고 있지 않은 것은 없다. 신화는 초자연적 존재의 행위와 그들의 신성한 힘의 현현을 말하고 있기 때문에 모든 중요한 인간 활동의 모범이 되고 있다. 말하자면 신화는 세계와 인간, 생물이 초자연적 기원과 역사를 가진다는 것, 그리고 그 역사가 의미가 깊고 귀중하며 모범적이라는 것을 나타내고 있다는 것이다.[5] 따라서 오늘날 신화는 특

---

5) M. Eliade(이은봉 역),『신화와 현실』, 성균관대학교 출판부, 1998. 10~31쪽 참조.
   이 문제와 관련하여 엘리아드(M. Eliade)는 말리노부스키(B. Malinowski)가 정의한 신화의 성질과 기능을 다음과 같이 인용해 놓고 있다.
   「신화를 살아있는 형태로 연구해 보면…과학적 흥미를 만족시키는 설명이 아니고

수한 집단의 생활 양식이 총체적으로 반영된 유산으로서 신화학은 물론 민속학·인류학·역사학·심리학 등을 비롯하여 과학적인 측면에서도 연구의 대상이 되고 있다.

이와 같은 신화는 가장 단순하고 전형적인 의미에 있어서 신이나 신성한 존재에 대한 이야기이다. 신화가 그 형태에 대하여 연구될 때 신화는 근본적으로 이야기로서 연구되며, 그 자신의 독특한 문화에서가 아니라 같은 형상과 종류의 다른 이야기로서 근본적으로 연관되어 있다. N.프라이는 신화, 전설, 민담과 같은 이야기로서의 술어의 차이는 실제적 장르에 관한 것보다는 강조와 문맥의 차이점이 존재하는 것으로 보았다. 신화에 비해 전설은 무엇이 정확히 발생했느냐는 연구로 간주되는 역사에 대한 일반적 요구가 있기 이전에 하나의 초기적이며 적당한 전승의 형태이지만, 신화와 전설에 같은 종류의 이야기가 나타난다는 점에서 명확한 경계선을 긋기란 불가능하다는 것이다. 또한 민담도 그 구조에 있어서 신화와 동일하게 보고 있다. 민담은 그것들이 전통적으로 믿어지고 있을지라도 전설이나 신념에 중추적인 것은 아니라는 점에서 신화의 특징적인 특수한 중요성을 결핍했지만 신화와 같은 이야기의 구조를 취하고 있다는 것이다.6)

신화는 한 문화에 있어서 중심적이고 연속적인 중요성으로 인하여 문화가 함께 고수되어 신화학을 형성하는 경향이 있다. 민담이 단순히 그들

깊은 종교적 필요, 도덕적 욕망, 사회적 복종, 주장, 실천적 필요까지를 만족시키기 위해 말해진 원초적 사실의 설화적 재생이다. 신화는 미개문화에서 필수불가결한 기능을 다하고 있다. 즉 신화는 신앙의 표현, 증대, 성문화(成文化)시키며 도덕을 옹호하고 강화하며 의례의 효과를 보증하고 인간교화의 실천상의 규칙을 나타내고 있다. 신화는 이처럼 인간 문명의 중요한 요소이다.」(31~32쪽)
6) N. 프라이, 앞의 글, 15쪽.
그 예로 N.프라이는 구약 성경의 아담의 이야기에서 신화를, 야곱의 아들들에 관한 이야기에서 전설을, 삼손의 이야기에서 민담을, 엘리아의 이야기에서 독일 비평가들이 사게(sage)라 부르는 것들을 인식할 수 있다는 사실을 들고 있다.

의 주지와 주제들을 상환하는 영역을 순회하는 방랑적인 역사를 지니고 있는 것에 비해, 신화는 문화적으로 뿌리박은 종교와 관련되어 성장한다는 특징을 지니고 있다. 이 과정에서 신화는 신화학의 한 에피소드가 된다. 이와 같은 신화학은 기원, 상황, 인류의 숙명 혹은 형태에 있어서 아직 일련의 이야기이긴 하지만 명백히 철학적인 면과 도덕적 함축성을 지닌 이야기인 해설로서 확대되는 것이다.[7] 따라서 고대사회에서 경험되는 신화는 다음과 같은 특성을 지니게 된다.

① 신화는 초자연적 존재자의 행위의 역사를 구성한다.
② 이 역사는 <실제에 관련되고 있기 때문에> 절대적으로 진실하며, <초자연적 존재자의 위엄이 있기 때문에> 신성한 것이다.
③ 신화는 항상 <창조>에 관련하고 있다. 그것은 사물이 어떻게 존재하게 되었는가, 혹은 행동의 형태, 제도, 노동방식 등이 어떻게 확립되었는가를 말해준다. 이 때문에 신화는 모든 중요한 인간 행위의 모범이 되는 이유가 있다.
④ 신화를 앎으로써 인간은 <사물>의 기원을 알고, 그렇게 함으로써 그것을 자기 의지대로 통제·조작할 수 있게 된다.
⑤ 인간은 상기하거나 혹은 재연되는 신성한, 고양된 힘에 의하여 사로잡힌다는 의미에서 어떤 방식으로든지 <신화>를 살고 있는 것이다.[8]

이것은 「단군신화」와 같은 우리의 신화에도 그대로 적용된다. 일반적으로 신화를 <산다>는 것은 일상생활의 통상적인 경험과는 달리 진정한 종교적 경험을 의미하는 것이다. 그만큼 「단군신화」는 세계와 인간, 생물이 초자연적 기원과 역사를 지니고 있다. 또한 그 역사가 의미가 깊

---

7) 위의 글, 16~17쪽.
8) M. Eliade(이은봉 역), 앞의 책, 30쪽.

고 귀중하며 모범적이라는 것을 나타내고 있다. 그리고 이러한 신화적 사건은 기념하는 것이 아니라 반복된다. 신화의 주인공이 모습을 나타내고 사람들은 그들과 동시에 태어나는 것이 되는 것이다. 이것은 신화의 <강력한 시간>으로 새롭고 강력하고 중요한 것이 현시 된 경이적이고 <신성한> 시간이다.

이와 같은 신화는 한 사회가 발달해 감에 따라 그 신화들도 수정되고 선택되며 삭제되거나 혹은 변화하는 욕구에 응하기 위해 재해석된다고 할 수 있다. 일연이나 이승휴는 『삼국유사』나 『제왕운기』의 첫머리에 「단군신화」를 싣고 있으며, 이규보는 『동명왕편』을 지으면서 그것들이 신성한 것임을 뚜렷이 밝히고 있다. 고려시대에 이와 같이 민족사에 대한 재인식이 활발했던 것은 몽고의 침략이라는 역사적 배경과 밀접한 연관이 있는 것으로 볼 수 있다. 몽고의 침략으로 인한 민족적 위기 의식이 팽배한 가운데, 그러한 위기를 극복할 정신적 힘을 신화에서 찾고자 했던 것이다. 이처럼 시간을 재체험하고, 그것을 가능한 한 자주 재연하며, 신들의 사업이 이루어진 광경을 눈에 보이듯이 증언하고, 초자연적 존재자와 만나며, 그 창조에 관한 교훈을 다시 배우는 것 등은 신화의 의례적 반복을 통하여 결정하려는 욕구에서 나온 것이다. 따라서 이것은 우리 민족에게 종교 이상의 정신적 구심점으로 작용했다고 볼 수 있다.

스토리의 한 형태로서의 신화는 언어 예술의 형태이며 예술 세계에 속한다. 이것은 다른 예술과 마찬가지로 인간이 직시하는 세계가 아니라 인간이 창조하는 세계를 다룬다. 여기에서 신화는 제의에 원형적인 의의를 부여하고 신탁에 원형적인 이야기를 부여하는 주요한 정보력으로 인식되고 있다. 대부분의 문학 작품에서 독자의 주의를 끄는 것은 사건의 연속이 하나의 단위 속에 형태 지워 지는 것이다. 그 중에서도 그리스인에게 신화(mythos)라는 말은 주로 입으로 말한 것, 발설한 것을 의미하는데 이때의 신화의 기능은 "제의 행위의 전과정(dromenon)의 줄거리를 제공하는 것"9)을 뜻한다. 이 문제와 관련하여 문학의 원형으로서 신화는 하루의 태양 주기, 한 해의 계절 주기, 그리고 인생의 유기적 주기에는 단일 형태의 의미가 들어 있으며, 여기서부터 신화는 태양이기도 하고 식물의 풍요이기도 하며, 신 또는 원형적 인물이기도 한 한 인물을 중심으로 어떤 이야기를 꾸민다.10)

예술 세계를 구성하는 것은 경험 세계를 재구성하는 일이라고 할 때, 시간은 생활의 보편적 조건으로서 인간과 사회를 인식하는 가장 중요한 요인이 된다. 그것은 "시간은 생의 수단인 것처럼 이야기의 수단"11)이기 때문이다. 이 때의 시간은 경험으로써 포착되는 시간의 요소들과 깊은 연관이 있다. 이것은 경험 세계라는 맥락 속에서 또는 이런 경험의 총화인 인간 생애의 맥락 속에서만 터득할 수가 있다. 이 문제와 관련하여 신화적 이야기는 원초적 사건들을 순서대로 이야기함으로써 제의적 행동의 여러 단계를 내면화시키고 이 단계들에 극적인 성격을 부여한다. 이와 같은 시간성은 신화의 본질적인 특징이자 서사 문학의 핵심적인 요소가 된다. 따라서 신화는 브레이르Emile Bréhier가 주장하듯 시간에 대한 최초의 반성적 의식이라고 할 수 있다.

> 신화에서 본질적인 것은 신화가 어떤 운명에 대한 이야기라는 것, 신화가 사건의 연속을 말하고 있다는 점이다. 물활론적 우주 개념이라고 해서 반드시 신화적인 것은 아니다. 우리가 결정적이고 항구적인 기능이 각 정령에 있다고 보는 선에서 중단할 경우 물활론은 신화가 아니다. 정령론이 신화적으로 되는 것은 오직 각 정령들이 역사를 가질 경우뿐이다. 그렇다면 신화는 시간과 본질적인 관계를 갖기 않을 수 없다.12)

---

9) L. K. 뒤프레(권수경 역),『종교에서의 상징과 신화』, 서광사, 1997, 165쪽.
10) N. 프라이, 「신화의 원형」, 앞의 책, 69쪽.
11) Thomas Mann, *The Magic Mountain*(New York, knopff, 1949), p. 541.

신화의 시간성은 공간성과 밀접한 연관을 맺고 있다. 이 둘은 병렬적인 대등한 관계를 맺고 있는 것으로 볼 수 있다. 한 작품에서의 공간적 질서는 시간적 질서의 공간적 측면이고, 시간적 질서는 공간적 질서의 시간적 측면이 되기 때문이다. 그런데 인간은 신화를 말하기 오래 전부터 공간 의식을 갖고 있었다. 그것은 공간적 관계를 의식하지 않고서는 어떠한 '움직임'도 불가능하기 때문이다. 그렇지만 인간이 공간 그 자체를 의식하게 된 것은 바로 신화에서, 그것도 거룩한 시간을 발견한 것과 밀접한 관계 속에서였다. 인간이 흩어진 세계에서 원초적인 조화로 복귀하는 것 역시 공간에 대한 의식적인 탐험이다. 왜냐하면 원래의 사건들은 이후의 모든 것과 관련해 볼 때 중간에 위치한 것으로 간주되기 때문이다. 이렇게 해서 세계는 시작뿐만 아니라 중심까지 얻게 되는 것이다.

> 우리가 세계 속에서 살아야 한다면 그 세계에는 반드시 기초가 있어야 한다. 그리고 세속적인 공간의 동질성 및 상대성이라는 혼돈 가운데서는 어떤 세계도 생겨날 수 없다. 고정된 점, 다시 말해 중심을 발견하거나 투사하는 것은 세계를 창조하는 것과 마찬가지이다.13)

언어 예술로서의 신화는 언어로 전개된 상징 내지는 상징에 대한 주석이라고 할 수 있다. 모든 상징은, 그리고 오늘날의 모든 종교적 상징은 신화의 언어적 해석을 필요로 한다. 신화의 해석이 없었다면 원시적 상징은 결코 미학적 형상, 종교적 상징, 철학적 사상 등 명료한 것으로 발전할 수 없었을 것이다. 왜냐하면 신화는 상징의 언어이며 또 본래는 신화가 유일한 언어였기 때문이다.14) 이 문제와 관련하여 시를 연구하는 사람들에게

---

12) L. K. 뒤프레(권수경 역), 앞의 책, 1996, 176쪽.
13) 위의 책, 180쪽.
14) L. K. 뒤프레(권수경 역), 앞의 책, 163~164쪽.

가장 직접적으로 문제가 되는 것은 신화와 신화적 의식이 말로 표현되는 특수한 형태의 언어 관계이다. 이와 같이 구어체의 원시 언어가 시적이라거나 또는 적어도 시와 자연스런 유대 관계가 있다고 생각하는 데는 두 가지 근거가 있다. 첫째 그 말의 사용법에 있어서의 리듬과 <유포니(euphony)>가 그렇고, 둘째는 모든 것을 포괄하는 <신비>의 여러 측면을 지칭하는 연관성의 풍부함과 오묘함에 있어서 그렇다.[15]

　　신화는 빈번하게 자연이나 사회의 양상과 동일시되는 신적 존재를 취급하기 때문에 그 언어는 은유적이다. 그 중에서도 리듬은 집단 심성의 직접적 표현을 위한 감정을 불러일으키는 주술적 기능을 수행하는 동시에 동적 요소로써 예술의 본질인 '낯설게 하기'의 바탕이 된다. 이것은 시어의 의미와 결합하여 시인이 전달하고자 한 관념을 섣불리 노출시키지 않고 상징의 암시성을 더욱 효과적이게 한다. 그만큼 상징의 암시성을 높이는데 기여하고 있는 것이다. 이와 같은 상징에서 그 실제적 내용보다 더 중요한 것은 상징의 초월적 지향성이다. 상징은 마음이 순수 경험적인 것을 초월할 수 있는 유일한 길이다. 왜냐하면 정의는 말할 수 없는 요소를 배제하게 되는데 상징은 바로 그 요소에 힘입어 자신 및 다른 모든 담화를 초월하기 때문이다. 그 예로 L.K. 뒤프레는 십자가의 상징성을 들고 있다. 십자가를 두고 그리스도의 수난을 통한 하나님의 사랑의 표현이라고 정의하는 것은 십자가의 의미를 원래보다 훨씬 명확한 개념으로 전환시키는 것이기는 하지만 그와 동시에 그 과정을 통해 이 구체적인 상징의 고유한 초월성을 상징하는 것이기도 하다는 것이다.[16]

---

15) Philip Wheelwright, 「시, 신화 그리고 현실」, 『문학과 신화』(김병욱 외), 대림출판사, 1981, 138쪽.
16) L.K. 뒤프레(권수경 역), 앞의 책, 59쪽.
　　L. K. 뒤프레는 상징의 초월성과 관련하여 융(C.G. Jung)의 다음과 같은 견해를 제시해 놓고 있다.
　　「상징적 표현을 기지의 사물에 대한 유사적 혹은 생략적 표현으로 해석하는 견해

현대 문화 가운데 신화를 전적으로 인식하고 공공연하게 환영하는 유일한 분야는 예술, 특히 문학이다. 신화와 문학은 그 방식까지 동일한 것은 아니지만 초월적 노에마noema를 보게 해 주는 상징을 기반으로 하는 공통성을 지니고 있다.17) 일반적으로 문학이 언어 예술로 정의되는 것은 그 특수한 구조 속의 언어가 복잡한 의미의 여러 층위(niveaux)로 구성되어 있기 때문이다. 그만큼 문학의 언어는 일상어와는 분명히 구별되는 변별적 특징을 지니고 있다. 프라이N. Frye는 언어의 상징적 기능의 최종적 방향과 강조의 차이에서 문학 언어와 일상어를 구별하고 있다. 문학에서 사실과 진실의 문제는 언어 구조 그 자체를 산출하기 위한 기본적인 문학 목적에 부속되어 있다는 것이다. 상징의 기호적 가치는 상호 연결되어 있는 모티브 구조의 중요성에 종속되어 있기 때문에 문학 역시 이러한 종류의 자립적 언어 구조 속에서 존재할 수 있다는 것이다. 일반 언어가 교신의 한 형태인 것처럼 문학은 언어의 한 특수한 형태라는 것이다.18)

여기서 상징은 기호로써 어떤 다른 것을 대신하는 기능을 수행한다고 할 때, 이것은 문학에서 가장 함축적인 의미를 지닌 언어라고 할 수 있다. 운율이나 비유는 낱말과 낱말이 결합될 때 한하여 형성된다. 이에 반하여 상징은 독자적인 언어 구조 속에서도 함축적인 의미를 드러낸다. 이를테면 <내 마음은 호수>라는 은유에는 원관념(마음)과 보조관념(호수)이 함께 나타나 있다. 그러나 상징은 <십자가>나 <비둘기>에서 보듯 보조

___

는 모두 기호론적 해석이다. 상징적 표현을, 개념적으로 표상될 수 없고 따라서 보다 명료하게 혹은 독특하게 표상할 수 없는 상대적으로 알려지지 않은 것에 대한 최선의 공식화로 해석하는 개념은 상징적 해석이다.」

17) 위의 책, 60쪽.
「미학적 상징에서는 감각적인 형태로 묘사된 영적 의미의 무진장한 풍성함에 초월성이 있다. … 이에 반해 종교적 상징에서는 노에마가 영원히 우리가 접근할 수 없는 곳에 있으며 상징화 작용 자체가 형식과 내용 사이의 간격을 부각시킨다.」

18) N. Frye, *Anatomy of Criticism*(Princeton, New Jersey: Princeton University Press, 1957), p.74.

관념만 나타나 있을 뿐 원관념에 해당하는 '희생'이나 '평화'는 나타나 있지 않다. 이와 같이 은유가 두 관념 사이의 유사성과 상호 환기성을 근거로 한 대응 관계에서 성립한다면, 상징은 원관념이 배제된 보조 관념만으로 성립하고 있다. 이것은 비유나 이미지가 암시하고 환기하는 개념의 복합체로써 애매 모호한 다양성을 지니는 "확장되고 복합된 은유(expanded metaphor)"[19]라고 볼 수 있다. 따라서 상징은 은유에 의하여 형성된 이미지가 종착한 곳에서 "내적 상태의 외적 기호"[20]로써 새롭게 출발하는 문학적 장치에 해당된다.

이러한 상징의 원리는 신화가 지니고 있는 상징성에도 그대로 적용된다. 일반적으로 신화는 역사나 문학, 종교, 풍습 등에서 반복성과 동일성의 원리에 바탕을 둔 원형적 상징을 바탕으로 하고 있다. 대부분의 고등종교에 와서는 이것이 제의에서 유래하는 탐색신화(quest myth)가 되었는데, 구세주 신화가 유대교의 신탁 이야기의 골격이 된 것이 대표적인 예이다. N. 프라이는 이 문제와 관련하여 사계의 자연신화(nature-myth)를 바탕으로 한 원형적 심상(archetypal imagery)을 신화 비평의 원리로 제시하고 있다.[21] 이것은 굳이 신화비평가가 아니더라도 오늘날 문학 연구에 있어서 가장 보편화된 기본 원리로 원용되고 있다. 그만큼 상징은 일회적인 은유에 비해 영속적인 특징이 있다고 할 수 있다.

그럼에도 불구하고 신화의 상징성은 다른 상징과 마찬가지로 다의적이기 때문에 단일한 이성적 해석으로는 그 의미를 완전히 규명할 수 없다. 이것은 상징이 지니고 있는 반투명성(translucence)에 기인하는 것이다. 그 형상을 수행하는 목적은 다르지만 가장 보편화된 종교적 상징에도

---

19) 이 문제와 관련하여 C. Brooks는 『Understanding Poetry, p.556』에서 '상징'을 원관념이 생략된 형태의 비유로 설명하고 있다.
20) W.Y. Tindal, *The Literary Symbol*, Indiana University Press, 1955. p.5.
21) 이 부분에 관해서는 N. 프라이의 「문학의 원형」(앞의 책) 69~71쪽을 참고할 것.

예술적 표현에서처럼 미학적 실재와 같은 형상들이 도처에 산재해 있음을 볼 수 있다. 이 문제와 관련하여 엘리아데는 달이라는 상징이 시간성, 여성적 원리, 죽음, 부활 등을 동시에 드러내듯, 한 상징의 다양한 의미는 직접적인 경험의 차원에서는 서로 연속된 것이 아니라고 지적하고 있다. 또한 베르고테A. Vergote는 자연은 무한한 잠재적 의미를 갖고 있으며 그 어느 것도 상징이 될 수 있다고 전제하고, 이와 같은 상징적 의미의 무한한 다양성 속에 원형적 구조가 있는가 하는 것조차 의심스럽다고 주장하고 있다. 그만큼 상징은 구체성이 적으면 적을수록 그 상징적 의미는 풍성해진다.22) 이런 의미에서 한 신화가 지니고 있는 상징의 의미를 파악하는 것은 그 신화 연구의 밑바탕이 된다고 할 수 있다. 이 문제와 관련하여 다음 장에서는 지금까지 언급한 문학과 신화의 관계 양상을 중심으로 하여 「단군신화」를 분석해 보도록 하겠다.

Ⅲ. 「단군신화」의 서사구조와 상징체계

1. 「단군신화」의 서사구조

문학에서는 형태를 갖는 것이란 모두 신화적 형태를 가졌고 그것은 단어 배열의 중심부로 우리를 이끌어 가는 것이다.23) 그만큼 신화의 세계는

---

22) L.K. 뒤프레(권수경 역), 앞의 책, 62~63 쪽 참조.
「그리스의 신들은 적어도 우리가 호메로스(Homeros)나 헤시오도스(Hesiodos)의 글을 통해 알고 있는 한, 인간적 이상들로 인식되었다. 그 신들이 완전해지면 해질수록 종교적 상징으로서의 의미, 즉 무한한 초월을 드러내 주는 유일한 외양들로서의 의미는 상실되었다. 결국 그리스 신들은 유한한 형식, 즉 자신들의 미학적 잠재력에 완전히 포함될 수 있었기 때문에 죽어 버린 것이다.」(67~68쪽)
23) N. 프라이, 「신화 · 허구 · 변형」, 앞의 책, 97쪽.

서정적이라기 보다는 서사적이다. 서사시24)에는 명백히 신화시대적인 시의 감추어진 형태와 많은 위대한 시인들이 사용하는 백과사전적 형태들이 나타난다. 그리고 신화의 체계가 믿음과의 모든 연결을 잃을 때 이것은 고전주의적 신화가 기독교적인 서구 세계에서 그랬듯이 순수하게 문학적이 된다. 그러한 발전은 신화가 구조상 본래부터 문학적이지 않았다면 불가능했을 것이다. 이런 과정을 통하여 모든 문화에 있어 신화는 문학과 서서히 합병된다.25)

  사사문학의 발전 과정에 있어서 영웅시(heroic poem)는 신화의 바로 다음 단계에 놓인다고 할 수 있다. 이것은 신화에 비하여 문학적인 요소가 강하게 반영된 양식으로 볼 수 있다. 문학은 신화보다는 융통성이 있고 이 우주를 좀 더 완전히 채운다. 신화의 주인공이 신이라면 영웅시의 주인공은 영웅이다. 그 내용도 전자가 그리스 신화에서 보듯 계급의 분화가 이루어지지 않은 사회가 낳은 주문이나 신탁과 같이 거칠고 유치한 표현이었다면, 후자는 개인주의적 세계관과 인간적 갈등이 예술적 형상화를 통하여 구체적으로 제시되어 있다. 이것은 초기 집단적 창작물로 구비전승 되던 신화가 전쟁과 팽창의 시대를 거치면서 공동의 전통과 기법으로 결합된 시인 집단인 "시적 길드의 산물"26)로 창작되면서 세련된 양식으로 발전된 것으로 볼 수 있다. 따라서 신화에 기반을 둔 영웅시는 혈연 중

---

24) 이 때의 서사시는 서술 형태를 취한 산문 문학을 총칭하는 포괄적인 개념이다. 그 내용도 장중한 문체로 거창한 주제를 다루는 긴 이야기 시(narrative poem)로서 인류나 민족의 운명에 직결되어 있는 신이나 영웅의 모험담을 다루고 있다. 따라서 고대의 서사시는 시의 한 갈래로 분류되고 있는 현대의 서사시와는 대별되는 특징을 지니고 있다.
25) 이러한 예는 구약성서의 문학적 재구성이라고 할 수 있는 『실락원』만 보아도 자명하게 드러난다. 이것은 우주를 포함한 장대한 사건을 이야기의 형식으로 다루고 있다는 점에서 소설과 상당한 유사점을 발견할 수 있다.
26) A. 하우저(백낙청 역), 『문학과 예술의 사회사―고대 · 중세편』, 창작과 비평사, 1988. 74쪽.

심의 씨족사회에서 봉건왕조로 전이되는 영웅시대를 배경으로 생성[27]되었다고 추론할 수 있다.

「단군신화」는 이러한 역사적 전환기의 우리 민족의 삶의 총체성이 반영된 건국서사시이다. 고조선은 부족 단계이든 씨족 단계이든 군장君長이 등장한 시대이자 초기 국가가 형성되는 시기로서 강제력이 필요했다.[28] 이 과정에서 건국 신화는 "원래의 신화를 가져와서는 선주민의 신화를 보태고, 건국을 위한 투쟁과 승리의 역사를 나타내며, 국가의 질서 수립을 위한 이념을 표현한 과정"[29]을 거쳐서 형성된 것으로 볼 수 있다. 「단군신화」는 이와 같은 사회상을 반영하여 하늘과 땅의 교합과 분리로부터 단군, 즉 인조人祖의 탄생을 그리고 있다. 여기서 그 서사구조를 살펴보면 다음과 같다.

① 천제 환인(桓因)의 아들 가운데 환웅(桓雄)이 있었다.
② 환웅은 인간 세계에 뜻을 두고 갈망하다.
③ 환인이 환웅의 뜻을 알고 천부인(天符印) 세 개를 주어 세상을 다스리게 하다.
④ 환웅이 무리 3천 명을 거느리고 태백산(太白山) 신단수(神檀樹) 아래로 내려오다.
⑤ 신시(神市)를 베풀고 환웅천왕(桓雄天王)이 되다.
⑥ 인간의 삼 백 예순여 가지 일을 주관하여 인간 세계를 교화하다.
⑦ 곰과 호랑이가 인간이 되기를 원했으나 곰만이 금기를 지켜 웅

---

27) 위의 책, 72쪽.
「영웅시를 발생시킨 것은 무사귀족들의 명예심이었다. 영웅시의 첫째 목적은 무엇보다도 이 명예심을 만족시키는 일이었고 그 이외의 것은 감상자의 입장에서는 부차적인 의의밖에 없었다. 그리고 어떤 의미에서는 고대 그리스 로마의 예술은 모두 이러한 명예의 욕망, 동시대 및 후세의 사람들에 의하여 칭송을 받고 싶다는 욕구로부터 생겨난 것이다.」
28) 이이화, 『한국사 이야기 1』, 한길사, 1998, 144쪽.
29) 조동일, 『한국문학통사 1』, 지식산업사, 1993, 63쪽.

녀(熊女)가 되다.

⑧ 웅녀가 자식을 낳기를 원하므로 환웅이 인간으로 화하여 결혼을 하다.

⑨ 단군(檀君)을 낳다.

⑩ 단군이 왕위에 오르다.

⑪ 평양성에 도읍을 정하고 국호를 조선이라 칭하다.

⑫ 도읍을 아사달(阿斯達) 옮겨 1천 5백년간 나라를 다스리다.

⑬ 주나라 호왕(虎王)이 기자(箕子)를 조선왕에 봉하다.

⑭ 단군은 장당경(藏唐京)으로 옮기다.

⑮ 아사달(阿斯達)에 돌아와 산신(山神)이 되다.

이상의 15개의 화소를 작중인물을 중심으로 분류해 보면 크게 5단으로 구성되어 있음을 알 수 있다. Ⅰ환인(①~③), Ⅱ환웅(④~⑥), Ⅲ웅녀(⑦~⑨), Ⅳ단군(⑩~⑫), Ⅴ산신(⑬~⑮) 등의 인물이 그것이다. 이것은 시간적 순서에 따라 계기적으로 일어난 사건들이다. 그런데 Ⅰ부터 Ⅴ까지의 각 단계별 서사 구조를 살펴보면 독립된 장으로 볼 수 있다. 여기서 각 단계별 특성을 해명해 보면 다음과 같다.

Ⅰ은 천상의 세계로서 이곳에서의 모든 일은 환인에 의하여 주관된다. 환웅은 천상보다는 천하에 뜻을 두고 있는데, 이러한 사실 자체가 환웅에게는 모험이 아닐 수 없다. 그러나 환인의 도움으로 환웅의 꿈은 실현되며, 이와 동시에 하늘에서의 서사는 완결된다. Ⅱ는 지상의 세계로서 이곳에서의 모든 일은 천상의 신인 환웅에 의해 주관된다. 환웅은 천왕으로서 신시를 베풀고 인간의 세계를 다스려 교화하고 있다. 이로써 지상에서의 일차적인 목적은 완결된다. Ⅲ은 웅녀에 의하여 주도되고 있다. 원래 곰이었던 웅녀는 환웅에게 사람이 되기를 기원하며, 여인이 된 뒤에는 아이를 갖기를 축원하고 있다. 이 과정에서 환웅이 인간화하여 아이를 잉태시키지만 웅녀가 보다 능동적인 위치에 서 있음을 볼 수 있다. 그러한 결

과 웅녀의 꿈은 단군을 낳음으로써 완성된다. IV는 단군에 의하여 주도되고 있다. 단군은 부계가 천상의 신이고 모계는 지상의 짐승이지만 탯줄만이 그러할 뿐 그들과 절연된 인간이다. 인간으로서 단군은 도읍을 정하고 나라를 세워 1천 5백년간 다스림으로써 임금으로서의 통치는 완성된다. V는 단군이 인간에서 산신으로 이행되는 과정에 초점이 맞추어져 있다. 단군이 주나라 호왕에 쫓기어 장당경으로 옮기는 과정이 인간으로서의 수난이라면, 후에 아사달로 돌아와 산신이 되는 것은 또 하나의 서사적 완성이라고 할 수 있다. 이런 의미에서 Ⅰ에서부터 V까지 각 단계는 독립된 서사구조를 구성되었다고 할 수 있다.

그럼에도 불구하고 각 단계는 완전한 해결의 장을 마련하고 있지는 않다. 그만큼 환인·환웅·웅녀·단군 등 각 단계별로 주동인물이 맡고 있는 역할이나 기능은 한정적이다. 「단군신화」의 일차적인 주제어는 '인간 세계를 널리 이롭게 하는 것(弘益人間)'이다. 이것은 환웅의 꿈이기도 하지만 환인의 꿈이기도 하다. 이것을 환인은 환웅을 통하여, 환웅은 웅녀를 통하여, 웅녀는 단군을 통하여 각각 실현하고자 한다. 이 과정에서 「단군신화」는 천손강림신화와 연관된 하강구조를 취하게 된다. 그도 그럴 것이 인간 세계를 구원하는 것은 인간에 의하여 이루어질 수밖에 없기 때문이다. 그러나 환인·환웅·웅녀 등은 인간 세계를 갈망하지만 진정한 의미에서 인간은 될 수 없다. 또한 이들이 거주하고 있는 공간도 천상, 신시, 동굴(신단수) 등의 범위에 한정되어 있어서 인간 세계와는 거리가 멀다. 이 과정에서 Ⅰ에서 V까지 각 단계는 앞 단계의 후일담 형식을 취하게 된다. 따라서 다섯은 독립적인 성격을 지닌 개별적인 이야기인 동시에 상호 밀접하게 연관되어 있는 종속적 구조가 된다.

환인에서 비롯된 홍익인간의 꿈은 마침내 단군에 의하여 실현된다. 그러나 단군은 왕검이지 신은 아니라는 점에서 인간으로서의 한계성을 드러내고 있다. 이런 사실은 환웅의 신이성과 비교해 보면 보다 명확해 진다. 죠셉 캠벨Joseph Campbell에 의하면 동서양의 신화에 나타난 모험의 과정은 「분리-입문-회귀」의 통과의식의 형태[30]로 나타나는데, 환웅의 삶의 궤적은 이와 같은 원질신화(monomy)의 구조와 일치한다. 환웅은 분리 단계에서 하늘에서 지상으로 하강하고 있다. 이것은 환웅이 천상의 신의 아들이라는 점에서 보면 일상의 세계(하늘)로부터 경이의 세계(지상)로 나아가는 것을 의미한다. 통과 단계에서는 '신시를 베풀고(謂之神市)' '세상을 교화하며(在世理化)' '곰을 사람으로 변화시키며(熊得女身)' '인간으로 화하여 아들을 낳는(假化而婚之 孕生子)' 결정적인 힘과 승리를 보여주고 있다. 이 과정에서 복귀 단계는 나타나 있지 않다. 그러나 그렇다고 하여 지상에서의 모든 모험의 과정을 끝낸 환웅이 지상 세계에 더 이상 머물 일은 없다. 그런 점에서 하늘로의 복귀는 당연한 귀결이라고 할 수 있다.

이에 비하여 단군은 희극적 비전과 비극적 비전[31]을 동시에 보여주고 있다. IV에서 왕검王儉으로서 단군은 도읍을 정하고 나라를 개국하게 된다. 『설문해자』에 의하면 왕검이란 제정일치 시대에 있어서 하늘과 땅과 사람을 하나로 연결하는 지상에서 신성한 존재임을 의미한다.[32] 이것은 소망을 실현하는 영웅으로서 희극적 비전이다. 그러나 V에서 단군은 주나라 호왕이 기자를 조선의 왕에 봉하자 장당경으로 옮겨가고 있다. 이와 같이 숲 속이나 외딴 오두막에 격리되는 것은 죽음에 해당되는 시련이다.

---

30) J. 캠벨(이윤기 역), 『천의 얼굴을 가진 영웅』, 민음사, 2000, 44쪽.
31) N. 프라이, 「문학의 원형」, 앞의 책, 73쪽.
「희극적 비전에서 <인간>의 세계는 공동체이다. 또는 독자의 소망 실현을 표현하는 영웅이다. 심포지움, 영교, 질서, 우정, 사랑의 이미지의 원형. 비극적 비전에서 인간의 세계는 전제, 또는 무정부이며 또는 한 개인, 소외된 인간, 부하에게 등 돌린 지도자, 로맨스에서 심술궂은 개인, 버림받은 또는 배반당한 영웅이다.」
32) 董仲舒曰 古之造文者 三劃而連其中謂之王 三者 天地人也 而參通之者王也 孔子曰 一貫三爲王.

이 때의 단군은 신성성이 거세된 버림받고 배반당한 영웅으로서 비극적 비전에 해당된다. 이것은 쉬로더Maurice Z. Shroder가 주인공의 삶이 <희망찬 소박성>에서 <절망감에 찬 예지>로의 이행하는 과정의 특성과 관련하여 제시한 「환멸의 구조」(the pattern of disillusionment)에 해당된다.[33] 그러나 단군은 후에 돌아와 아사달에 숨어서 산신이 됨(後還隱於阿斯達, 爲山神.)으로써 종교신화학에서 말하는 "역의 합일"[34]을 이루고 있다. 인간에서 신으로 변환되고 있는 것이다. 이런 의미에서 V에서의 「환멸의 구조」는 보다 큰 전기를 마련하기 위한 통과 제의에 해당된다고 할 수 있다.

그럼에도 불구하고 인간에서 신으로의 직접적인 전환은 불가능하다. 단군이 '1908년를 살았다(壽一千九百八歲)'고는 하지만 초자연적인 영역에서 보면 이것은 단순한 물리적인 시간에 불과하다. 인간은 시간적으로나 공간적으로 한계성을 지닌 존재이다. 이런 인간이 신이 되기 위해서는 물리적 경험으로는 접근할 수 없는 실제의 구조를 드러내는 '주술적 비행'이나 천체 여행과 관련된 많은 상징을 필요로 한다. 여기서 '주술적 비행'은 몸의 중량이 사라지고 인간 존재 자체에서 존재론적인 변화가 일어난다는 사실을 보여준다.[35] 이 과정에서 필연적으로 제기되는 것이 '죽음'이다. 이것은 이승에서 저승으로 옮겨가는 과정이라는 점에서 현생과 내생을 동시에 포용하고 있다. 그러면서도 이것은 그 단절을 표상하고 있는데, 그것은 명백히 이중의 지향성을 지닌다. 단군도 이와 같은 '비행'을 통하여 인간으로서의 시간과 공간의 한계성을 극복하고 초월과 자유를

---

33) Maurice Z. Shroder, "The novel as a genre", *The theory of the novel*, ed. by Philip Stevick, p.14.
34) M. 엘리아데(박규태 역), 『상징 · 신성 · 예술』, 서광사, 1991, 35쪽.
　　「여기서 역의 합일은 궁극적 실재, 즉 절대자 또는 신격의 존재 양식을 말한다. 그런데 종교적 이미지나 상징이야말로 이와 같은 존재 양식을 가장 잘 표현해 준다.」
35) 위의 책, 33쪽.

동시에 얻게 되는 것이다.

그런데 단군은 인간에서 신으로 전이되지만 환인이나 환웅과는 다른 '산신'이 되고 있음을 유의해 볼 필요가 있다. 여기서 산신은 신이란 범주에서는 동일하지만 천상의 신은 아니다. 이것은 모든 자연계와 인간사를 주관했던 환웅과 비교해 볼 때 신으로서의 권능의 한계점을 지닐 수밖에 없음을 의미한다. 단군은 처음부터 인간의 아들로 태어났기 때문에 전지전능한 천상의 신은 될 수 없는 것이다. 이 문제와 관련하여 엘리아데는 여러 전통에서는 우주는 그 정상이 천상에 닿아 있는 산의 형상을 하고 있다고 보았다. 산의 정상에서 천상과 지상이 재결합된다고 믿어 그곳을 '세계의 중심'으로 인식했다는 것이다. 심지어 우주론에 대한 전승에는 '중심'에서 창조가 방출되었다는 표현이 나오기도 한다는 것이다.36)

「단군신화」는 이런 산의 상징성과 밀접하게 연관되어있다. 산은 「단군신화」의 실체를 지배하는 가장 구체적인 공간이다. 그것은 단군이 태어나고 나라를 다스렸던 실재하는 공간이자 죽어서는 신이 된 신화적인 공간이다. 평양성에 도읍을 정했던 단군이 아사달로 다시 천도하는 행위도 이러한 사실과 무관하지 않다. 물리적인 관점에서 보면, 이것은 '펀펀한 땅덩이'인 넓은 지역에서 산간 협곡으로 이행했다는 점에서 협소한 공간으로의 퇴행을 의미한다. 그러나 신화적 상징 체계에서는 그 반대이다. 그것은 성스러운 공간을 통해 다른 세계, 즉 신적 존재나 조상의 세계와 교통할 수 있다는 점에서 초월적인 존재를 향한 열린 공간을 표상하기 때문이다. 이런 의미에서 단군이 산신이 되었다는 사실은 제정일치 시대의 왕의 역할이 그대로 옮겨간 인격신으로서의 '천상과 지상의 연결점'을 뜻한다고 볼 수 있다.

여기서 「단군신화」는 환인이나 환웅으로 대표되는 신과 단군으로 대

---

36) 위의 책, 197~198쪽.

표되는 인간, 즉 천상과 천하 두 세계의 결합으로 이루어졌다고 할 수 있다. 전반부가 신이나 신적 존재에 대한 신화라고 한다면, 후반부는 초자연적인 인물을 중심으로 한 영웅시에 해당된다. 이 과정에서 「단군신화」의 상당한 부분은 환웅에 초점이 맞추어져 있다. 이것은 정치적인 측면에서 "인간과 자연의 관계만 문제되던 단계에서는 환인만 섬기면 그만이었지만, 청동기시대에 이르러서 건국사업이 시작되자 다시 환웅을 설정할 필요"[37]가 중대한 결과라고 볼 수 있다. 그러나 「단군신화」에서 환웅이 차지하는 비중에도 불구하고 실제의 주인공은 단군이다. 그것은 인간 세계의 실제적인 통치자는 단군이며, 통치과정에서 신화의 필요성을 절감한 것도 그였기 때문이다. 여기서 영웅시를 탄생시킨 것이 무사계급의 명예심이었듯, 강력한 신성화를 필요로 했던 단군 왕조는 환인·환웅 등으로 대표되는 천상의 신화와 웅녀로 대표되는 샤머니즘의 결합을 통하여 탄생의 신이성을 강조하는 건국서사시로 형상화했다고 볼 수 있다.

2. 단군신화의 상징체계

「단군신화」는 우리 민족의 국가 성립의 역사적 상황을 반영하고 있다. 이 신화 자체는 역사일 수 없다. 그러나 조선과 단군은 민족사의 출발점으로서 우리 역사의 유구성과 독자성을 시사하고 있으며 또 우리 역사의 여명을 짐작케 한다. 이것은 농업을 생계 수단으로 삼는 북쪽에서 온 이주 집단과 사냥과 어로를 생업으로 삼는 선주민 집단이 유대를 맺고 새로운 정치세력으로 등장했다는 해석을 가능케 해준다. 그래서 오늘날 과학적 역사를 추구하면서도 「단군신화」에 일정한 의미를 부여하고 있다.

---

37) 조동일, 앞의 책, 지식산업사, 1993, 68쪽.

고조선은 그 발전단계로 보아 "청동기시대에 고대국가를 형성했다고 보고 있으나 신석기시대 말기부터 나라의 골간을 차츰 갖추어나갔으리라는 근거"38)도 여기에서 찾고 있다. 이런 면에서 「단군신화」는 허구적인 이야기가 아니라 "진실을 묘사해 주는 거짓된 이야기"39)라고 할 수 있다. 이것은 서사문학의 형식을 빌어 우리 민족의 원초적인 세계관과 여명기의 역사를 상징적으로 반영해 놓고 있는 것이다.

「단군신화」의 상징 구조는 앞장에서 살펴본 서사구조와 마찬가지로 여러 층위로 이루어져 있다. 그 중에서도 환인과 환웅의 관계는 <昔有桓因(謂帝釋也)庶子桓雄>라고 하여 '서자'로 표현되어 있다. 이 문제와 관련하여 고대의 모계적 계승의 반영이라는 견해40), 말자상속末子相續의 잔영이라는 의견41), 원초부성제거原初父性除去의 의미라는 설42), 반역적인 인간이라는 주장43) 등 다양한 견해가 제시되었다. 그런데 이들의 주장은 환웅이 지상으로 하강하는 과정을 지나치게 작위적으로 해석한 느낌이 없지 않다. 환웅이 지상으로 내려오는 이유는 먼저 <貪求人世>이라는 구절에서 보듯 인간 세계를 구하고자 하는 환웅의 확고한 의지의 소산이라는 점이다. 다음은 하강 과정이 환인의 절대적인 도움 아래서 이루어지고 있는 것으로 보아 부자간의 갈등 양상은 전혀 드러나지 않는다는 점이다. 이런 의미에서 환웅의 하강은 부자간의 혈연보다는 하늘과 땅으로 대표되는 지배 영역의 분리를 의미하는 것으로 보아야 한다. 김상일에 의하면, 이것은 기원전 2000년을 전후하여 인간의 자의식을 체험한 곳에서 일어나게 되는 육체적 아버지와 정신적 아버지라는 이중성 때문이다. 이런

---

38) 이이화, 『한국사 이야기 1』, 한길사, 1998, 151쪽.
39) M.엘리아데(박규태 역), 앞의 책, 78쪽.
40) 김정학, 「단군신화와 토테미즘」, 『역사학보』7집, 1954, 286~288쪽.
41) 김택규, 『한국민속문예론』, 일지사, 1980, 72쪽.
42) 이병윤, 「단군신화의 정신분석(상)」, 『사상계』11권 12호, 1963, 261쪽.
43) 황패강, 『한국서사문학연구』, 단대출판부, 1982, 116쪽.

이중현상 때문에 마음과 몸, 정신과 육체라는 이원론이 철학사에 끼어 들게 된다고 보고 있다. 정신적 세계에서 육체적 세계로 옮기는 현상을 신화에서는 하늘 아들이 땅으로 강림했다는 표현으로 나타난다는 것이다.44)

우리 역사에서 환웅은 태양시기를 상징하는 대표적인 인물로 볼 수 있다. 인류의 역사에서 이성적 자아가 등장한 시기는 기원전 2000년 전으로 이를 상징적 표현으로 '태양시기(the solar age)'라고 한다. 그래서 모든 신화는 해를 곧 의식의 등장과 일치시킨다. 신석기 농경시대에 먼동이 터 청동기시대와 함께 해가 뜨기 시작했다는 것이다. 그런데 이러한 비카오스적인 합리적 자아의식은 밝음-태양-이성 같은 상징체계로 남성적인 것과 일치하고 있다. 이와 같은 남성신이 내려오는 때를 '에누마 엘리쉬 Enuma Ellish'라고 하는데, 이들은 전세계 도처에서 기원전 2000년경에 모두 하늘에서 내려오는 특징을 지니고 있다.45) 이 문제와 관련하여 최남선은 <불함문화론(不咸文化論)>에서 한자어 '不咸'이란 '밝'의 음차로 보고 있다. 이 때 '밝'이란 태양을 의미하는 것으로 한자로 전이될 때는 '白', '朴', '不咸' '發' '弗九內' 등으로 표기된다는 것이다. 이것은 '밝문화' 또는 '不咸文化'로서 그 순수한 모습을 간직한 곳이 조선으로 우리 문화의 가장 큰 특질 가운데 하나로 보았다.46)

이와 같은 태양시기를 대표하는 환웅은 인간들의 삶에 가장 큰 변혁을 불러일으킨 인물이다. 문명사의 발달 단계에서 간변間變과 층변層變이 있다47)고 할 때, 환웅은 우리 역사를 통하여 제일 먼저 층변層變을 단행하고

---

44) 김상일, 『카오스와 문명』, 동아출판사, 1995, 248쪽.
　　「쉬운 예를 든다면 예수의 경우에는 아버지가 둘이다. 마리아가 성령으로 예수를 잉태했다고 할 때 마리아는 정신적 남편인 신이 있었고, 다른 한편으로는 인간세계에서 정혼한 요셉이라는 육신적 남편이 있었다. 이때 예수는 어느 한쪽의 아버지 쪽에서 볼 때 다른 쪽에서는 적자가 아닌 서자가 된다.」
45) 김상일, 앞의 책, 226~228쪽.
46) 최남선, 「불함문화론」, 『최남선전집 2』, 현암사, 1975 참고.

있는 것이다. 풍백風伯 · 우사雨師 · 운사雲師를 거느리고 모든 인간의 360 여가지 일을 주관했다는 사실은 신과 교류할 수 있는 주술사였다는 것을 의미한다. 자연과 초자연을 구분하는 한계가 없었던 원시인들에게 주술 사는 "신이 인간으로 화신化身했다"[48]고 믿어지는 절대적인 존재에 해당 된다. 그런 만큼 주술은 신과 교류하기 위한 제의를 필요로 한다. 이것은 "과거에다 묶어두려는 경향이 있는 인간의 끈임 없는 환상에 대응하여 인 간의 정신을 향상시키는 데 필요한 상징을 공급"[49]하기 때문이다. 이 문 제와 관련하여 환웅은 제의를 처음으로 제정한 인물로 볼 수 있다. 이 때 제의의 구성 형식은 규범성[50]을 지니게 된다. 이와 더불어 제의의 상징성 은 "기원의 신화들을 탄생시키고 그 신화들은 제의를 수반"[51]하게 된다.

「단군신화」에서 환인과 환웅의 관계도 제의적 관계로 볼 수 있다. 환인 은 실체가 아닌 영적 존재이다. 인간사에 대하여 어떠한 영향도 미치지 않을 뿐만 아니라 미칠 수도 없는 "감추어진 신(deus-otiosus)"[52]이다. 환 인은 이와 같은 제의의 특성과 관련하여 다음의 두 가지 측면에서 환웅에 의해 절대의 신으로 투사된 '정신적 아버지'로 볼 수 있다. 첫째는 원시의 샤머니즘 세계에서 씨족과 지역에 따라 다양하고 무질서하게 섬겨져 왔 던 천신天神들이 환웅에 의하여 유일신인 환인으로 구체화되었음을 의미

---

47) E. Becker, *The Denial of Death*, New York : Free Press, 1973, p. 150.
　　E. Becker는 문명사의 발달 단계를 건물에 비유하여 하나의 층이 다른 층으로 변하 는 것과 같은 카다란 변화를 층변이라고 한다면, 같은 층 안에 있는 방에서 방으로 옮기는 작은 변화를 간변이라고 한다.
48) J. G. 프레이저(김상일 역), 『황금의 가지(상)』, 을유문화사, 1997, 35쪽.
49) J. 캠벨(이윤기 역), 앞의 책, 23쪽.
50) 『순자』(최대림 역), 홍신문화사, 1993, 267쪽.
　　「제의는 지나치게 긴 것을 줄이고 지나치게 짧은 것을 늘이며, 과다한 것을 덜어주 고 과소한 것을 늘이며, 사랑과 공경의 아름다움을 표현하고 의로운 행동의 고상함 을 함양해 준다.」
51) L.K. 뒤프레(서광사), 앞의 책, 79쪽.
52) M. 엘리아데 (이은봉 역), 앞의 책, 113쪽.

하는 것이고, 둘째는 새로운 사건인 동시에 기초로 돌아가는 제의의 특성과 결부하여 환웅 역시 신의 아들로 다시 태어났음을 의미하는 것이다. 이런 과정을 통해 환웅은 원시인에게 주술사가 아닌 완전한 신으로 전이되는 것이다. 그런데 주술이 "모든 시대 많은 민족들에 의해서 종교와 혼동"[53]하여 나타나고 있듯이, 환웅의 초자연적인 능력은 당시 우리 민족에게는 단순한 주술에 그치지 않고 종교의 차원으로 승화되었고 볼 수 있다. 환웅이 단순한 주술사가 아닌 신격인 '천왕天王'으로 불려지는 이유도 여기에 있는 것으로 추측할 수 있다.

주술사로서 환웅은 "민중으로부터 받는 신뢰와 민중을 제압하는 위험의 힘에 의해서, 맹신적 대중을 대상으로 하는 지상권을 확보"[54]하게 된다. 그 주술에는 원시인들에게 가장 절박한 의·식·주 문제의 해결을 위해 위대한 자연의 힘을 지배하려는 기도가 역력히 나타나 있기 때문이다. 그런데 이것은 인간으로 하여금 자연과의 일체성을 되살리면서도 그와 동시에 문화의 건설을 위해 필요한 거리를 유지할 수 있게 해준다. 특히 농경사회의 시작과 더불어 주술사로서의 환웅의 역할은 더욱 중대되었다고 할 수 있다. 이것은 남성적인 것을 대변하고 있다는 점에서 부계사회를 열게 되는 시발점이 되며, 수렵경제 체제를 마감하고 인간이 직접적인 생산에 참여하는 농경사회로의 전환을 의미한다. 이런 의미에서 환웅은 "원초적인 태고시대에 있어서 곡물재배민에게 천상의 곡물을 옮겨다 준 문화영웅"[55]이자 우리 민족의 초기 국가 형성에 있어서 신화와 제의를 통하여 사회적 통합의 원리를 제시한 절대신으로 자리잡게 되는 것이다.

「단군신화」의 웅녀도 환웅 못지 않게 '층변'을 단행한 인물이다. '신석기'→ '모계'→ '땅'→ '딸' 같은 것이 남성원리에 대칭 되는 여성원리적 상징

---

53) 위의 책, 89쪽.
54) J. G. 프레이저(김상일 역), 『황금의 가지(상)』, 을유문화사, 1997, 124쪽.
55) 황패강, 앞의 책, 116쪽.

이라고 할 때, 웅녀는 이러한 상징의 세계를 대표하는 인물이다. 이 상징들은 모두 알카오스와 관계되는 상징들이다. 여성원리를 대표하는 문화목록어는 '감(곰)'이라고 할 수 있으며, 이는 '밝'과 대칭된다.[56] 따라서 웅녀의 전신이 '곰'으로 설정되어 있는 것은 당시 한반도에 살던 토착민의 '곰' 숭배 신앙과 밀접한 연관이 있다. 고고학적인 측면에서 우리 민족의 기층 문화는 고아세아족과 일치한다[57]고 할 때, 웅녀는 곰을 수호신 내지는 수렵신으로 삼고 수렵생활을 하던 이들의 신앙 체계의 반영이라고 할 수 있다. 따라서 이들은 곰을 초자연적인 주술의 세계를 상징하는 인격을 지닌 자신의 선조이자 신격을 지닌 산신령으로 인식하고 있었던 것이다.[58]

그러나 경제활동이 수렵생활에서 농경사회로 변모해 갈수록 이들의 신앙 체계도 변환해 갔다. 특히 이성적 자아가 모든 생활 양식을 지배하기 시작한 '태양시기'에 이르러, 자연을 보는 인간의 시각도 달라지지 않을 수 없었다. 굴살이를 하던 곰이 인격적 전환을 이룩하는 것이 그 대표적인 예이다. 이것은 신이 인간으로 전환되는 동시에 짐승이 인간으로 된다는 이중의 상징적인 의미를 지닌다. 이러한 전환은 환웅의 도움에 의하여 이루어지지만, 그 못지 않게 인간이 되기 위한 곰의 행위 또한 능동적이다. 곰은 환웅에게 사람이 되어지기를 원(願化爲人)할 뿐만 아니라 쑥한 줌과 마늘 20개로 백일동안 햇빛을 보지 않(不見日光百日)는 목숨을 건 금기와 금욕을 단행한다. 이 과정에서 신적인 인물은 두 가지 금기 사항 — 땅과 접촉하지 말 것, 태양을 보지 말 것 — 을 지켜야 한다. 각 부족

---

56) 김상일, 앞의 책, 233쪽.
57) 김정배, 『한국민족 문화의 기원』, 고대출판부, 1974, 172~178쪽.
58) J. G. 프레이저(김상일 역), 『황금의 가지(하)』, 을유문화사, 1996, 162쪽.
　　「그들(아이누─필자)은 곰에 의해서 자식을 낳았다는 여자의 전설을 가지고 있다. … 그와 같은 사람들은 곰의 후예로 통하고 있으며, 그것을 자랑으로 여기고 있는 것이다. "나로 말할 것 같으면 산신령의 자식이외다. 산을 지배하고 계시는 신령님의 후손이란 말씀이오."한다. 여기서 산신령이란 곰을 가리키고 있다.」

에 따라 그 형태가 다르게 나타나기는 하지만, 이것을 위해 월경을 시작한 소녀를 일정한 공간에 유폐시키는 공통점을 보이고 있다.[59] 소녀는 금기의 과정을 통하여 처녀의 몸으로 다시 태어난다. 비로소 완벽한 의미의 인간이 되는 것이다. 헤겔에 의하면 이와 같은 속죄적 희생은 "극복된 분리에 대한 의식(das Bewusztsein der aufgehobenen Trennung)을 자신에게 부여하는 것"[60]을 의미하는 데, 「단군신화」에서 곰도 죽음을 상징하는 제의의 과정을 거쳐 짐승에서 인간으로서 다시 태어나고 있는 것이다.

고등학교 문학 교과서에서는 웅녀의 제의적 특성과 관련하여 환웅을 중심으로 한 이주민의 우월 의식과, 이 과정에서의 웅녀의 시련은 후대 문학에서의 여성 수난의 원형이 되는 것으로 풀이하고 있다.[61] 태양시기의 특징이 남성신의 태모살해에 얽힌 이야기[62]로 이루어져 있다는 점과 우리 역사에서 고조선이 바로 이러한 시기에 해당된다는 점을 고려할 때 이러한 해석은 설득력을 지닌다. 그럼에도 불구하고 웅녀는 제의를 통하여 사람으로서의 층변을 단행하고 있다는 점에서 그 시련은 종교적 통과제의로 볼 필요가 있다. 그만큼 인간으로서의 웅녀의 행위는 적극성을 띠고 있다. 혼인할 사람을 얻기 위해 날마다 신단수 아래서 축원하는 행위가 그것이다. 그리고 신적 존재인 환웅의 마음을 움직여 마침내 아들을 얻고 있다. 말하자면, 웅녀는 환웅의 도움에 의하여 여자의 몸을 얻자마자 환웅을 인간화하는 데 주체적 역할을 하고 있는 것이다. 일종의 역할의 전도현상이 일어나고 있는 것이다. 이런 사실은 예수탄생신화에서의 마리아의 역할과 비교해 보면 자명해 진다. "예수탄생설화에서 마리아는 자기부정을 체험하지 않은 인간으로서 신인 성령에 대해 종속적인 관계"

---

59)『황금의 가지(하)』, 268~286쪽.
60) L.K. 뒤프레, 앞의 책, 99쪽.
61) 김윤식 · 김종철, 『문학(상)』, 한샘출판(주), 1997, 108쪽.
62) 김상일, 앞의 책, 230쪽.

에 놓여있다면, 「단군신화」에서 인간으로 층변을 단행한 환웅과 웅녀는 "남성과 여성으로서 대등관계"를 이루고 있는 것이다.63)

이와 같은 웅녀(곰, 고마)는 우리 민족의 정신적 실체를 지배하는 문화의 기층에 자리잡게 된다. 인간으로 층변을 단행한 것도 '곰'이기 때문에 가능한 것이다. 그만큼 다른 동물, 이를테면 같이 굴살이를 했던 호랑이와는 견줄 수 없는 신성성을 지닌다. 이 때의 곰의 근본 바탕은 '곰(神)'으로 "감−캄−삼"을 거쳐 "삶과 죽음을 모두 이해한 사람"인 샤먼shaman이 된다.64) 이것은 수렵시대의 원시인에게 있어서 곰은 영혼의 상징물이자 조상신이었음을 뜻한다. 그것이 농경사회로 발전함에 따라 인간이면서 또한 그 초월자인 샤먼을 거쳐 땅과 물을 다스리는 신으로 그 뜻이 바뀐 것으로 볼 수 있다. 여기서 곰(고마)은 『신증유합』의 '고마敬' '고마虔' '고마欽' 등의 풀이에서 보듯 경건하게 숭배해야 할 대상으로 새겨지고 있다. 이 문제와 관련하여 정호완은 곰(고마)의 소리가 약해진 것이 '옴(오마)−옴마 · 오매 · 오메' 등으로 이어지는데, 오늘날의 '어머니'의 원형도 곰(고마)신에서 유래된 것으로 보고 있다.65) 이런 의미에서 웅녀는 환웅이 제시한 주술의 원리를 가장 먼저 체득한 최초의 인간으로 태양신과 대비되는 지모신으로 자리잡게 되는 것이다.

단군은 서로 다른 환인과 웅녀의 신앙 체계를 사실상 하나로 통합하는 인물이다. 환웅으로 대표되는 태양신이나 웅녀로 대표되는 지모신은 그 나름대로 신성성을 지니고 있다. 그러나 하늘과 땅으로 분리되어 있다는 점에서 한계성을 지닌다. 특히 생명 창조의 문제와 관련해서는 더욱 그렇다.

---

63) 나경수, 『한국의 신화연구』, 교문사, 1993, 159쪽.
64) 김상일, 앞의 책, 134쪽.
65) 정호완, 『우리말의 상상력 2』, 정신세계사, 1996, 216~217쪽.
   이와 같은 '곰'의 낱말겨레에 관한 사항은 위의 책 「곰신앙과 땅이름」에 구체적으로 제시되어 있다.

신화   225

태초의 절대신에게는 배우자가 필요 없었지만 인격신으로 변모하면서부터 그 배우자의 설정은 필연적이다. 여기서 우주 발생적 유출(Emanations)의 첫 번째 결과는 이승적 단계의 공간을 구성하는 것이고, 두 번째 단계는 이들 속에서 생명이 지어졌다는 것이다. 즉 생명은 남성과 여성이라는 이원적 형태 아래 자가 생산을 위해 양극화했다는 것이다.66)「단군신화」에 이와 같은 우주 발생적 유출이 명확하게 적용되지는 않지만, 넓은 의미에서 환웅과 웅녀의 관계가 첫 번째 단계라면 단군의 탄생을 두 번째 단계라고 할 수 있다. 이 전과정은 임신과 출산이라는 성적인 용어로 나타난다. 단군의 출생은 하늘과 땅의 결합에 의한 생명 탄생의 구체적인 예로「단군신화」의 형이상학적 족보를 형성하게 되는 것이다.

이와 같은 탄생의 과정을 거친 단군은 '아사달阿斯達'에 '조선朝鮮'을 세우고 '왕검王儉'이 된다. 이들 낱말은 순수 우리말을 한자로 표기한 것으로 당시의 문화적 특성을 반영하고 있다. 그만큼 단군신화의 의미의 핵을 이루고 있는 낱말로 그 어원 및 상징성에 대한 많은 가설이 제기되어 있다. 그 중에서도 아사달은 ①아침 ②궁전이 있는 산 ③대읍大邑・모읍母邑・왕읍王邑 ④쇠산金山 등으로 해석되고 있다. 또한 조선은 ①선비 산의 동쪽 나라 ②첫 새벽 ③해가 뜨는 곳 등으로 풀이하고 있다.67) 그런데 이러한 다양한 해석에도 불구하고 아사달이나 조선은 '하늘' 내지는 '해'와 관련이 있는 것으로 볼 수 있다. 이런 사실은 '단군왕검'이란 칭호에 보다 구체적으로 나타난다. 이 때의 단군왕검은 단군과 왕검의 합성어이다. 이 가운데 단군은 오늘날에도 무당을 '단골(당골/당골레)'라고 지칭하는 사실만을 보아도 알 수 있듯, 제사장을 뜻하는 것으로 볼 수 있다. 그리고 왕검은 '님금(임금)'을 뜻하는 것으로 태양신의 '니마'와 태음신의 '고마'의

---

66) J. 캠벨(이윤기 역), 앞의 책, 348쪽.
67) 정호완, 앞의 책, 140~156쪽.

합성어이다. 따라서 태양신 '니마(님>임)'와 태음신 '고마(곰)'에 제사지
냈던 부족의 대표가 단군왕검이었다고 볼 수 있다.[68]

이와 같은 신화는 특정 집단에게는 내적 변증법을 거치면서 종교적 교
의가 된다. 또 한편으로는 민중 속으로 파고들어 민속 내지 민속신앙의
원형이 된다. 단군신화 역시 마찬가지이다. 전자와 관련하여「단군신화」
는『규원사화(揆園史話)』,『천부경(天符經)』,『삼일신고(三一神誥)』등을
통하여 민족 종교인 대종교의 교리와 "한철학"[69]으로 발전하고 있다. 그
런데 이것은 종교적 교의(dogma)라는 점에서 특정 집단에 한정된다. 이에
반하여 민중 속에 파고든 신화는 민간 신앙의 형태로 폭넓게 자리잡게 된
다. 그리고 이것은 그 시대의 문화 양상과 교류하면서 풍속이나 정신 세
계를 총체적으로 지배하는 논리가 된다. 이 문제와 관련하여「단군신화」
는 하늘·땅·사람, 즉 세 주체가 신화의 핵심에 놓여있다. 이것은 표면
적으로 보면 종속적 구조의 형태를 하고 있지만, 그 주종의 관계보다는
화합과 결합의 문제에 초점을 맞추고 있다.「단군신화」에 다섯 번씩이나
되풀이되고 있는 삼三이란 숫자가 이를 증명하고 있다. 이것은 삼신 할머
니, 삼칠일, 삼일장 등에서 보듯, 우리 전통 생활의 기본적인 숫자 개념이
된다. 그 중에서도 단군은 하늘과 땅의 합일에 의한 존재로서「단군신화」
는 인간 중심의 현세주의를 지향하고 있다.『천부경』에서는 이것을 '사람
이 하늘과 땅의 중심(人中天地)'라는 함축적인 말로 표현해 놓고 있다. 더
나아가 동학의 '사람이 곧 하늘이다(人乃天)'라는 사상도 이에 다름이 아
닐 것이다. 이런 의미에서「단군신화」는 우리 겨레의 하늘·땅·사람의
합일사상과, 그에 따른 인본주의 사상을 상징적으로 보여주고 있는 정신
사의 원형이라고 할 수 있다.

---

68) 정호완,『우리말의 상상력 1』, 정신세계사, 1996, 41~42쪽.
69) 이에 대한 구체적인 내용은 김상일의『한철학』(온누리, 1995)에 상세하게 기술되
    어 있다.

Ⅳ. 맺음말

한국 문학의 민족적 성격이나 특질을 강조하기 위해서는 그 정체성正
體性의 확립이 전제되어야 한다. 그것이 충실히 이행될 때 민족의 미래나
역사적 과제가 설정되고, 문학 역시 그것의 실현에 중요한 일원이 될 수
있기 때문이다. 『삼국유사』는 「단군신화」를 제일 앞에 내세움으로써 고
조선이 우리 민족사의 출발점이자 문학사의 시작임을 분명히 하고 있다.
이러한 신화는 모든 사회가 발전의 초기 과정에서 가지게 되는 이야기의
총체의 한 부분으로, 그 구조나 기능을 이해하는 것은 인간 사상사의 한
단계를 밝힐 뿐만 아니라 현대인의 어떤 카테고리를 보다 잘 이해하는데
도움이 된다. 이 문제와 관련하여 본고는 제 Ⅱ장 문학과 신화에서는 중
등학교 문학 교육에서 필요한 신화의 이론 체계에 대하여 고찰해 보고,
제 Ⅲ장 신화의 분석에서는 앞장에서 살펴본 이론을 바탕으로 하여 「단
군신화」를 분석해 보았다.

먼저, 문학과 신화와의 관계와 관련하여 논의된 사항을 요약하면 다음
과 같다. 첫째, 신화는 가장 단순하고 전형적인 의미에 있어서 신이나 신
성한 존재에 대한 이야기이다. 스토리의 한 형태로서의 신화는 언어 예술
의 형태이며 예술 세계에 속한다. 이것은 다른 예술과 마찬가지로 인간이
직시하는 세계가 아니라 인간이 창조하는 세계를 다룬다. 여기에서 신화
는 제의에 원형적인 의의를 부여하고 신탁에 원형적인 이야기를 부여하
는 주요한 정보력으로 인식되고 있다. 둘째, 언어 예술로서의 신화는 언
어로 전개된 상징 내지는 상징에 대한 주석이라고 할 수 있다. 모든 상징
은, 그리고 오늘날의 모든 종교적 상징은 신화의 언어적 해석을 필요로
한다. 신화의 해석이 없었다면 원시적 상징은 결코 미학적 형상, 종교적
상징, 철학적 사상 등 명료한 것으로 발전할 수 없었을 것이다. 신화는

상징의 언어이며 또 본래는 신화가 유일한 언어였기 때문이다. 셋째, 현대 문화 가운데 신화를 전적으로 인식하고 공공연하게 환영하는 유일한 분야는 예술, 특히 문학이다. 신화와 문학은 그 방식까지 동일한 것은 아니지만 초월적 노에마noema를 보게 해 주는 상징을 기반으로 하는 공통성을 지니고 있다. 프라이는 이 문제와 관련하여 사계의 자연신화(nature-myth)를 바탕으로 한 원형적 심상(archetypal imagery)을 신화 비평의 원리로 제시하고 있는데, 이것은 굳이 신화비평가가 아니더라도 오늘날 문학 연구에 있어서 가장 보편화된 기본 원리로 원용되고 있다.

다음으로 「단군신화」의 서사 구조와 관련하여 논의된 사항을 요약하면 다음과 같다. 첫째, 작중인물을 중심으로 서사 구조를 분류해 보면 환인, 환웅, 웅녀, 단군, 산신 등 5단으로 구성되어 있음을 알 수 있다. 여기에서 환인의 도움으로 환웅의 하강에서부터 단군이 산신이 되기까지의 각 사건은 시간적 순서에 따라 계기적으로 일어나는데, 각 단계마다 자신의 목적을 성취하고 있다는 점에서 각각 독립된 장으로 볼 수 있다. 그럼에도 불구하고 각 단계별로 주동인물이 맡고 있는 역할이나 기능은 한정적이기 때문에 각 단계는 앞 단계의 후일담 형식을 취하게 된다. 따라서 다섯은 독립된 성격을 지닌 개별적인 이야기인 동시에 상호 밀접하게 연관되어 있는 종속적 구조가 된다. 둘째, 환인에서 비롯된 홍익인간의 꿈은 마침내 단군에 의하여 실현된다. 그러나 단군은 왕검이지 신은 아니라는 점에서 많은 한계성을 드러내고 있다. 이 과정에서 단군은 '죽음'이라는 통과제의를 통해 인간에서 신으로 전이되지만 환인이나 환웅과는 다른 '산신'이 되고 있다. 그런데 이 때의 산은 성스러운 공간을 통해 다른 세계, 즉 신적 존재나 조상의 세계와 교통할 수 있다는 점에서 초월적인 존재를 향한 열린 공간을 상징한다. 산의 정상에서 천상과 지상이 재결합된다고 믿어 그곳을 '세계의 중심'으로 인식했던 것이다. 이런 의미에서 단군이 산신이 되었다는 사실은 제정일치 시대의 왕의 역할이 그대로 옮겨간 인격신으로서의 '천상과 지상의 연결점'을 뜻한다고 볼 수 있다. 셋째, 「단군신화」는 천상과 천하 두 세계의 결합으로 이루어져 있다. 전반부가 신이나 신적 존재에 대한 신화라고 한다면, 후반부는 초자연적인 인물을 중심으로 한 영웅시에 해당된다. 이 과정에서 신화의 상당한 부분이 환웅에 초점이 맞추어져 있지만 실제의 주인공은 단군이다. 그것은 인간 세계의 실제적인 통치자는 단군이며, 통치과정에서 신화의 필요성을 절감한 것도 그였기 때문이다. 여기서 강력한 신성화를 필요로 했던 단군 왕조는 환인·환웅 등으로 대표되는 천상의 신화와 웅녀로 대표되는 샤머니즘의 결합을 통하여 탄생의 신이성을 강조하는 건국서사시로 형상화 했다고 볼 수 있다.

끝으로 「단군신화」의 상징 체계와 관련하여 논의된 사항을 요약하면 다음과 같다. 첫째, 환인과 환웅의 관계가 '서자'로 설정되어 있는 것과 관련하여 다양한 해석이 제시되고 있지만 제의적 관계로 볼 수 있다. 환인은 인간사에 대하여 어떠한 영향력도 미치지 않을 뿐만 아니라 미칠 수도 없는 실체가 아닌 영적 존재이다. 환인의 이와 같은 제의의 특성은 첫째는 지역에 따라 다양하고 무질서하게 섬겨져 왔던 천신天神들이 환웅에 의하여 유일신인 환인으로 구체화되었음을 의미하는 것이고, 둘째는 이와 같은 과정을 통하여 환웅 역시 신의 아들로 다시 태어났음을 의미하는 것이다. 이것은 부계사회를 열게 되는 시발점인 동시에 수렵경제 체제에서 농경사회로의 전환을 의미한다. 이런 의미에서 환웅은 태고시대에 있어서 천상의 곡물을 옮겨다 준 문화영웅이자 우리 민족의 초기 국가 형성에 있어서 신화와 제의를 통하여 사회적 통합의 원리를 제시한 절대신으로 자리잡게 되는 것이다. 둘째, 웅녀는 곰에서 인간으로 '층변'을 단행한 인물이다. '신석기'→'모계'→'땅'→'딸' 같은 것이 남성원리에 대칭 되는 여성원리적 상징이라고 할 때, 웅녀는 이러한 상징의 세계를 대표하는 인물이다. 웅녀는 농경사회로 발전함에 따라 인간이면서 또한 그 초월자인 샤먼shaman을 거쳐 땅과 물을 다스리는 신으로 전이되어, 우리 민족의 정신적 실체를 지배하는 문화의 기층에 자리잡게 된다. 이런 의미에서 웅녀는 환웅이 제시한 주술의 원리를 가장 먼저 체득한 최초의 인간으로 태양신과 대비되는 지모신으로 볼 수 있다. 셋째 단군은 서로 다른 환인과 웅녀의 신앙 체계를 사실상 하나로 통합한 인물이다. 태양신과 태음신을 믿었던 부족을 하나로 통합하여, 이들을 통치하고 제사를 주관했던 왕검이었다고 할 수 있다. 이 문제와 관련하여「단군신화」는 하늘·땅·사람, 즉 세 주체가 신화의 핵심에 놓여있다. 이것은 표면적으로 보면 종속적 구조의 형태를 하고 있지만, 그 주종의 관계보다는 화합과 결합의 문제에 초점을 맞추고 있다. 그 중에서도 단군은 하늘과 땅의 합일에 의한 존재로서「단군신화」는 인간 중심의 현세주의를 지향하고 있다. 이런 의미에서「단군신화」는 우리 겨레의 하늘·땅·사람의 합일사상과, 그에 따른 인본주의 사상을 상징적으로 보여주고 있는 정신사의 원형이라고 할 수 있다.

참고문헌

Ⅰ. 참고논저

강인숙, 『자연주의 문학론 Ⅱ』, 고려원, 1991.

고 은, 『이상평전, 민음사』, 1978.

곽승미, 『1930년대 후반 한국문학과 근대성』, 푸른사상, 2004.

권보드레, 『연애의 시대』, 현실문화연구, 2004.

권순긍, 『고전소설의 풍자와 미학』, 박이정, 2005.

구인환, 『한국근대소설 연구』, 삼영사, 1980.

김기림, 『시론』, 백양당, 1947.

김문집, 『비평문학』, 청색지사, 1938.

김병욱 (외), 『문학과 신화』, 대림출판사, 1981.

김상일, 『카오스와 문명』, 동아출판사, 1995.

_____, 『한철학』, 온누리, 1996.

김우종, 『한국현대소설사』, 선명문화사, 1963.

김우창, 『궁핍한 시대의 시인』, 민음사, 1978.

_____, 『지상의 척도』, 민음사, 1985.

김욱동, 『모더니즘과 포스트모더니즘』, 현암사, 2001.

김윤식, 『이상소설연구』, 문학과 비평사, 1988.

_____, 『한국근대문예비평사』, 일지사, 1976.

_____, 『한국근대문학사상사』, 한길사, 1984.

_____, 『한국근대문학사상비판』, 일지사, 1987.

_____,『한국근대비평사연구』, 일지사, 1981.

_____,『한국현대소설비판』, 일지사, 1981.

_____,『한국근대소설사연구』, 을류문화사, 1986.

_____,『한국 현대 현실주의 소설 연구』, 문학과 지성사, 1990.

김윤식 · 김 현,『한국문학사』, 민음사, 1984.

김윤정,『한국 모더니즘 문학의 지형도』, 푸른사상, 2005.

김외곤,『한국근대 리얼리즘문학 비판』, 태학사, 1995.

김인환,『한국문학이론의 연구』, 을유문화사, 1986.

김정배,『한국민족 문화의 기원』, 고대출판부, 1974.

김정자,『한국근대소설의 문체론적 연구』, 삼지원, 1985.

김종철,『시와 력사적 인간』, 문학과 지성사, 1978.

김지원,『해학과 풍자의 문학』, 문장, 1983.

김진석,『한국현대작가론』, 태학사, 2005.

김치수 (외),『현대문학비평의 방법론』, 서울대학교출판부, 1988.

김택규,『한국민속문예이론』, 일지사, 1980.

김학동,『한국문학의 비교문학적 연구』, 일조각, 1972.

김흥규,『문학과 역사적 인간』, 창작과 비평사, 1980.

나경수,『한국의 신화연구』, 교문사, 1993.

나병철,『모더니즘과 포스트모더니즘을 넘어서』, 소명출판, 2001.

문덕수,『한국모더니즘시 연구』, 시문학사, 1981.

백 철,『신문학사상사』, 신구문화사, 1968.

_____,『한국신문학발달사』, 박영사, 1975.

서종택,『한국근대소설의 구조』, 시문학사, 1985.

송기한,『한국 시의 근대성과 반근대성』, 지식과 교양, 2012.

송민호,『절망은 기교를 낳고』, 교학사, 1968.

송하춘,『1920年代 한국소설연구』, 고대민족문화연구소, 1985.

심명호,『영미 모더니즘 문학의 전개』, 서울대학교 출판부, 2000.

이경식 외, 『프루스트 · 토마스 만 · 조이스』, 서울대학교 출판부, 1986.

이상경, 『이기영 - 시대와 문학』, 풀빛, 1994.

_____, 『한국근대문학사론』, 소명출판, 2002.

이상일, 『축제의 정신』, 성균관대학교 출판부, 1998.

이승훈, 『문학과 시간』, 이우출판사, 1986.

_____, 『시론』, 고려원, 1983.

이재선, 『한국현대소설사』, 홍성사, 1984.

이형식 (외), 『프루스트 · 토마스 만 · 조이스』, 서울대학교출판부, 1986.

임　화, 『문학의 이론』, 학예사, 1940.

유기환, 『노동소설, 혁명의 요람인가 예술의 무덤인가』, 책세상, 2003,

조남현, 『소설원론』, 고려원, 1983.

_____, 『한국지식인소설 연구』, 일지사, 1984.

조동일, 『문학연구 방법』, 지식산업사, 1980.

_____, 『한국문학통사 3』, 지식산업사, 1992.

_____, 『한국문학통사 5』, 지식산업사, 1992.

조연현, 『한국현대문학사』, 성문각, 1973.

_____, 『현대작가론』, 청운출판사, 1966.

정명환, 『한국작가와 지성』, 문학과 지성사, 1978.

정병욱, 『한국고전시가론』, 신구문화사, 1979.

정한숙, 『현대한국문학사』, 고대출판부, 1985.

정호완, 『우리말의 상상력 (1), (2)』, 정신세계사, 1996.

천이두, 『한국현대소설론』, 형설출판사, 1985.

최남선, 『최남선전집 2』, 현암사, 1975.

최상규 편역, 『현대소설의 이론』, 대방출판사, 1983.

최재서, 『최재서평론집』, 청운출판사, 1961.

최혜실, 『한국모더니즘소설 연구』, 민지사, 1992.

_____, 『신여성들은 무엇을 꿈꾸었는가』, 생각의 나무, 2000.

홍문표,『한국현대문학논쟁의 비평사적 연구』, 양문각, 1980.

홍일식,『한국개화기의 문학사상연구』, 열호당, 1980.

황패강,『한국서사문학연구』, 단대출판부, 1982.

吉見義明(外),『일본근대사론』, (차태석 · 김이진 역) 지식산업사, 1981.

吉田精一 · 奧野健男,『현대일본문학사』, (유정 역) 정음사, 1984.

伊藤整,『근대일본문학사』, 광문사, 1958.

A. Friedman, *The Turn of the Novel*, Oxford U.P, 1966.

Alain Robbe-Grillet, *Pour un nouveau roman* (김치수 역), 문학과 지성사, 1984.

A. 하우저,『예술과 사회』(한석종 역), 홍성사, 1981.

Arthur Pollard,『풍자』(송낙헌 역), 서울대학교 출판부, 1982.

Bernard Spolosky,『언어사회학』(김재원 · 이재근 · 김성찬 공역), 박이정, 2001.

C. W. E. Bigsby,『다다와 초현실주의』(박희진 역), 서울대학교 출판부, 1984.

Damian Grant,『리얼리즘』(김종운 역), 서울대학교 출판부, 1983.

D. C. Muecke,『아이러니』(문상득 역), 서울대학교 출판부, 1984.

M. 엘리아데,『상징 · 신성 · 예술』(박규태 역), 서광사, 1991.

_____,『신화와 현실』(이은봉 역), 성균관대학교 출판부, 1998.

Ernst Cassirer, *An Essay on Man*, New York ; Double day, 1953.

E. M. Forster,『소설의 이해』(이성호 역), 문예출판사, 1988.

E. 푹스,『풍속의 역사 Ⅰ : 풍속과 사회』(이기웅 · 박종만 옮김), 까치, 2007.

G. 루카치,『소설의 이론』(반성완 역), 심설당, 1989.

H. 마르쿠제,『에로스와 문명』(김종호 역), 박영사, 1975.

Hans Meyerhoff,『문학과 시간현상학』(김준오 역), 삼영사, 1987.

Jacob Issacs,『현대문학의 탐구』(이경식 역), 대운당, 1983.

J. 캠벨,『천의 얼굴을 가진 영웅』(이윤기 역), 민음사, 2000.

J.G. 프레이저,『황금의 가지(상)』(김상일 역), 을유문화사, 1997.

Leon Edel,『현대심리소설 연구』(이종호 역), 형설출판사, 1983.

L. Goldman,『문학사회학 방법론』(박영신 外), 현상과 인식, 1984.

L. K. 뒤프레, 『종교에서의 상징과 신화』(권수경 옮김), 서광사, 1996.

Manon-Maren Griesebach, 『문학연구의 방법론』(장영태 역), 홍성사, 1984.

M. 엘리아데, 『신화와 현실』(이은봉 역), 성균관대학교 출판부, 1998.

N. 프라이, 「문학과 신화」, 『문학과 신화』(김병욱 외), 대람, 1981.

P. 브룩스, 『육체와 예술』(이봉지 · 한애경 옮김), 문학과 지성사, 2007.

Peter Faulkner, 『모더니즘』(황동규 역), 서울대학교출판부, 1982.

Peter N. Skrine & Lilian R. Furst, 『자연주의』(천승걸 역), 서울대학교 출판부, 1985.

R. M. Albéres, 『현대소설의 역사』(정지영 역), 중앙일보사, 1978.

Robert Humphrey, 『현대소설과 의식의 흐름』(이우건 · 유기용 공역), 형설출판사, 1984.

Ronald Paulson, 『풍자문학론』(김옥수 역), 지평, 1992.

Stephen Kern, 『사랑의 문화사』(임재서 역), 말글빛냄, 2006.

II. 참고논문

강현구, 「최명익의 소설 연구」, 고려대학교대학원, 1984.

권영민, 「<김연실전>의 몇 가지 문제」, 『김동인 연구』, 새문사, 1989.

김교선, 「불안문학의 계보와 이상」, 『현대문학』, 1962. 2.

김동환, 「문학교육의 관점에서 본 소설 읽기 방법의 재검토」, 『문학교육학』제22호, 2007.

김민정, 「근대주의자의 운명을 재현하는 문학적 방식」, 『작가연구』, 깊은샘, 2004.

김상선, 「불안문학의 계보와 이상」, 『현대문학』, 1962년 2월호.

김상태, 「이상의 문체 연구」, 『국어국문학』, 58~61호.

김용운, 「이상문학에 있어서의 시간」, 『신동아』, 1973.2.

김정학, 「단군신화와 토테미즘」, 『역사학보』 7집, 1954.

김종은, 「이상문학의 심층심리학적 분석」, 『문예비평론』, 문학과 비평사, 1988.

김종철, 「문학 교육과 인간」, 『문학교육학』, 태학사, 1997.

김중신, 「30년대 작가의 현실인식에 관한 연구 ― 이상, 이효석을 중심으로」, 서울대학교 대학원, 67집.

김중하, 「이상의 소설과 공간성」, 『한국현대소설사연구』, 민음사, 1982.

김진석, 「문학교육과 현대소설의 기법」, 『교육논총』, 2006.

서준섭, 「모더니즘과 1930년대의 서울」, 『한국학보』, 1986. 겨울호.

우찬제, 「세계를 불 지르는 예술혼의 대장간」, 『여린 잠 깊은 꿈: 예술가소설선』, 태성출판사, 1990.

유종호, 「서구소설과 한국소설의 기법」, 『비평의 방법과 실제』(이선영 편), 삼지원, 1990.

윤홍로, 「<태형>과 민족환경」, 『김동인 연구』, 새문사, 1989.

이동하, 「"장삼이사"에 나타난 세계상과 지식인의 문제」, 『현대소설의 정신사적연구』, 일지사, 1989.

이병윤, 「단군신화와 정신분석(상)」 『사상계』 11권 12호, 1963.

이승훈, 「소설에 있어서의 시간 ― 이상의 <날개>」, 『현대문학』, 1980.10.

이어령, 「이상의 소설과 기교」, 『문예』, 1959.10.

_____, 「나르시스의 학살」, 『신동아』, 1956.11.

조해옥, 「이상 소설에 나타난 '슬픔'과 '진정성'」, 『작가연구』, 깊은샘, 2004.

전영태, 「최명익론―자의식의 갈등과 그 해결의 양상」, 『선청어문』 제10집, 1979.

정덕준, 「한국근대소설의 시간구조에 관한 연구」, 고려대학교대학원, 1984.

진정석, 「모더니즘의 재인식」, 『창작과 비평』, 1997 여름호.

최병우, 「이상소설고―서술구조를 중심으로」, 서울대학교대학원, 1982.

A.A. 멘딜로우, 「시간과 소설」, 『현대소설의 이론』(최상규 역), 대방출판사, 1983.

J. H. 롤리, 「영국소설과 시간의 세 종류」, 『현대소설의 이론』(최상규 역), 대
　　방출판사, 1983.

Robert Scholes & Robert Kellogg, 「설화의 전통」, 『현대소설의 이론』(최상규
　　역), 대방출판사, 1983.

찾아보기

인명 · 기타

작품

소설교육의 이론과 실제

| 초판 1쇄 인쇄일 | | 2017년 2월 16일 |
| 초판 1쇄 발행일 | | 2017년 2월 17일 |

지은이		김진석
펴낸이		정진이
편집장		김효은
편집/디자인		우정민 백지윤 박재원
마케팅		정찬용 정구형
영업관리		한선희 이선건 최인호 최소영
책임편집		우정민
인쇄처		국학인쇄사
펴낸곳		국학자료원 새미(주)

등록일 2005 03 15 제25100-2005-000008호
서울특별시 강동구 성안로 13 (성내동, 현영빌딩 2층)
Tel 442-4623 Fax 6499-3082
www.kookhak.co.kr
kookhak2001@hanmail.net

| ISBN | | 979-11-87488-51-4 *93800 |
| 가격 | | 17,000원 |